向来情深

张秀君　著

中国海洋大学出版社
·青岛·

图书在版编目（CIP）数据

向来情深 / 张秀君著. -- 青岛:中国海洋大学出
版社, 2019.5

ISBN 978-7-5670-1950-8

I.①向… II.①张… III.①散文集－中国－当代
IV.①I267

中国版本图书馆CIP数据核字(2019)第290957号

出 版 人　杨立敏
责任编辑　郭　利
装帧设计　王谦妮

出版发行　中国海洋大学出版社有限公司
社　　　址　青岛市香港东路23号
电子邮箱　2654799093@qq.com
本社网址　http：//pub.ouc.edu.cn
联系电话　0532-85902533

印　　制　日照日报印务中心
版　　次　2019年12月第1版
印　　次　2019年12月第1次印刷
成品尺寸　170 mm×230 mm
印　　张　17
字　　数　256千
印　　数　1-1000
定　　价　48.00元
订购电话　0532-82032573（传真）

发现印装质量问题，请致电0633-2298958，由印刷厂负责调换。

序

在绿洲听雨

初秋的衡水湖，波光激滟，苇荡深处，粗壮的苇根清晰地浮在水下。湖中岛一片葱茏，惊起的野鸭快速飞进远处的苇丛，溅起的水滴洒在人们的欢声笑语上。

那年衡水的河北散文年会上，一位娉婷的女子，轻盈快捷地发放会议资料，彬彬有礼地安排大家就餐。忙碌的身影，待人真诚的话语，春天般的笑容，给与会者留下了美好印象。她就是张秀君。真正了解这位女作家，是看到她的一部长篇小说《花期》，我很惊叹。一部好的作品面世，一定不是一个偶然，是长期酝酿的智慧。这部《花期》60多万字，作者历经4年，几易其稿，才正式出版。作品语言生动，人物鲜明，故事情节跌宕起伏，掩卷之余难以忘怀。

作者出生在冀东南的衡水农村，一条小西河在村前缓缓流淌，向东注入滏阳河。土地肥沃、庄稼油绿、欢快的鸟鸣、遍地的野花，深深印在她童年记忆里。18岁就走上三尺讲台的她，却有一个当作家的梦，几十年笔耕不辍，利用日记的方式，默默把梦想变成现实。

在繁重的工作和生活压力中，她渴望一片心中的绿洲。在荒漠里跋涉，寻觅那一泓清泉、一株胡杨、一片草根。作为教师，有着辛苦的教学，平时少有时间外出。在有限的假期里，她走出家门，去感受大自然。在饱览祖国壮美山河时，她用独具的眼光感悟自然与人生的契合。在强有力的信念支撑下她去了西藏，高原的壮丽给予她的力量也是前所未有。"我的山脉啊，你如此的雄伟，你的生命的所在，就是那烈日下红红的焦土，沟坡上稀疏的墨绿的小草。你沉稳得没有一丝的撼动……这个民族的伟大就是生生不息，辽阔的沃野是她的胸怀。贫瘠和苦难铸就了她顽强不息的性格。"（《云上西藏》）她用一次勇敢的人生体验，诠释生命存在的意义，生命不是极力地张扬，而是一种信念，一种勇往直前的执着。生命的魅力就是与死亡同在。

在大自然里，她总是看到了别人忽略的东西，这就是她眼光的独特。在海湾的大湿地，"苇草具有很强的生命力，一旦水多，潜眠在地下的芦根就会努力复苏，向上生长"。（《听洼》）而生活在大洼的人们，如这苇草一样，他们从祖辈那里延续了生命，继承了顽强不息的精神；到太行屋脊，感受的是山人合一，人山共存以及感动这"太行屋脊"的灵魂。"不是因为那峭拔雄浑的山势，也不是那奔涌狂泻的山泉瀑布，更不是那拥红环翠的草木，而是大山的子民。"（《大山里的感动》）大山用丰富的资源厚爱山民，山民用淳朴和勤劳的品性回馈大山；登虎山，感动的是绿色之美，没有娇嫩之感，透着一种大气和凝重。"这绿，绿得朴实，绝不盛气凌人；这绿，绿得静美，会让你感到怡然；这绿，绿得纯净，让人空灵幻化。"（《喜踏虎山》）

作家需要充沛的情感，感受社会，感受人生。她热爱生活，关注亲人，关注他人，甚或身边的动物。她竭力去创建心中的绿洲，她挑起泉水在沙荒的土地上，浇灌那一棵棵栽下的小树、草根。一年又一年，荒漠终于布满了青青树木、茵茵翠草。作者常听勤劳一生、身患疾病的娘唱起《拐棍》歌，一首歌谣里是质朴的农家母亲一生的希望和忧伤以及坦荡的情怀。娘任过村干部，她的谦恭、自检和对土地庄稼的怀恩，常常让作者和娘一起落泪。作者对母亲怀着深情，"我好庆幸，还能一遍又一遍地听您唱这些歌谣；母亲，我的老娘，以后我一定陪着您来唱这些歌谣"。（《娘的歌谣》）她写父亲则从父亲的性格说起，有文化，刚直不阿、认真负责的父亲得罪过一些私欲重的人，在重病后坦然面对生死，把自己最优良的品质留给了儿女。在严厉的父亲去世后，作者才真正感受到失去的是那么沉重。"等父亲下葬完后，母亲一把把我和哥哥揽在怀里，哭出了我记事以来的她的第一声悲鸣……"（《父亲》）作者曾经养过几只爱犬，在她的笔下的雄雄，与人一起护秋，在被"处理"送走一月后，居然跑回来了。以后又被父亲送人，作者珍藏过生日时母亲给烙的糖饼，舍不得吃，等雄雄回来。一年多过去了，雄雄始终没有回来，糖饼已经坏了。由动物及人，"狗儿们是有灵性的，狗儿们是不计较得失的。……狗儿没有企图，不会虚伪，不会使诈，不会勾心斗角，有的只是率真、坦诚、朴实。"（《我的爱犬》）这种难能可贵的品质，感动人类，彰显着人类所追求的那种真善美。

她用情感去感受大千世界，感受身边的事物，用清晰的思辨启迪自己，用睿智的语言书写感悟。她愿意在她亲手栽种浇灌的绿洲上徜徉，倾听着树上鸟儿的情歌，倾听着雨滴和树叶草尖的私语。远望着树林里奔跑的山羊、驻足仰首的小鹿，心在原野上跳跃着、温润着。她给孩子们讲过的一篇课文，是写人在沙漠困境时的表现。"人在绝境中，只有自信，才会出现奇迹。那个拥抱绿洲的人，在困难、绝望面前，没有退缩，胜利属于了他。失败永远属于悲观失望之人。"（《拥抱绿洲》）她在桌球游戏斯诺克中，懂得了"让杆"的真谛，"人生如戏。让我们以坦诚的胸怀、大度的气量、坚忍的态度、不屈不挠的精神、聪慧的才智，认真走完这一局吧"。（《让杆》）对伤害过自己的人并不是一味去记恨，而是从中领悟人生的哲学，"他提醒了你如何更好地做人、处事。……他教会了你冷静、坚强、大度、明心、睿智。他让你更拥有了阳光，拥有了无穷的力量"。（《感谢曾经伤害过你的人》）作者会突然觉得自己好渺小，渺小到无法在阳光下找得到自己的影子。在那真的后面，潜藏着多少假的东西；在那善的后面，潜藏着多少恶；在那美的后面，潜藏着多少丑。辨析社会生活，寻觅真善美，需要自己的真诚和智慧，"阳光总有照不到的角落。只要自己不在这个角落里等待，就能够寻找到阳光"。（《这个世界真美》）

她是一个真诚、真实的作家，已创作了3部长篇、2部散文集和几百篇诗歌。她的作品还原了真实生活和心灵的路程。她的文笔流畅，情感真诚，语言灵动中融汇着生动，用文笔营造了自己的风格：婉约中兼及硬朗的骨感。

　　她在绿洲上听雨，她走在林间，心雨和着天雨地落下，"从你那无边的雨丝中，从你那天籁中，我感受到了你的那份多情，感受到了你的爱的意境，也感受到了你的情的亲切"。（《我的雨》）在这湿漉漉的林子里，走在这远离喧嚣沉睡的原野上，走过的身后绿洲更加浓绿。她执着地走，愿意一路听雨。

张华北

2019 年 1 月 9 日

　　（张华北，笔名北夫，散文作家，中国作家协会会员、中国散文学会理事、河北省散文学会副会长、沧州市作家协会副主席。第三届冰心散文奖、中国散文30 年突出贡献奖获得者、燕赵文化之星、沧州骄傲十大新闻人物。）

目 录
CONTENTS

第二辑 娘的歌谣

第三辑　拥抱绿洲

Vol.3
YONGBAO LVZHOU

云上西藏

Vol. 1

YUNSHANG XIZANG

云上西藏

我要去西藏

西藏，世界屋脊；拉萨，人间净土。不管是心灵的牧场也好，还是心灵的归宿也好，从心底里对那个地方向往，尤其是当自己进退维谷时，更想踏上那片神奇的土地，对自己的心灵来个彻底地净化，寻到生命之源，寻觅到对生命真正地诠释。

我的身体真的就与我开起了玩笑，并几近亮起了红灯。彷徨、无助、绝望，人世间诸多的事情，难以找到因果。也许，世事本无因果，如同世界素无本末一样。

我苟延残喘于天地之间，无论是身体，还是心灵，都在做着最大限度的熬煎，在生与死这条边界线上艰难地挣扎。放不下牵挂，摆脱不了属于你的不属于你的愈理愈乱的羁绊。

当能够痛快地呼出一口气，又能最大限度地吸进一口气的时候，天上的云，地上的雾，也悄然而至。渐渐聚拢，包裹了我的身体，越箍越紧，几欲挣脱，却如烙印似的深深刻在骨髓里，脖颈上的枷锁也如金刚所铸，将要窒息的灵魂只能隐匿在缝隙里瑟缩。

"我要去西藏！"心海里的这个声音愈来愈强，冲击着我的脑波，撞击着我的枷锁。我的人生会是什么？我的将来还有没有人生？思考是什么？行动是什么？一切虚无而又真实的问题清晰而又混沌地不断浮现在我的脑海里，相互倾轧、相互撞击，撞得头骨剧痛，撞得心房欲裂。我必须去西藏，找寻我要寻找的答案。

西藏，那是个神奇的地方。就像歌曲中所描述的："佛光穿过无边的苍穹，

3

有一个声音幸福安详。……仰望生死两茫茫，习惯了孤独黑夜漫长，雪莲花盛开在我的心房。"我心中是否也有一朵雪莲花？如果有的话，她会不会开放？

一条神奇的天路已经通向拉萨，我能否踏上这条神奇的天路？

查阅资料，恶劣的自然环境，强烈的高原反应，我自己很糟糕的身体状况，"我要去西藏"要成为一句口号？一生的夙愿就这样望而止步？

不，我不甘心。

我要证明一下自己，我要给自己一个考验的机会。"西行"有"驾鹤西去"之谐音，即使那样，把生命交给那片净土，也是我此生求之不得的事情。不做，怎知自己的能量？不去挑战，怎能战胜懦弱的自己？

亲人带着无尽的担心，最大限度地为我做着一切的准备。他们是我坚强的后盾。

爱是我前进的动力源泉。

我决定去西藏。

生命之旅

"生命的视野，不应该被缩集于狭隘的私人空间，生命不应该俯首，更多是需要我们去仰望。"

记不得这是谁关于生命的一段话，但我确信这段话的真理性。的的确确，生命存在的意义不是极力地张扬，而是一种信念，一种勇往直前的执着。生命的魅力就是与死亡同在。

出兰州，一路西行，车窗外闪过的便是一片荒凉。

荒凉、贫瘠，涵盖了整个地貌。

眼睛发痛，但我还是要看；心中生寒，但我还是要去关注。

渐渐，我的眼睛不再疼痛，满目不再是苍凉；渐渐，我的身体里涌动股股热流，我的心在灼烧。

我的山脉啊，你如此的雄伟，你的生命的所在，就是那烈日下红红的焦土，沟坡上稀疏的墨绿的小草。你沉稳得没有一丝的撼动，就连蒸腾到空中的云雾用它的红色染灰了天空，你都沉稳得没有一丝的撼动。

我的山脉啊，你如此的谦逊，你的生命的所在，就是脉脉相连，不会孤傲成峰。在你的心底，有一种永恒，那就是从痛苦和不幸中，创造和超越。

黄土高坡，这是一片辽阔的沃土。沟沟壑壑，述说着你的沧桑；稀疏的植被，拨弄着你的辛酸。中华民族就在这里繁衍，古老文明就从这里走来。

一条缓缓流淌的小泥沟，弯弯曲曲顺着山坡一直向前。啊，这就是黄河，这就是号称我国第二大河流的黄河，这就是我们中华民族的摇篮黄河，这就是我们的母亲河黄河。

黄黄的水，缓慢而沉重，就像中华民族走来的脚步。这个民族崛起于这片土地上，肩上负着太多的苦难。这个民族的伟大就是生生不息，辽阔的原野是她的胸怀。贫瘠和苦难铸就了她顽强不息的性格。她来自于贫瘠，她不畏苦难，她生命力的顽强是她战胜一切的力量源泉。她的山水，孕育着她的智慧，挑战和创造是她永恒的追求。

黄河之水，奔流不息。

民族精神，源远流长。

车窗外，闪过的不再是荒凉，而是我心中对生命的仰望。

大美青海湖

青海湖的确是太美了，搜遍了各种用来描绘美的词语，都难以恰如其分地囊括它的美。

我是在火车上来看青海湖的。当那条明如玻璃的蓝带，出现在车窗外时，有人兴奋地惊呼："看，青海湖！"几乎列车上所有人的目光都移向左侧车窗。我看了下时间，时针指向16：50。

每一扇窗子前面都站着几个用相机拍照的人，他们变换着姿势，调整着拍摄角度，想为青海湖留下最佳的倩影。

铁轨就是一条分界线。界限北侧，是辽阔的大草原；界限南侧，便是明净的青海湖。

好像铁路是围绕着青海湖修建的，车子行驶了那么久，青海湖始终与我们同行。

喧噪的人们终于折服于青海湖的辽阔和静美。那条蓝色的带子，一直相随，那美丽的景致一直相伴。梦幻般的美丽绵亘于青山之上，悠悠白云沉静而优雅。

青海湖的景色一路变换着色彩。初见青海湖，那是一条蓝色的发亮的带子，那是少女明亮的眸子。这条带子渐渐愈近，阳光下的湖水泛着粼粼的波光，犹如少女的万般柔情。随着山势的起伏，那依然是一条飘动的蓝缎带，水天一色，恬静而温柔。

黛绿的远山做了青海湖的背景，苍翠的屏障则是多情的山哥哥对湖妹妹的怜惜。山哥哥环抱着湖妹妹，湖妹妹依偎着山哥哥。湖妹妹的眼中看到了山哥哥的美：大气、自然、粗犷、质朴……山哥哥的心中感受到了湖妹妹的甜：温柔、恬静、美丽、多情……

这就是青海湖，被誉为"高山上的明珠"。

车窗外，闪过的简直是一幅幅美丽的图画，那是天工缔造的自然美景。

八月的青海，正是麦浪翻滚的季节，也是油菜泛金的季节。只见车窗外，闪过一片片的绿波，闪过一片片的金黄。绿波和金黄之间，还会时不时地穿插着紫色的或粉色的花毯。这些不知名的小花，怒放着，给辽阔的草原增添了不少的色彩。

一条弯曲的小河，像一条白色的飘带，在这片辽阔的草地上，柔婉舞动。成群的牦牛，悠闲地啃食着青草；远处的羊群，就像给无边的绿毯点缀上去的朵朵白色大花；威武雄健的藏獒，跟随着骑马的主人，捍卫着它的"领地"。偶尔还会跑过一只旱獭，会引起大家的惊呼……

青海湖上的阳光是热情的，他真诚地向每一位来访者袒露着自己的胸怀。他伸出了双臂，想拥抱这些远方的客人；而这些客人却羞涩起来，拉起了窗帘，遮挡住自己，不敢面对他多情的眼睛。

头顶上的白云也是多情的，洁净安详的外表，却无法掩饰他对青海湖的爱慕。前行的列车，在用力拖拽着他的身躯，而那回望的云头，不正说明他对青海湖的依恋？

传说当年文成公主在进藏途中，行至日月山口，回首汉宫，思念之情油然而生，禁不住潸然泪下，泪水便汇成这蓝色的湖了。

这真的就是公主的泪呢！晶亮蓝盈的湖水，不正是她的明亮的眸子么？你尝一尝那湖水，咸咸的还带有丝丝苦涩，那不就是公主的思乡泪么？这双眸子，仰望苍穹，蓝天如洗，白云落泪；这双眸子，瞩目青山，青山动容，变幻着无限的色彩；这双眸子，紧合了眼帘，而大地为之歌舞，为她捧出鲜美的绿草，艳丽的鲜花，还有成群的牛羊。公主啊，不要悲伤，雄鹰会做你的信使——布达拉宫为你铺上了红地毯，长安城头为你扬起了风帆。

……

这真是一滴多情的泪啊，让多少人为你感怀？

茫茫人海中，难以寻觅到知音；苍茫的高原上，却有羌笛在和鸣。

多少人向往着在纯净的蓝天下互诉衷肠，来表达爱的纯真；多少人想让洁白的云霞化作祝福的哈达，祈愿与爱同在；多少人想依偎青海湖畔，让苍山为爱作证；又有多少人，希望把这里作为自己心灵的牧场……

迷人的青海湖啊，你真的让人醉了！

蓝天、白云、苍山、绿坡……还有跳跃着鲜活和生机的那片片金黄的油菜田……

大美的青海湖啊！

青海湖，渐行渐远……

过天峻，一行行的风车，又成了一道独特的风景。但似乎在传送着青海湖的美韵。

我想要怒放的生命

我不是一个喜欢挑战的人，却在一次次地挑战，而挑战的对手就是自己。

也许，我的骨子里就有这么一股不服输的坚强。小时候，常常听父亲说这样的一句话："车到山前必有路！"那时候，全然不懂这句话的涵义，更不知道一向赢弱多病的父亲为什么常常把这句话挂到嘴边，并且那个时候，我还会常常假想父亲这是一种慵懒的托辞。

随着年岁的增长，历练得越多，我越觉得"车到山前必有路"这句话的真正意义。那就是面对困难，绝不能服输，一定要战胜它，而战胜困难的关键首先是要战胜自己。

我一步步艰难地走来，而支撑我勇往直前的就是不断地去挑战，挑战自己生命的极限，让生命之花怒放。

我的个性签名是"人生的舞台没有导演，没有可模仿的剧本，自己就是自己的导演，一切都在摸索中前进……"自己如果不去践行，怎能走出一条属于自己的路？

2007年春天，我偶患心脏病，历经半年后，我恢复了健康，而就在那年的暑假，我坚持自己登上了长城。那个时候，我也曾想到过退缩，但是看到旁边的老人孩子，都在努力地向上攀登，我又有何理由停止不前呢？于是，我登上了城顶。当我迎着凉爽的风儿，看长城内外，欣赏异域风情的时候，兴奋得心儿都要飞起来了。我用事实证明了自己的实力，我能行！

2011年元旦，心脏病复发，一拖又是半年，并且生命的驿站几次向我亮起了红灯。当我抱病参加了省散文学会在本市的召开，稍稍舒出一口气——那是一份责任在驱使着我。当我随采风团愉快地登上"太行屋脊"的时候，我为自己欢呼：我胜利了！

西藏之旅，可以说是我对自己生命的极限挑战。恶劣的自然环境，高海拔的地域条件，无疑是对我这样一个心脏病患者最大的威胁。我心中非常明白，此行的成功与失败，将会对我人生意味着什么。但是，我的性格还是让我毅然决然地选择了"我要去西藏"。

从青海的西宁到西藏的拉萨，被称为"天路"。拉萨，坐落在世界屋脊之上，从西宁通往拉萨，那的确是一条通往天堂的路。

青藏高原，那是天堑，鸟儿都不能飞过，只有雄鹰翱翔。而我们英雄的筑路者，用生命和智慧，让一条巨大的神龙，飞跃于雪域高原，把平地与天堑相通。是他们用神奇的力量引领我们走进人间天堂。

列车行进到格尔木，车厢内开始供氧。而此时已经是深夜，劳累的人们早已东倒西歪地睡下。

车子缓缓前行，熟睡的人们开始骚动起来。严重的高原缺氧，首先让人感到的是头晕、胸闷、腹胀，并且有人开始呕吐起来。一个孩子边吐边哭，孩子的父亲一遍又一遍地这样安慰着："孩子，忍着点，全世界的人都知道你难受。一会儿就好了，坚持一下就好了。"

我的头也开始疼起来，坐着疼，站着也疼，并且频繁地去厕所。我努力地克制着，尽力分散着这侵袭而来的头疼。或者在过道里慢慢地走动，或者看那些闲歇休息的战士打扑克……我心里在不住地叮咛自己，一定要乐观，一定要乐观。实际上，我的最大底线是不要让自己感到胸闷气短，那是我最担心的。我尽力让自己坐得舒服些，尽力不要把扣子扣得太紧。

在困难的时候，往往你的力量来自于周围的环境和条件，尤其是人为的影响。同坐一列火车的人们，这个时候就真的成了同盟军，大家互相鼓励着，毫无保留地说出自己的方法，比方说，把扣子松松了，把裤腰带不要扎得太紧了，呼吸的时候可以口鼻共用了，说话千万别大声了，或者走路一定要慢慢的等等。大家调整了座位，尽量让每一位都能适时地躺下休息。有的躺在过道里，有的钻进椅子下，我就是在两位朋友让出的座位上躺了下去。大家用行动，用微笑，用目光，互相鼓励：战胜高原，战胜自己，一定要闯过难关！

生命的顽强，需要的是坚持。

坚持！再坚持！

让自己的心胸再开阔一些，去想青海湖的美景，去想可可西里的辽阔，去想雪域高原的圣洁，去想美好的未来……保持良好的情绪是战胜高原反应的法宝。

黎明终于走来。

列车驶进了唐古拉站。熬过了黑夜的人们，已经不再惧怕前面更大的风险，因为阳光就在头顶上暖暖地照着。

此时，人与天是如此的近。似乎，你伸开双臂，便可拥抱那蓝天白云；似乎，你也可以立刻融化在这蓝天白云里。

"仰望雪域两茫茫，仰望生死两茫茫"，果真如此。生与死，只是阳光在山后的升起与降落；无论是白天还是黑夜，那只不过是太阳的脚步而已。

昨夜悄悄下过了一场雨，草滩上呈现出一片片小小的水洼。成群的牛羊悠闲地啃食着绿草。

沱沱河——长江之源，无数的溪流，弯弯曲曲，好静，好静……我的心也好静，好静。

生命之源，在于不息。

生命的怒放，不是辉煌，而是永存。

"有了这样的天，这样的地才真正叫作地；有了这样的地，这样的天才真正叫作天。在这样的天地之间行走，侏儒也会变成巨人；在这样的天地之间行走，巨人也会变成侏儒。"

是的，没有彻底的毁灭，就没有彻底的重生，这就是生命的怒放。

- 2012 年 8 月 -

走进拉萨

参

看到了拉萨河，也便知拉萨城近了。

雪山高峰，依然挡不住"日光城"的风采，她用神奇的力量，召唤着颗颗朝圣的心。

原以为心胸早已被车窗外的辽阔打开，原以为心灵已经找到了放飞的牧场，原以为雪域高原上的那朵圣洁的雪莲花已经悄然在我心中开放，原以为我的感动和坚强因了那艰难的行程，原以为我的力量已经来自于那奔流不息的涓涓细流，那可是长江黄河之源啊……

当我踏上这片神奇的土地，当我回望高峰之前的"拉萨站"三个大字时，我惊呆了自己。

拉萨，世界屋脊上的这座城市，我已经投入了你的怀抱。这就是我梦寐以求的拉萨城啊，是向往已久的圣城啊，此刻我该用怎样的心情来拥抱你啊？

你好安详！安详得让我不敢弄出一点声响。

走过了这么多的城市，第一印象往往就是人头攒动、喧哗热闹的车站。而拉萨站，却静得出奇，宽敞整洁的广场通道，旅客秩序井然地走出车站，没有人在广场滞留，更没有人在车站大声喧哗。就像有谁在无声地指挥着，那么井然有序地走着，按着既定的方位走着。

好蓝的天空，我无法去形容她，只知道就是在草原之上，也没有见过如此湛蓝的天空，洁净得让你感觉不到一丝尘嚣。白云是如此的大气、豪爽，一下便挥洒出去，如无数条洁白的哈达。云层或厚或薄，却白得彻底，白得洁净，总会给蓝天留下那么远大的空间。

拉萨，我心中的圣城，我来了。

仰吸

拉萨，为什么我如此的艰难，走不进你的古堡。你是开放的，你的胸怀是敞开着的，再没有任何城市能够像你如此的坦诚，我却走不进去。

你太空灵了，空灵得只能令人仰吸。

天空是空灵的。站在世界屋脊之上，应该伸手可摸那湛蓝的天空，然而，天空离你却是更加得高远，远得空旷，远得神秘，切切实实远得让你肃然起敬。空气是清新的，没有一丝的杂尘，因此才有了如此无法描绘的蓝色。高峻的山峰似乎已经触及天宇，但是天宇毕竟含蕴于它的辽阔，依然孤傲在群峰之上，依然育成它的无边的穹窿。云际、天边，分得如此清晰，绝不会让你有云的尽头便是天边之感。似乎也只有在这里，你才能感受得到天究竟有多高，高得不可估摸，高得难以仰视。

云是空灵的。在拉萨，断断不可把云和天空扯在一起。云是独立的，是自然的，也是自由的。无论是洁白的云，还是墨色的云，都是那么大气，大气得让你几乎不敢相信自己的眼睛。高峰之上，云应该是从山坡而来，或是从山后腾出。但是，这里的云就是云，它自由自在地、随意地便在高远的蓝空里，无限地扩大、扩大……即使这样，它依然是蓝空中的云，它依然保持了云的姿态，潇潇洒洒的。这里的云异常的端庄，绝不可用毓秀这样的字眼来形容它，那样似乎就亵渎了它的高雅的气质。白日里，在拉萨很难见到铺满天空的墨云，但是，我们告别拉萨的时候，还是有幸见到了。拉萨，为我们送上了一个很别致的告别礼物。

拉萨的阴云是有层次的。一大团一大团的白云，就像一朵朵白色的大花，盛开在半山腰；山峰之上的云，浅浅的，没有粉墨重彩登场。淡淡的，疏疏的，娴静而又安淑，均匀却又很有层次感地装点了天空。它依然离你是那么高远，并不想侵扰你。似乎用任何词语也无法描述它的意向，似乎再也没有别的辞藻来形容它的姿容。总之，我隐约感觉得到它似乎是在向人们暗示着什么，只是轻描淡写地，让你的心里如蜻蜓点水，很快恢复了平静。依稀间，不，是很清晰的，云层的间隙中还能看到那诱人的蓝天。辽远的高空已经没有云层的厚度，只是轻轻地有了抹痕而已，依然觉得那就是蓝天，太阳开了一个非常善意的玩笑。

伸展双臂，想拥抱这多姿的云么？还是想被云拥揽？似乎什么都不能。的确，什么都不能。云高洁得不肯与你接近，你也不可能够得着那云，如此的高山，都没有那云蒸霞蔚的殊荣，何况这血肉之躯呢？在这里，渺小的你，只能肃静了心，仰吸。

拉萨城，在藏民们的心目中被称为"圣都"。拉萨，不是因为这座城市，而是因为它的空灵。

大昭寺，融进了历史，融进了传奇，融进了虔诚。

金顶，大昭寺的象征。仰望金顶，回想起当年山羊驮土填池，造福一方百姓。民众的愿望才是最神圣的。

寻缘

拉萨数日，给我印象最深的便是转经路。转经的人们，沿着那条熟悉的石板路，永远是按照顺时针的方向执着地向前走着。没有起点，也没有终点。

不知为什么，一想到拉萨的转经路，首先便会想到长江、黄河之源。提到黄河，自然就会想到李白的"黄河之水天上来，奔流到海不复回"的诗篇。黄河由扎曲、约古宗列曲和卡日曲三条河流组成，"曲"在藏语中被称为"河"。而卡日曲经过科学家的考察论证确定为黄河的正源，于是便有了黄河全长 5489 千米之说。因为卡日曲发源于海拔 4830 多米的巴颜喀拉山北麓的各姿各雅山下，这个高度与黄河入海处渤海湾相比，那真是名副其实的"黄河之水天上来"了。

我国第一大河长江，它的正源沱沱河发源于唐古拉山的主峰格拉丹东冰峰的姜根迪如冰川，海拔 6548 米。长江全长 6397 千米，干流流经 11 个省级行政区，最后注入东海。

巅峰之地，便滋生出长江、黄河两大河系。细流淙淙，执着而奔放；湍流滚滚，犹如两把利剑，一路劈岩斩壑，奔赴入海。长江、黄河被称为中国的"母亲河"。长江、黄河流域孕育着伟大的中华民族，古老的文明从这里走来。

一路奔西藏而来。车窗外，带着泥沙的黄河细流诉说着这块土地的神奇，奔流不息的沱沱河铭记着这块神圣土地对它的嘱托。拉萨河是安详的，永恒是它的使命。

西域高原，空寂而苍凉，而人类的文明却就因为有了那母亲河。所以，西藏之行，拉萨之行，已经成了亿万人心中的至高膜拜之旅。每一个到拉萨的人，溯源，也是寻缘。

经过数百年的潜移默化，在藏人的心目中，拉萨是他们的圣都，至高无上的佛缘之地。不管路途多么遥远，只要此生能够到达拉萨，对着布达拉宫膜拜，对着大昭寺膜拜，走过转经路，此生便无憾了。我们内地人到拉萨去，会乘坐不同的交通工具，或汽车，或火车，或飞机。但是，藏民绝对不能这样来表达他们对于佛祖的虔诚。他们会不顾路途的遥远，虔诚叩拜而来。一步一拜，三步一等身长叩拜，五体投地，手捻佛珠，口诵经文。有的信徒为了能够到圣都朝拜，从春叩拜到夏，从秋叩拜到冬。历尽千难万险，为的就是表明心中的那份虔诚，这就是他们矢志不渝的信仰。

当我伫立大昭寺广场，看到那些虔诚的信徒，长拜于地时，他们的脸上满是尘土，他们的衣服也沾满了一路的风尘。有的光着脚板，有的袜子磨出了洞。男的、女的、老的、少的，他们不会左右张望，也不会顾忌其他，他们专注地叩拜——跪，爬，抚摸，祈祷，一刻不停。他们脸上的表情是庄重的，也是平静的。

我已经泪流满面了。

虽然警示牌上写着"不要围观膜拜的信徒"，但是，我还是舍不得离开那里，我的心被感动，我的整个身体都在战栗中。没有刻意地装饰，更没有虚假的形式，这里的神，这里的人，是同在的。

大昭寺的金顶，阳光下的熠熠生辉，似乎普照了这些善良的子民，以她博大的胸怀拥揽着众生。似乎，生命和灵魂的归宿，就在这人神共天的自然中。哀与痛，变成了古老的安宁。此时，外面的世界是多么陌生，安宁才应该是生命的永恒。

拉萨，有四条转经路，分别是林廓、八廓、孜廓、朗廓。林廓，围绕整个拉萨城转一圈，一般要二至三个小时；八廓是围绕着大昭寺转一圈；孜廓是围绕布达拉宫转一圈；朗廓则是在大昭寺里面，这也是最小的圈。

几条转经路，最神圣的当属八廓和孜廓。围绕布达拉宫的孜廓转经路，是真正的转经路。布达拉宫的红墙外，红绿的帷帐下，是排列整齐的转经筒，按顺时针转经，一路转下来，我们足足用了一个小时的时间。

藏传佛教认为，持颂六字真言越多，越表对佛的虔诚，可得脱轮回之苦。因此人们除口诵外，还制作"嘛呢"经筒，把"六字大明咒"经卷装于经筒内，用手摇转。藏族人民把经文放在转经筒里，每转动一次就相当于念诵经文一次。边走边转动经筒，表示反复念诵着成百倍千倍的"六字大明咒"。

藏民们大部分手里摇着玛尼轮，再虔诚地转动着转经轮，嘴里不停地念诵着。他们把对未来幸福生活的期盼，乃至对自己来生的憧憬，都寄托在这个给人以无限遐想的旋转玛尼轮上。他们一遍又一遍地走着，一遍又一遍地转着，一遍又一遍地诵念着。

如果说走在孜廓街上是一种神圣，那么置身在八廓街的转经人流中，你就会被一种圣洁所感动，被一种空灵所感动，被一种虔诚所感动。

八廓街，已经成为一条很繁华的街道，它是拉萨最著名的街道。据史料记载，先有大昭寺，后有拉萨城。因此，围绕大昭寺的转经路八廓，便成为拉萨一条主要的也是比较重要的转经路了。

八廓街两边，商铺云集。天珠、佛珠，各种敬佛的器皿应有尽有。古老的街道，特色的房屋，五彩的经幡，加上那顺时针涌动的转经人群，这便是八廓街的真实写照。

商铺是用来招揽外地的游客的。这些从内地来的游客，会被那些佛珠吸引，会被那些具有民族特色的物品吸引。他们会饶有兴致地观赏，然后会很诚挚地与这些商贩讲价钱。

拉萨数日，我沿八廓街也走了数圈。令我感慨的是，藏民们手摇转经筒，只是执着地向前行走，心无旁骛。如果停下来，也是买一些敬佛用的器具，如转经筒佛珠之类的。况且他们从不讲价，也不论这些东西的质量好坏，只是平静地交钱拿物品，然后又从容不迫地继续走路。更让我敬仰的是，街道的拐弯处，中间总有摊位，而这些藏民，绝不会抄近路走，而是依然从最远的路径绕过去。饰物也好，路途也好，在他们的心中，佛是至高无上的，心也应该是虔诚的，来不得半点的虚假。

街旁的奶茶摊，生意很红火，但是并不喧哗。一切都是那么安静，就像走进了一个住家户。里面的安静立刻渲染了你，也赶紧默默地坐下。老板是一个中年的男人，微笑着，用不太熟练的普通话询问我们喝什么样的奶茶。奶茶是论磅的，五元一磅。我们每人先要了一磅甜茶，热热的奶茶是装在特制的壶里的。甜甜的奶茶带着浓香，喝到嘴里回味无穷。来这里喝茶的大部分是藏民，他们大部分是一起来的，大概不是拉萨城里的。他们聚在一起，开心地说着，脸上的表情是舒心的，但是绝不会哈哈大笑。喝茶的桌子和椅子都是长条形的，矮矮的。桌子的高度相当于咱们内地的椅子高度，长凳也就离地一尺来高。不过，大家坐在这里喝茶，给人的感觉很亲切，很融洽，有一家人相聚的味道。坐在前排的几位藏族大妈，喝净了他们的酥油茶，站起来，向我们友好地笑笑，她们又开始转经了。我们又要了壶酥油茶，原来酥油茶一壶必须是两磅。这酥油茶、青稞酒，是西藏的特产，来到奶茶馆，总得先要尝尝。老板怕我们喝不惯，还给我们多加了些糖。他高兴地问我们："好不好喝？"我们友好地点点头。他高兴得跟什么似的，但是他听不太懂我们说什么话，也不太会讲普通话。说实在的，我们真的是喝不惯这酥油茶，咸咸的，最后我们只好就着水果把茶喝完。据说，在这里是不能剩茶的，是对老板的不尊重。

沿街顺时针行走，看似走向一个认定的目标，却是不断地重复着刚才的路，只有你一下子真正跨出来，才走出了转经路。

人的轮回，似乎也是在走着一条这样的圈。但是，谁又知道轮回到什么呢？

人从哪里来，便到哪里去，这似乎就是转经的真正境界。万事万物来自于大自然，也正如那母亲河长江黄河一样，发源于雪域高原，注入大海一样。

万物之源，便是自然。

人之寻缘，也是自然。

顺其自然！

回归自然！

安详

如果说西藏至高、至远、至大，那么布达拉宫便是至上、至尊、至圣。拉萨的天湛蓝得不可捉摸，拉萨的空气透彻得无比空灵，拉萨的街道充满着神秘，拉萨更以布达拉宫独有的"高原之都"成为世人瞩目敬仰的地方。

作为西藏政治、经济、文化中心的拉萨，是一座有着1300多年的历史古城。布达拉宫，这座始建于公元7世纪的宫殿，几经风雨，几经云烟，就像高耸入云的喜马拉雅山，又像奔腾不息的雅鲁藏布江，屹立在巅峰之上，扎根在藏民心田，她用她的安详，把历史和永恒联系在一起。

信徒们跪拜在拉萨河畔，面朝着布达拉宫。五体着地，挚真虔诚。布达拉宫上空的蓝天白云，是那么清静，那么安详。登上药王山观看布达拉宫，她又是那样的庄严，那样的肃穆。

随着款款的人流，一步步拾级而上。心中的震撼，远远胜过对这座宫殿的景仰。

布达拉宫始建于公元 7 世纪，公元 17 世纪由五世达赖喇嘛重修，是当今世界海拔最高、规模最大的宫堡式建筑群。"布达拉"是梵语的音译，又译作"普陀罗"或"普陀"，原指观世音菩萨所居之岛，因而布达拉宫俗称"第二普陀罗山"。

布达拉宫由白宫和红宫两部分组成。白宫是历代达赖喇嘛生活起居和处理政务的地方，红宫为宗教活动场所，除了佛殿，还存放有历代达赖喇嘛的肉身灵塔。它的整体布局显示了佛法的神威。

逡巡于圣洁的走廊，鼻吸着酥油茶香，威严至上，佛法无边。今天，布达拉宫以其辉煌的雄姿和藏传佛教圣地的地位，成为世界所公认的藏民族象征。

"西藏和平解放纪念碑"伫立在布达拉宫广场南端。它南以远山绿树做背景，与宏伟的布达拉宫遥相对应。灰白色的主体，高耸入云，犹如独占世界巅峰的珠穆朗玛峰，呈现与天地同在的恢宏气势和永恒决心。金色的五角星，高居纪念碑顶端，下面便是一行刚劲的"西藏和平解放纪念碑"碑文。纪念碑前方，左右各有一个雕塑群，右边是工农兵图案，左边是各族儿女欢庆图案。这座纪念碑，代表了全国各族人民的共同心声：中华民族大团结，国家安定富强，人民安居乐业。

我喜欢在布达拉宫广场散步。我喜欢用手抚摸那百年柳白，你听到了吗？它在向你讲述唐蕃和亲的故事。我喜欢看布达拉宫广场上悠闲漫步的和平鸽，你看到了吗？那是人与大自然和谐共处的美好画面。我喜欢透过泉眼网格看下面缓缓流淌的溪流，你感觉到了吗？那是拉萨河永久的安详。

让我久久驻足的，还是站在布达拉宫广场瞩目那巍峨雄伟的布达拉宫，它不仅仅是一座宫殿，也不仅仅是佛教的圣地，而是藏民心目中和平幸福的一个象征。

有人把拉萨比作西藏大地之王，把布达拉宫比作王者头顶那威严而又璀璨的王冠。其实，布达拉宫何尝不是一座使人性达到空灵的人间天堂呢？百姓祈盼安居乐业，人民祈盼和平幸福，藏族人民心目中的这座圣殿，只有它才会让大家实现梦想。

西藏，神奇的世界；拉萨，藏民的圣城；布达拉宫，和平和发展的圣地。

自然的，人文的，还是空灵的，在这片土地上，都标注着"安详"。

安详，是这里永恒的风景。

- 2012 年 8 月 -

天上人间

爱情，一个亘古不变的话题。

情爱中的男男女女，就像中了蛊，为爱痴迷，为爱无畏，为爱舍弃一切，为爱殉情。

当我仰望"中国爱情山"时，我迷恋上它朝阳初上的景色。如洗的蓝天，妖娆地点缀着花瓣似的白云，各种的姿态恐怕画家都难以描画出来。雕梁画栋似的屋宇后面恰恰露出温婉的青山，而一抹金黄正好不偏不倚地撒播在峰顶上。

"游九天银河，悟爱情真谛"，这就是天河山景区的宗旨吧。

见天门，壁立千仞。何为天门，向天打开的门，寻常凡人哪里能寻找到门楣？可见天界仙物。从天门入，便可洞见七个浴池，经过几千年的传说，也经过了几千年的变幻，这里便形成了中国最大的串珠式锅穴，这就是所谓的当年七仙女下凡天池洗浴、嬉戏的地方。

浴池里清波荡漾，绿色的浮萍掩映着青山蓝天，朵朵红莲、白莲竞相怒放，洁净而完美，让人惊诧这不是天然造物。有好奇者真的就俯下身子，用手指去触摸花瓣，惊呼道："是真的哟！真的没见过如此洁净而又让人怜惜得不可触摸的莲花哦！"是啊，这就是天河山的特殊之处，因为有了仙子，才会有了如此玲珑剔透的花儿。那朵朵莲花，正是那些美丽仙子的化身呢。沿着池中的块块鹅卵石小心跳跃，既惊险又刺激，更能体会一番当年七仙女姐妹天池里打闹嬉戏的情趣。

也正是因为七仙女众姐妹的欢声笑语，引来了痴情的牛郎。他偷偷抱走了七仙女中最小的那位仙子的衣服，这才引出了一段千古佳话，一个催人泪下又千古流传的爱情故事诞生了。

牛郎庄也好，织女庙也好，还有那让人感觉心惊胆战的鹊桥也好，我还是望着天河山上那一对情人眼巴巴相望的雕像而伤感。

天河山，一个美丽的地方，一对情侣，一双可爱的儿女。在这样的环境里，他们不羡慕天界，不羡慕富贵，他们就是希望一家人平平安安，男耕女织，用自己的双手来创造美好的生活。他们没有奢望，只求一家人相亲相守。

一道天河，无情地打碎了牛郎织女长相厮守的爱情梦，也永远隔断了这一家人的相聚。天再空旷，没有了亲情立足之地；青山绿水再美，没有了一家人应该在一起生活的空间。

当无数的喜鹊用自己的身体为一对有情人搭上鹊桥，当葡萄藤下传来那含泪的窃窃私语，你能想象得到这是牛郎织女在相会吗？

故事太久远了，传说毕竟是传说。爱情固然是美好的，一旦到来，是没有预约的，也没有办法拒绝的。现代化的都市，现代人的思路，秉承了对爱情的忠贞，也更相信爱情的实质意义。当不切实际的爱情来临时，理智是要分辨是非的。爱情可行与否？爱情与家庭可否接纳与融洽？婚姻自由，爱情伟大，但是家庭更不可忽视与小觑。没有亲人认可的爱情，没有亲人祝福的婚姻，是要经历一番磨难的。如果你真的做好了牛郎织女那样的准备，你的爱情观是可歌可泣的。但是还是要想一想，牛郎箩筐里的那一对儿女，他们是无辜的，他们在没有母爱的环境里长大，他们缺失的是什么？

当然，中国爱情山，我们就是来悟爱情真谛的。当今物欲横流的年代，两个人真心相爱，忠贞爱情，这是值得提倡与赞美的。

愿我们的爱情像爱情山一样美！

- 2017 年 7 月 -

传奇锻造美丽

打开文稿，却无论如何想不出合适的题目来。馆陶给人的印象？具有各种浓郁色彩的传统文化与现代文明的碰撞？民间艺人与世界和平？平凡与伟大？无论历史的，还是现代的，整个馆陶，虽然只是接触了数日，却给我留下一个难以描述的、难以确切表达的情怀。突然，便冒出"传奇"来作为这次馆陶之行的收获，于我也确能表达对于馆陶的情感，是最好的释怀。

馆陶，一个美丽的传说

我对于馆陶的印象，来自于历史上的那位具有传奇色彩的馆陶公主。而对于馆陶公主的印象，起源于电视剧《大汉天子》。当那位跋扈的馆陶公主拥戴了一代英豪汉武帝时，可见她的智谋与心机。"金屋藏娇"是美丽的传奇，"长相思"却又是一个传奇的悲剧。

创造了传奇的这位馆陶公主何许人也？据历史记载，刘嫖是汉文帝有史料记载的两个女儿之一，窦皇后唯一的亲生女儿，汉景帝唯一的同母姐姐，同时也是汉武帝的姑母兼岳母。刘嫖是两汉400年唯一的一位大长公主，地位比藩王还高，仅次于皇帝皇后，一人之下，万人之上。按照汉制，皇女皆封县公主，仪服同列侯。其尊崇者，加号长公主，仪服同藩王。刘嫖的封邑在馆陶县（今河北馆陶），所以称馆陶公主，于前177年（汉文帝三年）嫁给世袭堂邑侯陈午为妻，故《史记·卫将军骠骑列传》中又称其堂邑大长公主。陈午和馆陶有记载的子女有3个，长子陈须，次女陈娇，女儿是汉武帝第一任皇后陈氏（《汉武故事》称其小名为阿娇）。陈阿娇自幼就指婚给胶东王刘彻为妻，由于大长公主刘嫖的努力，刘彻得以立为太子，后陈阿娇被立为皇后。

《汉武故事》以此史实为基础，讲述了一个青梅竹马的美好童话。馆陶长公主抱着小刘彘（胶东王刘彻，后来的汉武帝）问："彘儿长大了要讨媳妇吗？"小刘彘说："要啊。"长公主于是指着左右侍女百余人问刘彻想要哪个，小刘彘都说不要。最后长公主指着自己的女儿陈阿娇问："那阿娇好不好呢？"小刘彘就笑着回答说："好啊！如果能娶阿娇做妻子，我就造一个金屋子给她住。"长公主非常高兴，于是数次请求景帝，终于定下了这门亲事。这就是"金屋藏娇"的由来。不管出自何种原因，汉武帝兑现了当初对姑母刘嫖的承诺，立陈阿娇为皇后。但是，一对年轻人，怎会记得孩提时的情感？筑金屋藏阿娇也只不过是孩子的一句玩笑话而已，怎可认真？正因为历史背景与政治目的，这一对年轻人才演绎了金屋藏娇这个美丽的传说——这也只能算作一个美丽的传说。女子，除了貌美，更重要的是德。在馆陶公主熏陶宠爱下的陈阿娇，又怎会体会到"女子无才便是德"这句话的真正含义呢？被废后退居长门宫是她必然的归宿。馆陶公主的如意算盘也终究落了空。不管怎样，刘嫖、馆陶公主、大汉天子，这些人物以为不争的事实，永远载入了史册。

历史人文与馆陶

要想了解馆陶的历史人文，首选便是馆陶魏征博物馆。魏征，唐朝政治家、思想家、文学家和史学家，因直言进谏，辅佐唐太宗共同创建"贞观之治"的大业，被后人称为"一代名相"。

魏征死后，李世民经常对身边的侍臣说："用铜镜可以端正自己的衣冠，以古史作为镜子，可以知晓兴衰更替，以人作为镜子，可以看清得失。我经常用这样的方式防止自己犯错，但现在魏征去世，我少了一面镜子。"可见，清正廉明的官员对于国家是多么重要。

以史为鉴，以魏征为鉴。历朝历代对魏征都进行了高度的评价。努尔哈赤告诫臣下以魏征为榜样，"尽厥职，明法度。以训国人，使不罹于刑戮，则君心嘉悦，眷顾日隆。""千古一帝"康熙，开创了康乾盛世的局面。但是，他对于唐皇与魏征君臣之间的微妙关系，却是如此的羡慕与称颂："人臣进言固当直切无隐，人君纳谏尤当虚怀悦从，若勉听其言后复厌弃其人，则人怀顾忌不敢尽言矣。每阅唐李世民、魏征之事，叹君臣遇合之际，千古为难，魏征对李世民之言'臣愿为良臣，毋为忠臣'，尝思忠良原无二理，唯在仁君善处之，以成其始终耳。"如此，更进一步说明了清正廉明，是国家发展与繁荣的根本保障。

魏征一生清正廉明，身后留下千古美名。据史料记载，魏征老家相传三处，一处河北巨鹿县，一处河北晋州，一处河北馆陶县。不管"英雄"出自何处，都离不开河北这片热土。魏征，是河北人的骄傲！正因为后世子孙对于魏征的敬畏，才会把魏征当成本地廉政的标尺。馆陶，把魏征博物馆与廉政文化苑建在一起，可见当地官员的决心与愿望。他们要以魏征为榜样，做好人民的公仆，做好国家的公务员。

在魏征博物馆的广场中央，雕刻有8米高的魏征塑像，古朴肃穆。立于此，仰视，浮躁的心情立刻安静下来。怀着一种敬慕，步入展厅。首先映入眼帘的是"历代廉吏"板块，仔细阅读北宋刘安世、宋代宗泽、明朝耿如杞等与馆陶有关的这些清官廉吏的事迹，让人心中涌起一股敬仰：这就是传承，一种廉政思想的传承。有了这种廉政传承，国家就有希望。

廉政，关乎到了民生。馆陶是个农业大县，农业的发展也就是馆陶的发展。一幅农夫田间劳作雕塑图，正反映了国泰民安的美好愿望。那些出土的陶制器皿、日常用具、房屋模型，反映了馆陶历史农业的发展进程。安居乐业，是人们最基本也是最美好的愿望，而清明的政治正是老百姓实现美好愿望的保障。出土文物也正反映了馆陶县历史上的清明，反映了馆陶人民的生活的祥和与安定。

馆陶, 人杰地灵。接下来进入雁翼文学馆。

雁翼, 一位慈祥而矍铄的老人, 画像如巨人般矗立大厅。伸出手去, 摸一摸那筋脉爆凸的手臂, 想从那里感受一下前辈文人的温暖。驻足, 长时间凝望, 想从那睿智的眼神里得到聆听的机遇。他在眼前, 也在遥远的过去。人走近了, 心却走不进, 只能仰视。雁翼是河北馆陶县放飞的一只大雁, 是卫河文化滋养下成长起来的作家。他由一个只读过 13 个月书的穷苦孩子成为一个享誉国内外的诗人作家, 是因为他的勤奋也是时代的造就。雁翼共发表出版作品 66 种, 其中长短诗集 64 部, 诗论集 2 部, 小说散文集 10 部, 多幕话剧本 2 部, 电影文学剧本被拍摄成电影的 8 部。雁翼的文学成就被载入英国剑桥《世界杰出名人传》《世界名人录》和美国的《世界优秀名人传》, 并获英国剑桥国际名人传记中心授予的"世界杰出文学家"证书及银质勋章和金质奖章、英国剑桥"世界优秀知识分子"奖、美国"世界 20 世纪杰出文学家"奖。雁翼, 是华夏民族的和平使者, 由他策划、发起、主编和出版的《世界和平圣诗》, 以中、英、法、俄、阿拉伯、西班牙 6 种文字出版, 汇集了世界 104 个国家的首脑祈祷世界和平的诗歌与箴言。《世界和平圣诗》的出版, 在世界上影响奇大, 被称之为"惊世创举"。

离开雁翼文学馆, 步入乔十光漆画艺术馆。乔十光, 被称为"中国漆画之父"。他的作品注重漆画与绘画性的统一, 使现代漆画在保持传统文化品格的同时不断创新, 逐步走向独立。在后来粮画小镇的采风中, 也见识了当地的漆画艺术, 果然不凡。

汪易扬, 中国艺术研究院著名狂草书画家、文艺评论家。汪易扬 1959 年被"下放"到馆陶, 时任馆陶县第一中学英语教师。历史造物, 时代弄人。也就这样, 为馆陶降下了一代名师。汪易扬的书画, 堪称绝妙。且不论文字的狂放, 单就寥寥数笔, 便勾画出了人物的神韵。几束飘带, 便把屈子面对强权宁死不屈的刚正描画了出来。再看那"云风图", 也可当作风云图来领会, 蓝黑两道浅浅的色彩, 便呈现给了你莫大的想象空间, 或风云其中, 或逍遥于云天外。

来到馆陶, 不一样的视觉, 不一样的感受。

走出馆陶博物馆, 公主湖畔的暖风微微吹来, 犹如馆陶公主舞动的水袖轻轻拂面。历史上，汉代一共封了三位馆陶公主，除了前面讲到的刘嫖公主外，还有另外三位公主。第二位馆陶公主叫刘施，是汉宣帝刘询的长女，嫁给了宰相于定国之子御史大夫于永。刘施被封为馆陶公主，食邑在馆陶，她和驸马曾共同乘船来到馆陶，在馆陶县城东的渡口下船，所以此渡口被称为"驸马渡"。第三位馆陶公主叫刘红福，是汉光武帝刘秀的第三女。刘红福被封为馆陶公主后，和驸马都尉韩光经常来馆陶游玩，还在卫河西岸筑起了一处方圆十余亩、高出地面两米的土台，在土台上建造了一座豪华秀美的望河楼，名为"黄花台"。后来因谋反，驸马一家被处死，刘红福也自杀殉情，死后葬在黄花台附近，人称"驸马坟"。历史给人更多的是深思。

公主湖，碧波荡漾，游人如织。四位公主婀娜起舞，成为此湖的地标，也给人一种美丽的遐想。

特色小镇，美丽馆陶

如果说，刚刚我还沉浸在馆陶博物馆里的各种人文展厅里，走进粮画小镇，走进黄瓜小镇，走进羊洋花木小镇，却真的让我感到了传奇锻造美丽的实质。

在馆陶博物馆里，也展示着一些具有浓郁生活气息的出土文物。一对家鸡，模样古朴，线条粗拙，十分可爱。一些民俗场景，有农田劳作的场面，也有生活画面：一个农妇在揉面，一个农妇正在往锅里贴饼子。李家药铺、昌盛当铺、黄家大店，展示着馆陶的过去。那么，馆陶，这个既不依山又不傍水，单单以农业为主的古县，如今又是怎样的呢？

带着一种好奇，也带着一种期盼，河北省散文学会的作家们，与馆陶的特色文化小镇有了一次亲密接触。

翟庄村，不愧为"黄瓜小镇"。单看街道两边各种各样的黄瓜壁画，犹如跨进了一个有关黄瓜的童话世界。弯曲遒劲的黄褐色瓜藤，油绿舒展的蒲扇形瓜叶，顶着嫩黄花的翡翠般的瓜儿。再看那幅集市贸易图：骑车送瓜的大妈，笑得那么开心；过磅收购的商家，自信满满地写在脸上；瓜藤下追逐的孩子，欢快的笑声惊飞了雀儿。"美丽乡村大学"赫然矗立在村子中央。这是天津一家黄瓜研究所的研发基地，也是河北科技大学的教研实习基地。翟庄村人是有头脑的，他们要把自家的特色产品发扬光大。

片片竹林，碎石铺路，弯曲小径，汩汩流水。在竹林深处，发现一座新建的老院落。看标牌，原来是馆陶老县委的驻地。战争年代，馆陶的老县委曾在这里驻过，今日专门修建了一处宅院用来纪念。老县委院的对面，是一个党员家庭，影壁墙上是入党誓词和毛泽东的头像。出老县委大院，走不多久，便见到一座奇异的门楼——顶上两侧的三角与中间的凸起共同组成一个钢叉形状。据当地人介绍，这种门楼叫钢叉门楼，据说有镇宅辟邪的作用。此门楼建于1971年，至今已经历40多年风雨。带着期许，来嗅一嗅黄瓜酒的甜香；满怀好奇，品鉴一下"黄瓜食府"。驻足于张骞塑像前，浮想联翩。这小小的黄瓜种子，从西域而来，经风沙，饮清冽，在汉地生根发芽，开花结果。经过千年又千年，走进寻常百姓家；经过千年又千年，黄瓜变成了翟庄村的特色产品。翟庄村，也因为黄瓜而成为馆陶特色文化小镇。

寿东村，位于馆陶县城西3千米处，309国道南侧。"中国十大最美乡村"8个大字赫然醒目地呈现在初来寿东村的客人面前。寿东村，已成为馆陶游览的度假休闲的最好去处。寿东村的魅力就是粮画。粮画，顾名思义就是用粮食为材料作画，是馆陶人的创举。

中心广场入口处，一对粮仓的造型分列在两旁，揭示了粮画小镇的主题。广场正中央，是一座用玉米棒子组成的帆船造型，船帆上写着"海增粮艺"。村口的小花园，竖立着彩色的美术字"粮画小镇寿东"，颇具童趣。"采摘园""竹柴扉""篱笆墙"，这些梦里才有的乡村字符赫然出现在眼前，让人感到既惊喜又亲切。

寿东村，每一条街道都具有自己的风格。葡萄长廊，彩色街道。更让人流连忘返的是行走在"粮画一条街"上。街道两边的巷子里，都是粮画作品，各色各样的，既具有传统文化的精髓，又有现代文明的特色。粮画作坊里，巧手的姑娘们，心无旁骛地俯身在操作板上，用一粒粒彩色的粮食，粘贴出一幅幅精美的作品。在粮画小镇，见到了面临失传的滕氏布糊画。虞美人、朝颜、玉兰，以牡丹为主题的《和平昌盛图》，尽述了布糊画的工笔，集绘画、浮雕、刺绣、绢人、布贴画等一体，以补改糊及其堆积法独成一家。当看到那幅惟妙惟肖的《老鼠娶亲图》时，心中油然升起对艺术的敬畏之情。艺术的生命在民间。天易瓷绘、金箔画、木版年画、羽毛画……这些让粮画小镇大放异彩。时间太短促，来不及好好欣赏，来不及细细体会，大家带着美好告别了粮画小镇。

羊洋花木小镇，"青山绿水，记得住乡愁"。

美丽乡村建设，是人们的美好愿望。馆陶，用传奇锻造了美丽，历史人文与现代文明在这里碰撞出了最绚丽的火花。

- 2017 年 4 月 -

相思梦里

很早就品尝过，赵县的雪花梨，雪白甘甜；很早就知道，梨乡，当属赵县，素有"万顷梨园"之誉；很早也知道，赵县有个梨花节。尽管有那么多的关于赵县梨花的所闻，但是亲眼目睹赵县梨花，却是在这一次散文学会年会的采风中。

那日，天气格外的好。天空蓝蓝的，和煦的风微微地吹着。大巴车满载着欢声笑语驶离了赵县县城。

见到了！见到了！车如一叶扁舟，冲开的波线泛起了层层洁白的浪花，一树树帆影飘逝而过。睁大好奇的眼睛，看着车窗外的这一切，那果真是"万顷梨园"啊！只见那一树树的梨花，就像摆了方阵的士兵，不，那是伞兵，整齐庄严地迎接着远方的客人。

车子终于肯停下来，大家迫不及待地扑入香雪的怀抱。

这是一块怎样神奇的土地啊？竟孕育出这样神话般的美丽。

满目梨花，美而不骄，秀而不媚，娇而不俗。

走近，走近。

好想，抱一抱这梨树；好想，吻一吻这梨香；更想，与那梨花婀娜的芳姿共影。

突然，我惊愕了。

这梨树的枝干，主干高均不过二尺，然后旁逸出三五枝干，每个枝干上又要分出几枝小的枝干。枝干排列错落有致，空隙是那么恰到好处。行与行之间，株与株之间，娇艳的梨花若即若离。

无论是主干，还是枝桠，上面遍布着大大小小的斑痕——那是被斧正留下的

29

痕迹。是啊，游人只想欣赏满树的梨花，只会吟咏那"忽如一夜春风来，千树万树梨花开"，谁会想到，梨树的身上竟是如此伤痕累累？谁会想到那向上的枝头都会被拉伸下来？

我想，梨树是最重感情的呢！她感谢梨农对她的悉心呵护，她懂得如何回报这些辛勤朴实的人们。无论承受怎样的痛苦，她都会用那满树的梨子来报答！看，这簇簇闪光的梨花，不就是果农的希望吗？

这梨树，不但懂得回报，而且更懂得奉献。果农们毫不吝惜地采摘着，一朵朵娇艳的梨花被扔进了布兜，被堆积在路旁。果农在疏花，因为一棵梨树承受不了这么多果实的胚芽，会影响果子的质量。

簇拥在一起的仙子们，她们知道自己再也不能结子，延续自己的生命了；她们也知道从此不能再享受阳光雨露了；她们更知道自己会被曝干，去成为新事物的一分子，从此再没有了自己。但是，她们依然没有失去昔日的风采，依然是那么楚楚动人。因为，她们知道自己的奉献是值得的。

一阵风吹来，隐没在花簇中的嫩黄的梨树叶子探出头，又藏匿起来，带着顽皮稚气的笑颜。

愁绪随风飘散。

脚踏在这潮湿松软的土地上，一股暖流涌遍了全身。

梨乡之美，不仅仅因为那花团锦簇、洁白如雪的壮观，更是因为那种静默奉献。这种美，美得实在，美得自然，美得令人震撼！

夕阳西下，挥手致别！梨花颔首！

友人感怀："赵县梨花接素霞，冀南燕北两无差。分离香透来时路，相思梦里有梨花。"

是啊，回家数日，真的是"相思梦里有梨花"呢！

- 2011 年 4 月 -

这是一个无雨的季节

这是一个无雨的季节。

已经进入7月中旬，按照时令，这是个多雨的季节。确实，一阵云来，一阵密雨，天空便变得异常潮闷起来。

窗外，知了有一阵没一阵地鸣唱，恹恹的，没有睡醒似的。经过几场或大或小的雨，柏油路两边的草坪里有了泥土的味道，花池上方的空气氤氲着，树木的枝干上也多少有了宽窄不均匀的泪痕。

心田里应该有足够的水分吧？为什么却如此得烧灼呢？等到外面的鸟儿一声声单调的嘶鸣时，没有了欣喜的成分，只是默默地听着，任它一声声叫，掺杂着知了慵懒的叫声，好不合拍。

那日，去湖边采摘荷叶嫩芽，也顺便采撷了几朵含苞的荷花。荷箭被插到瓶子里，注上水，荷便拼命地生长。一夜之间，便怒放。每一片荷花花瓣都是那么舒畅，它自觉好像没有离开那湖。不过一日，花瓣片片脱落，露出了嫩绿的莲蓬，莲蓬也自有它的雏形。又过一日，蓬的嫩绿变浅黄，原有的姿色踪迹皆无，完全变成了另外一种样子。它已经不是荷。

想那湖里，风吹雨打，荷，依然是荷。

……

闷热的天气，居然让蝴蝶误入了室内。我不晓得它们是怎么进来的，抑或就在纱窗门的一张一合的瞬间？何时闯进的呢？不得而知。总之，我是在近日内，相隔一日，便见到了两只蝴蝶。它们趴在地上的姿势是何等的美丽，翅膀舒展着，随时都要起飞。但是，它们就那么舒展着，一动不动，像标本，美丽化作了永恒。

......

荷，本应在湖里，花开花落；蝶，本应在山谷，在田野，自由飞翔。

心里依然干涩涩的，于是便觉得这是一个无雨的季节。

- 2016 年 7 月 -

杨花开的时候

本应是桃红柳绿、草长莺飞的季节，天气却异常反常，一场又一场的寒风瑟雨，给温暖的春天带来了肃杀之气。无论是生灵，还是那些不会说话的草木果蔬，都瑟缩着，躲避着这寒气的侵袭。

行走在上学的路上，"啪"的一声，一个毛茸茸的什么东西掉在了我的脸上，我惊叫着，险些从车上晃了下来。慌乱中，打掉那个东西，定睛看去，原来是杨花，我们这里管它叫"毛毛虫"。它确实像毛毛虫，长长的身子上长满了褐色的绒毛，乍一看，比毛毛虫还要恐怖。谁知，它却是我的独爱。

我不知古人为什么把柳絮和杨花混为一谈，柳絮轻盈曼舞，而这杨花却实实在在，你能看得见，摸得着呢。我也不知道，杨花为什么又跟水性联到了一起，杨花实际上不美，谁看到都不会去夸赞它，只因为古人把杨柳合成一体，就把杨花也赋予了那轻飘，然后便是女子的轻浮了。呜呼，冤哉，这大大的屈死了杨花。

见到杨花，我心里也犹如今天的天气一样，一改往日的那种喜悦，异常悲凉起来。胸口如塞了铅块，满目都是苍凉，也真的想看到杨花飞舞起来，洋洋洒洒的，直直地飘飞到空中，飞到那苍穹里去，那是通往天堂的路吧？我多想在这个季节里，在这杨花开的季节里看到你。而你，却悄无声息地走了，走得让人猝不及防。你这一走，真的带走了我 20 年的相思相恋。

20 年前，那也是个杨花开的季节。我一人独行在铺满杨花的大街上，城市的喧嚣已经无法打动我那颗绝望至极的心。我就这样漫无目的地走着，走着……不知不觉，我走上了铁路线，那呼啸而过的列车丝毫没有让我感觉到它的危险。我被一个人死死地抱住了，我随着他摔倒在那棱角分明的石头堆里。随即，又被他连拉带拖地架到了远离铁轨的地方。我们都瘫坐在地上，他"呼哧呼哧"地喘着，我也"呼哧呼哧"地喘着。

记不清当时我是如何地跟他发火，怪他多管闲事；他又是如何地跟我大吼，说我不配做人。就这样，我们争着吵着，吵累了，他哭了，我也哭了。我们身边落满了杨花。他掬起一捧杨花，说："你看它们，样子也丑，生命也短，可是为什么还要年年开？你是有知识的人，你难道连这点道理也不懂吗？"我不知他一个大男人，为什么对着那杨花落泪。我的心一阵战栗，接过那一捧杨花，"呜呜"地哭起来。从此，我再也没软弱过，每次见到那杨花，我心中就会增添无穷的力量。

后来才知道他的姓名，才知道他有一个非常贤惠的妻子。他见过我，是在一次学生家长会上。因为他长我几岁，所以我们便以兄妹相称。他始终没告诉我那天是怎么注意到我的，他不说，我也就不多问了。此后，我们经常来往，我和爱人常到他家里去，他和爱人也常到我们家里来。但是，我觉得我跟他更谈得来，工作、学习、人生，他就像一位哲人，娓娓道来，令人折服。

由于工作调动，我们相距很远，见面的机会也就少了。他的妻子非常贤惠，有时候，她就特意邀请我到他的家里去。在我的心里，一直把他当作救命恩人，更确切地说，也是我的引路人。信息发达的时代，我们从来没有过私人的电话联系，通话时也是用家里的座机。我觉得，这样的情感是崇高的，应该在阳光下的。

去年 5 月份，他和妻子来我们家。那个时候，我们已有两年多没见面了。他特别瘦，脸是蜡黄的。听他爱人说，他刚刚做过手术，是胃癌。我心里一阵酸痛，眼泪忍不住流了下来。他诙谐道："别这样啊，我还活着呢！哈哈，记着那杨花啊，人家才一个春秋啊！"我们那顿饭吃了好久，心里一直是坠坠的。

想不到，时隔三个月后，突然接到了他爱人的电话，说他已经走了，就在一个月前。病危时他嘱咐爱人不要告诉我。我傻在了那里……他唯一留给我的嘱托就是"春天里多去看看杨花"！

我不记得谁说的："来的总归要来，去的总归要去。"这来去之间，是如此仓促，容不得你去思索，更不会给你重来一次的机会。人生一世，草木一秋，荣荣衰衰，没有定数。无论时光的长短，既来之，则安之。每个人都要好好走完自己的这段路程，不要留下太多的遗憾。

举目再看，那串串的杨花，在风中摇曳着，犹如篇章里的乐谱，跳跃着……我仿佛听到了春之声。

- 2010 年 4 月 -

那条弯曲的胡同

与其他街道不同，进街口一直往南，约行 20 多米，突然转向东，10 多米后又转向南。这就是我们家门口那条弯曲的胡同。

住在胡同里的共 4 家，都在靠南的那段直直的胡同里。我家住胡同东边。胡同西边有两家住户，最南边的那家是亮哥家，他是我二爷爷家的孙子。北边的那家是珍姐家，她是我大爷爷家的孙女。我、亮哥、珍姐是同一个曾祖父。

东西胡同尽头往南的拐角处，还有一户人家，大门是朝南的，是一个老奶奶。大人们都叫她"老政委"，到底是哪个"政委"，我不得而知。问母亲，母亲也不知道。老政委是一个特老的老人，身体是佝偻的，经常见她拄着个棍子出出进进的。

这个胡同一到晚上就让人害怕。尤其是晚上，在外面贪玩了，回家的时候，第一段胡同还好，直直的，回头能看到大街。向左转过弯，越走越黑，这是最让人恐惧的地方了，总觉得在拐角的旮旯处，藏着个人或是什么东西，等拐过东边这个死角，就真的吓出了一身汗。

我和珍姐胆子小，而居最南头的亮哥胆子最大。他一个人，甭管多晚，总敢跑来跑去的。亮哥也很坏，有时候故意躲在角落里吓我们。为这事，他没少挨叔叔的揍，我们也没少受他的威胁。

不知哥哥姐姐们是否害怕，我是害怕的，总觉得有人躲在身后面，小辫子都吓得要竖起来。

珍姐的母亲告诉我们，走路的时候不要向后看，因为每个人肩上都有一盏灯在亮着。亮着灯，什么东西都不敢靠近。你如果回头，就会吹灭那盏灯，灯吹灭了，就会发生恐怖的事情……

我问母亲，母亲说我伯母是胡说八道。不管怎样，越走在漆黑的胡同里，越是想起伯母的话，就越发地加快了脚步，总感到身后还有个脚步跟得好紧，手心里捏着汗，心快要从嗓子眼里蹦了出来。看到自家的门，"咚"的一声，赶紧蹿进了屋里。

母亲见我这么胆小，就告诫我，不要在外面玩得太黑。毕竟是小孩子，一玩起来，就忘记了时间，常常躲在街里不敢回，也常常害的母亲来接。

亮哥和珍姐的家庭条件要比我家好些，因为伯伯和叔叔都很健康，并且还都会编筐窝篓的。他们利用业余时间编上几个筐篓拿到集市上去卖，每次总能换回好吃的瓜果。

吃到亮哥的东西很少，而吃到珍姐的东西却很多。珍姐在家里最小，上面有一个大她 10 岁的姐姐和一个大她 8 岁的哥哥，这样，全家的好东西就尽着珍姐一人吃。伯父经常把一些瓜放在水缸里，我们放学后便会从水缸里捞出这些瓜吃。亮哥是独子，叔叔每次出门都会给他买好多好吃的东西回来，如果不是叔婶强制让他分给我们一些外，他自己总是独吞，并且还要抢我们的吃。

不过，亮哥也有他的好处。他块头大，打架又猛，大家都怕他，在外面没人敢招惹我们。如果谁欺负了我和珍姐，只要告诉亮哥一声，那个人准会被打得鼻青脸肿的。因为亮哥打架是不要命的，不管个大个小的，都会统统败在他的手下。因为打架，家长没少找来，老师也经常让我和珍姐带纸条给叔婶，因此，亮哥也经常挨打。

有时候我和珍姐会给亮哥做假证，使亮哥少挨皮肉之苦。可是有时候，露馅了，我们也会挨各自父母的骂。

这条弯曲的胡同的卫生就包在我们三个身上，确切说是包在我和珍姐身上。说好每人一段的，结果亮哥就是不扫，总是找各种理由欺骗我们。有时候我们干脆就给他空着，调皮的亮哥便带了些土和柴禾撒在我们扫过的地段，免不了同样会遭到父母的批评。最后，我们终于达成了协议，我和珍姐负责扫，亮哥负责收土，总算相安无事地把这个卫生搞了下来。

老政委死后，大白天的，我和珍姐也不敢独自走那条胡同。总觉得老政委就在那拐角处佝偻着身子站着呢。还是亮哥胆大，天天和我们进进出出的，渐渐我们也就不再恐惧了，似乎忘记了这个胡同里曾有过老政委这么个人。

那条弯曲的胡同陪伴我们走过了童年，走过了少年。

后来，我们家把门口改向了朝东的方向，那是一条直直的胡同。珍姐一家也搬走了。最后，亮哥一家也搬到了别处。那条弯曲的胡同永远沉寂在童年的记忆中。

- 2011 年 10 月 -

老屋

老屋，蓝砖黛瓦；老屋，绿藤绕墙；老屋，方砖铺地；老屋，木门格窗。老屋，灰色调，苍老十足。老屋掩映在高大茂盛的榆槐树中，老屋就坐落在老街上。如今的年轻人，陆陆续续搬离了农村，迁入了高楼。原有的村庄成了空心村，大部分人居住在村子外新的庄子里，那里的街道宽敞，宅院宽敞，房间豁亮。街道、房舍整齐划一。

偏有那怀旧的老人，就依恋这老屋老街道，任凭儿女怎么哄劝，就是不肯离开。刘念怀，就是这样一位老人。这是一个曾随军下江南的老干部，已经耄耋之年。他从江南一路寻回家来，就是不忘他的老家，还有他的糟糠之妻。妻子为他养大了三个孩子，两个儿子一个女儿。还不到 60 岁时，妻子的哮喘变得厉害，以至于不能下床。刘念怀回到了家中，他身上多处中弹受伤，一条腿还被扔在了战场上。他不愿住在舒适的城市里，他喜欢老屋，喜欢这里的一切。用他自己的话讲，就是"我多半辈子顾不上家，闭眼前我要守着家"。

村后的土路修成了柏油路，新校舍也建了起来，而妻子走了。刘念怀脸上很平静，他兑现了做丈夫的诺言，妻子是拉着他的手离开人世的。

儿女们来了，守在他的身边；孙辈人来了，围在他的周围。大儿子住在离家较近的城市里，也是个不算小的官员。每到周末，他总要来看望父亲。大儿媳表示要常住家里，方便伺候公公。刘念怀把头摇摇，说他自己还行。二儿子住在离家很远的大城市里，已经成为国家的栋梁。他每年也都要回家几次，与老父亲睡在一条土炕上，听父亲讲做人的道理。儿子要给父亲请个保姆，父亲摇摇头，说他想自己一个人清静。

　　老屋屋顶上长着草，老屋院子里也种满了花花草草。老屋的小南院子里还种着绿油油的蔬菜。工人身份的小女儿，早已退休在家，她便带着自己的小孙子，来陪伴着老父亲。老父亲几次装作生气的样子，要赶女儿回自己的家。他说女婿上班不容易，回到家里更需要热茶热饭。女婿下班后便直接到老丈人家，与老丈人在一起聊聊天、下下棋，有时候还与老爷子比画比画，切磋一下太极拳技艺。

　　老屋，就像一架老式照相机，"咔嚓""咔嚓"，动情地拍下了一张张温馨的画面。迎春花前，小外孙伏在老爷爷的耳朵边说着什么；树阴下，女儿为老人摇着扇子，老人笑得眼睛眯成了缝；中秋圆月高悬天上，一家人围坐在一起，吃着月饼，听老人讲着过去；白雪皑皑，老人在大儿子的搀扶下，站在老屋的台阶上，表情严肃，似乎想起了什么……

　　每年的新学期开学日，都会有一群孩子，排着整齐的队伍，由老师带领着，到老屋，向老爷爷献花；老爷爷也总是戴着红领巾，眼睛笑得眯成缝，他会给孩子们准备好多的礼物。孩子们在老屋笑啊唱啊，老爷爷也笑啊唱啊……

　　老屋不寂寞。无论春夏秋冬，老屋里的客人不断，老屋里充满欢声笑语。

　　老屋不孤独。有阳光，有蓝天，有绿草，有花朵，更有浓浓的亲情。

　　老人说，他有些难为孩子们，但是他不想离开老屋，他愿意做老小孩。儿女们说，孝为天，不想让"子欲养而亲不待"成为永远无法弥补的遗憾。何况他们与父亲一样，从骨子里眷恋着老屋，老屋是他们的根。

　　老屋不老。

- 2016 年 10 月 -

沙发

　　"沙发"是个外来词，根据英语单词 sofa 音译而来。沙发，是装有弹簧或厚垫的靠背椅家具。追溯沙发的历史，应是公元前 2000 年左右的古埃及，但真正意义的软包沙发则出现于 16 世纪末至 17 世纪初。当时的沙发主要用马鬃、禽羽、植物绒毛等天然的弹性材料作为填充物，外面用天鹅绒、刺绣品等织物蒙面，以形成一种柔软的人体接触表面。原以为沙发是外国的专利，殊不知，中国却早有沙发的文献记载，《西京杂记》中描绘的缚有厚层织物的坐具"玉几"，可以看作中国沙发的"祖先"。当沙发真正走进千家万户的时候，我们对沙发的概念也就明朗了。人坐在上面，软软的，很舒服。

　　今天之所以偶发奇想要写沙发，缘由很简单，就是因为落户我家的那些沙发，它们不同年代进驻，与我朝夕相处多年。当我想再引进一个新成员书橱时，环顾四周，只有挪移沙发的位置。认真审视测量，便决定并动手开始搬迁。把西卧室的贵妃沙发搬到客厅里，把客厅里的大长条沙发搬到东卧室，再把东卧室的两个单人沙发搬到南屋，而南屋里的双人沙发没地方去了，只好被大卸八块，做冬天取暖之用。亲爱的，您被绕晕了吧，我也不是很清爽。众多沙发，转瞬便被乾坤大挪移了。

　　双人沙发被斧头劈开，露出庐山真面目。此沙发，在我家应该有了二十年的户籍，它是与那张大木床一起来的。先说这张床，是同学的第一个木工制品。床长 2 米，宽 1.8 米，床头是半圆形的。床的颜色，极难看，说是褐色的，但是又透着点红；说是红色，却是黑乎乎的，总之，难看死了，而同学是本着栗色调的。望着这所谓的栗色床，同学也很难为情。更有意思的是，床身是一体的。床的前半截有床箱，可以打开。当这张床被四五个壮汉子抬进房间时，那叫一个费劲。床，实在是太重了。同学做工实诚，无论是床板、床围，还是床头，一律是实木的。加上整个床是一体的，能不重吗？这张床外表看着不美，但是货真价实。与这张床定做的还有一个双人沙发。因为沙发是被布包住的，坐上去有弹性，后背也很软。所以沙发里面究竟什么样，我们是不知道的。同学说，你们就放心用吧。也别说，这张床和这个沙发，还真耐用。大概过了五六年吧，沙发的后背有的突出来，有的凹下去，人坐在上面，后背依靠上去搁得慌。外面的包装蛮结实，也就没有拆开，将就着用吧。后来，因为其他新样式的沙发入驻，它便与老伙伴大木床，被安置在南屋。实际，它也并没有闲着，因为南屋做饭厅，也兼做临时会客室，所以它也派上了用场。

沙发布好结实，将近 20 年了，居然不坏。拆开时，动用了剪刀。拆掉外包装，沙发就像一个被扒光了衣服的女人，羞死了。后背是用棉絮填充的，薄薄的海绵可怜巴巴地笼在棉套子上。20 世纪 90 年代初，人们的生活还不富裕，做家具的也一样，哪有那么多钱去购买上好的海绵呢？当初，买上一个厚七八厘米的海绵床垫子，也是一种奢侈，并且是家庭富裕的象征。而那个时候，棉花却是不值钱的，与现在价位相比，可以说是天壤之别。农村人，有自己的地，就能种自己的棉。棉花来得容易，也就舍得用。沙发全部用木板做，并且是松木。木板粗糙，说明同学的技术还不过硬。但是，这实惠的材料，也说明同学初做木工的用心。定做书橱时，依然找到那位同学，同学已经是一家颇有名气的家具厂老板了。我开玩笑地说："我家的家具大部分是你做的，从我家的家具就可以见证你发展的历史。"同学认真地说："是的，应该是这样的，一步步做起来很不容易呢！"我想，如果同学此时看到这被劈开的沙发，当看着这些真材实料，他会有什么感慨呢？

后来，我家又从同学手里定制了一个三人长沙发和一对单人沙发。沙发样式很赶新潮，沙发布也是很有格调的那种。沙发的靠背是能活动的，扳倒下来可以做床用。这些沙发又陪伴了我们多年。家里来的客人多时，沙发便派上了用场。三人沙发变作一张床，一对单人沙发也可以变作一张床。

翻修房子，房间变得宽敞，自然新沙发新床也会入驻。于是，一套转角沙发与一个定制的贵妃沙发被分别安置在客厅和卧室里。这新沙发，皮革面料，样式给人的感觉舒适阔气。坐垫厚实，弹力大，并且随时能够拆洗。

这三组沙发，见证了几十年的变化。它不仅见证了我家生活的提高，也见证了同学技艺的日臻成熟。我想，如果把三人沙发拆开是什么样子的呢？如果把这贵妃沙发拆开又是什么样子的呢？当意识到这些想法时，我忍不住笑了。

有时候，有些事情不可以太过于认真，麻木一些倒是养生的最好方式。在现实生活中，人们需要的是天然呆、自然萌。当你珍惜过去，满意现在，乐观未来时，你就站在了生活的最高处。换个角度看人生，也许你的生活会更加丰富多彩。

糊涂一点，潇洒一点，快乐一点。

坐在沙发上，品一口香茗，笑曰："门外何人问落花，墙边有客听流水。"亲爱的，难道不是吗？

– 2014 年 10 月 –

老街老巷

不是为寻找而去寻找，寻找不是都有结果的，更多的是曾经的人与事再也无法再现的失落，继而是心中落寞的疼与空。

暑假里虽然时间较长，但是终究没有腾出时间去看望八旬多的老舅。紧接着就开学了，繁忙的工作一周后，迎来了周末与中秋节的合并。很欣喜，于是便在休息的第一天去看望老舅。

老舅的家离我家并不算远，且有宽敞的大马路相通，骑电动车 20 分钟，便进了老舅的村口。有妇女结伴出村，言语里说是要去赶集，才醒悟今天恰是麻森大集，心忖，老舅会不会赶集去？

自从新农村改造以来，街道变平整，靠街墙面全部用黄漆喷过，方位感与地域感都不是很好的我，找寻老舅家的胡同，每一次都是考验。幸亏老舅家的小院子依旧是矮小的土院墙，虽然在胡同 10 多米深处，但是站在胡同口向里望一望还是可以分辨的。如果街上没有人，还可以停住望望；一旦街心坐人，心里就慌乱，更不愿驻足观望，好像自己多年不来似的。因此，这虚伪之心就常常让自己找错了胡同，钻进了胡同再倒出来。

还好，这次街上没有人，我可以停住向胡同里观望。还没有等我看清墙头，早已看到了胡同里的人，老舅此时正坐在自己家门口的胡同里，旁边还站立着一个中年妇女。先是那中年妇女搭了腔，大概她是对我有印象的，便高声地笑着对老舅说："你们家来亲戚了！"老舅也看到了我，慢慢站起来，这时我已经到了他的跟前。老舅越发老了，也胖了些，一件浅灰色的长袖衬衫显得很肥大，扣子没有系，露出里面的白色背心。别看上了岁数，他爱干净，即使没有舅母，这么多年了，他依然保持了他的洁净。短短的白发，短短的白胡须，脚上穿一双蓝色拖鞋，步履缓慢，也有些沉重。我刚说了句"还怕老舅去赶集了呢"，老舅摇头，说："哪里也去不了了，走不动了！"老舅的脸色并不难看，并不像上次他生病时的那种蜡黄，脸上有了红润。

我的这位老舅，只要是一见到我，不管他是怎么样的精神状态，总是话没有完。老舅现在自己一人住在一个院子里，三个儿子轮流来照看。女儿们以及孙辈人，都会常来看望他。老舅与我的母亲，只有这兄妹二人。所以，老舅作为哥哥，他心中念念不忘的始终还是他的这个妹妹。因为他们从小相依为命长大，在老舅6岁，我母亲3岁的时候，他们的母亲就过世了，他们就是被年迈的奶奶带大的。在我母亲10岁的时候，奶奶也过世了。从此，13岁的老舅就像父亲一样照顾起妹妹来，因为当时他们的父亲在外面打工。提到母亲，自然我们又是一阵伤心。尽管老舅已经83岁高龄，一提到自己的妹妹，他的眼圈还是红了。我不想再引起他的伤心，因为老舅现在也是多病缠身，尤其是心脏有毛病。便与他东拉西扯起来，自然，扯到了他最爱听的评剧。老舅很有意思，先是打开他那14寸的彩电让我看，很自豪地说，这是他自己买的，并且给我选了一个唱歌的频道。只看了一会儿，老舅说："现在唱歌的，可比唱戏的挣钱。唱歌的，一首歌就挣好多；唱戏的得练多少年，收入也不如唱歌的多。"说着，他就走到桌子前，拿起一个手掌大小的收音机，爱惜地擦擦，打开，声音好大，吓了我一跳。一打开，就是评剧。老舅歪着头看着我，好像是说怎么样？好听吧？看老舅歪着头看我的眼神，我心里一疼，多么像母亲的眼神，母亲在世时，常常用这样的眼神看我，她也是在让我认同她的选择。这兄妹俩，虽然模样上不同，但是神情如此相似。老舅的收音机音量盖过了电视音量，我就只好看里面的人张嘴。老舅又用那样的目光看我，我冲他摇摇头，大声说："我看电视。"老舅关掉了收音机，慢慢走到床边坐下，自己拿了山楂片吃。我不是有意伤老舅，要在往日，我会跟他一起听，还会跟他一起评论。但是，在这个日子里，我不想再惹老舅伤心，他经不起。

老舅说他这几天正打着吊瓶，是心脏不好，总感觉憋闷。输过一周后，医生检查说还是不太好，需要再输几天。他说今天是第9天，每天医生会在上午11点来，两小瓶药水12点多就输完了，不耽误吃饭。老舅中午饭是由三个儿子轮流管的，离得近的就到儿子家里去吃，离的远的儿子就端饭过来吃。老舅说虽然孩子们多，但是各家也有各家的难处。于是老舅一一列举了6个儿女的家庭状况，他说这几天输液，就是每天由3个女儿过来。女儿有事来不了，总会派孩子们过来的。每次来看望老舅，老舅总是很希望陪他吃饭。一是传统的观念，二是老舅可能自己也感到孤独。今天更不例外，说啥也得留我在这里吃。并且锅碗瓢盆地一一被老舅打开，还把他的橱子打开，让我看家里可以食用的东西。老舅的确不缺吃喝，鸡蛋、奶、苹果、月饼、点心、挂面、小米、绿豆等，把橱子的上下三个格子都挤满了，食用油也多。看老舅要输液，我便打电话给爱人，告诉他中午我不回去了，让他自己做饭吃。老舅很高兴，一遍又一遍地重复着："咱这里什么都有，超市好几个，路也近，我能走着去的，想买什么有什么。"

老舅说："我去南院拔几棵葱，咱们中午煮面吃用得着。"见时钟刚10:30，按照老舅的说法医生要11点才能来，于是便答应老舅自管做去，我依旧看我的电视。老舅刚走，医生便来了。医生是我的学生，见面自然非常亲切。我们坐着说着话，他一边说一边忙着兑药，并且谈了下老舅的病情。他说老舅身体底子不错，只是岁数大了些，没有什么大碍的。并且说老舅这个人很开朗，也很坚强。这是老舅与我母亲兄妹二人的共性。

老舅回来了。医生为老舅输上了液，他还有几家要去，便不敢多停留。陪老舅说着话，自然又提到了我记忆中的其他几位舅舅、舅母们，他们与老舅是叔伯兄弟。老舅一一说着他们的情况，实际大多数人已经过世。

在我小的时候，随母亲到老舅家，那个时候姥爷还在。每次都会看到好多的舅舅、舅母来这边坐，大家在一起说说笑笑，很热闹。因为自己年纪小，分不清哪个是哪个，便只能叫"舅舅""舅母"，舅舅、舅母自然也都是一些夸赞的话，无非是孩子懂事，又长高了。那个时候，表哥、表姐也常带我去舅舅、舅母的家中去玩，在那里又汇集了好多的孩子，于是大家跑着、追着，直到母亲说我们要回去了，才恋恋不舍地离开。如今，当年的孩子们已经做了爷爷奶奶、外公外婆，当年的那些老人们，也大多去了。舅舅说，这一个大院里，他们这辈人，只有他与一个患有脑血栓的堂弟还在。是的，曾经的过去，已经久远了。说话间，老舅的三儿媳妇做工回来了，她到这院里来看看，老舅很喜欢老三两口子，他说这两口子最懂事。实际上，老舅也最偏向老三两口子，因为老三是他 6 个儿女中最小的一个。老舅家大女儿的儿子来了，他上夜班，替母亲而来。他的母亲今年已经63 岁了，前几年出过车祸，因此她要是出门，家里都有人接送。外公输液，这外孙来是应该的。临近中午时，老舅二儿子的大女儿提着一箱花生牛奶来看望爷爷。老舅的脸上一直保持着平静，这些对他来说已经是寻常的了。所以老舅等他们走后，对我叹口气说："要看我的命，也够好的了。咳，儿女再多，身上的病是谁也替不了的。人老了，就得受罪啊！"老舅说得很对，他是明智的。

我做了可口的挂面鸡蛋，老舅吃得很香。吃过饭，我想老舅应该休息一会儿，便告别了老舅出来。老舅送到胡同口，一遍又一遍地说："你忙就不要常来了，我不会挑你礼的。"这话我信，但是我更清楚，老舅很希望我去。因为老舅他的心里始终惦念的是他的那个妹妹，看到我，也就能让他对他的妹妹有一个心理上的慰藉。我也一遍又一遍地告诉老舅："我以后会常来看你的！"

回望这染成黄色的老街老巷，一袭黑色衣服的老舅仍佝偻着身子站在巷口，我心里酸酸的。我扭转头，让风把泪吹干。

- 2014 年 8 月 -

赶海

  海蛎，大名牡蛎，又名蛎黄或蚝、蚵，属贝类动物。鲜蚝在每年冬至后至次年清明前最为肥美，老行尊称时下正是食鲜蚝的最佳时节。

  其实，对于海蛎的认识，更确切地说对于"海蛎"这个名词的认识，是在中学时读到的莫泊桑的《我的叔叔于勒》。年轻时于勒大肆挥霍，人财两空，被看成流氓，落得扫地出门的地步。既至美洲，赚了小钱，两年后又发了大财，成为大家的"福星"。菲利普一家渴盼有钱的于勒归来，二姐也因此找到了未婚夫，一家人都很高兴，出国到哲尔赛岛的旅行。他们在船上却见到一个酷似于勒的穷苦的卖牡蛎的人，菲利普先生在船长那里得到了信息及验证。不但发财的梦想化为乌有，进入上流社会的美梦成为泡影，眼下二女儿的婚事也岌岌可危。最后全家不动声色地改乘"圣玛洛"船回来，以免再次碰上于勒回来吃他们。最后再也没见过他。这篇文章刻画了菲利普夫妇在发现富于勒变成穷于勒的时候的不同表现和心理，通过菲利普夫妇对待于勒的不同态度揭示并讽刺了在阶级社会中，人与人之间关系的疏远情形。当时，我对于文章主题并没有太大的兴趣，因为那个年代，读文章就得要深挖主题，并且无限地扩大。引起我最大兴趣的是"牡蛎"。那个时候，没有这么多的可以查阅资料的渠道，全凭着老师在课堂上的讲解。似乎，老师对于牡蛎也并没有做什么解释，那时的我一直到现在对于"牡蛎"始终是个模糊而好奇的。

  到青岛后，我的作息时间不自觉地做了更改，每天午觉总要从午后2点才开始。睡得正酣，女婿打过电话来，问我要不要跟他们一起去海边挖海蛎。睡虫立刻跑开，我兴奋地说："去！"

　　我不知道啥叫海蛎，也不知道如何挖海蛎。上次与女儿去海边，因为炎热，不喜欢穿泳装到海水里去，沙滩上游逛，又觉得可惜，于是便穿着裙子下水。裙摆需要用手提起来，海水深处，凉凉的，水冲到肌肤上感觉很爽。这次又要到海边去，说什么也要穿条短点儿的裤子，这样下水就不用再提着长长的裙摆，还可以去挖海蛎子啊！这么想着，就换上七分裤，穿上凉鞋，戴上遮阳帽，还顺便在包里塞了件防晒衣。女婿来敲门，见他穿在鞋子里的脚上还套了塑料袋。我便觉得自己的决定非常正确。

　　一路出行，到公交站牌，亲家公已经等候在那里。他带着挖海蛎的工具：铲子、尼龙袋子、网兜等，还带了矿泉水。女婿说，这个时间段正是海水落潮的时候，挖海蛎正是好时候。

　　下公交车，要步行一段路。原来，我们要去的地方是胶州湾。远远望见，一对雕塑人。男的头戴斗笠，双脚叉开，双手用力地提着满满的一桶海蛎。女的跪伏在地上，左手撑在地上，右手拿着小铲还在耐心地挖，她旁边桶里的海蛎也已经是满满的了。这幅雕塑，在远处我并没有看明白是怎么回事，走近，原来是一幅赶海图。

　　赶海图前，有一块石板，上面书写"胶州湾赶海处"介绍。赶海又称"下海""下小海"。退潮之后，泥泞的滩涂中裸露出约一米宽的海路。人们沿着它进入海中进行捕捞。海滩上的海洋生物有蛤蜊、蛏子、老蚶、虾虎（非琵琶虾）、海蛎子、小海螺等等，是历代沿海居民的重要食物来源。虾虎是一种在淤泥中生长的软体动物，因此地产量多，质量好，风味独特，捕捉方式独特，为人所乐道。此处为半日潮，每天两次高潮和低潮。潮汐涨落时间每天延续约 50 分钟，层层递减，周而复始。每逢农历初一或十五落大潮时，赶海人可深入海中五六千米之多。

　　赶海的人很多。这个时候，我才知道，赶海非同下海去玩。看那些男男女女，蹲伏在泥泞的海滩里，有的穿着胶鞋，有的光着脚丫，不管是穿鞋的还是光脚的，满腿都是泥巴。他们拿着小铲，不停地挖，不停地捡。女婿告诉我就在露出的那段海滩里玩便是了，他们要去有石头的那边，那里才是挖海蛎的地方。我这才看明白为什么今天他爷俩穿了胶底鞋，原来，海蛎之类的海货非常锋利，不但会把脚扎坏，有时还会把鞋子扎坏。再看看自己穿着的这双凉鞋，哈，我的领地也只能属于这片落潮后的沙滩了。

放眼望去，遍地是泥泞；再看，是不断动的东西。原来满滩都是螃蟹啊！这螃蟹，好机灵，从一个洞穴里钻出来，听到一点儿动静，就抽身进入了泥里，你很难再寻到它。那些男男女女的赶海人，挖的是蛤蜊、海螺，而不是螃蟹。原来这些螃蟹太小，是不能要的。螃蟹个头大小的都有，最大的也只有一寸多，大多都很小。当你蹲下身子，不再发出任何动静时，你的眼前也便爬满了螃蟹。最有趣的是，我第一次看到螃蟹吃东西是用它前边的那两个夹子，就像两只手一样，不停地从泥土里捡拾，然后送到嘴里去。我真不知道它在吃什么，反正吃得是那样津津有味，又好像它饿肚子好多天似的。螃蟹的八只脚分列身体两边，头顶上伸出两个天线似的触须，两只白色的眼睛，非常专注地看着眼前的食物，它吃得好惬意，以至于我反复给它拍视频它都不去理会。

一位赶海的老人，提了足有10多斤的蛤蜊，走到滩上来。我看到里面还有些好看的贝壳，便去欣喜地挑拣，老人也帮着我挑拣。他听出我不是当地人，说我可能离北京很近。我说是河北的。老人很高兴，说他儿媳妇也是河北的，张家哪边的。我说张家口那地方不错，环境好，没有污染。老人摇摇头，说不行。去年他们去了一趟会亲家，他感觉那里的空气真的是不好。老人说，如今青岛的环境也不如从前了，海水脏起来，海滩的淤泥里有了好多垃圾。是啊，环境问题已经不是区域问题，而是全球化的问题了，这些不但需要政府的大力举措，也需要每一位公民共同来保护我们的家园。

我向海滩尽头走去，那里的海水卷着一层层的白浪向海滩涌来。站在海边，觉得那黄色的海水就像从半空里扑过来。以前，只从课本上看到大海是蔚蓝的。当我十多年前第一次见到大海时，我才发觉海水并不是蓝的。临近海滩的海水更没有一丝蓝的颜色，黄色的，像是裹挟着泥沙。后来才知道，大海的颜色取决于天气。

在我还沉浸在关于大海的遐想中时，女婿他们已经满载而归了。爷俩各提着半袋子海蛎，鞋子是湿的，裤子也是湿的。

清洗海蛎, 也是一件极其壮观的活。女婿跳进大桥下清澈的浅水里, 先把盛海蛎的袋子在水里来回地晃动, 海水变得躁动而浑浊起来。大桥下好多来游玩的人, 见到我们在洗海蛎子, 便纷纷围了上来, 问东问西。其实, 他们问的也是我想知道的。亲家把清洗过的海蛎子倒在一块比较宽大的石头上, 然后女婿用袋子盛水, 亲家便把这些水浇到海蛎子上去。并且一边冲洗还一边用脚踩踏。我才知道, 海蛎子那些沟沟壑壑的壳里全是污泥, 千万不要用手去抠, 壳子坚硬且锋利, 稍不小心, 就会把手划伤。只能用脚穿着鞋子去踩, 这也是赶海人总结出来的清洗海蛎的好办法。经过海水洗刷后, 海蛎就干净了许多。回家后, 再用清水冲洗几遍, 就没什么问题了。这海蛎子, 绝对保鲜!

提着这几十斤海蛎子往回走, 也是需要体力的。爷俩裤子、鞋子是湿的, 上衣也被汗水浸湿了。幸亏这天还不是艳阳高照, 幸亏这个时间段已经接近傍晚。想起小时候, 在粮食那么困乏的年代, 我们把寻找食物也当作了生活中不可缺少的任务, 也是乐趣。在大平原, 我们曾经在河道两旁挖地梨, 地梨长在淤泥里, 上面顶着像韭菜似的草, 但这种草是极细极细的。拔出草来, 地梨也就出来了。地梨是黑色的圆圆的, 个头有小手指的指甲盖大小, 特别硬。先把地梨与草分离, 再在水里洗干净, 那时的河水是没有污染的, 洗了就可以直接吃了。这地梨要多硬有多硬, 那个时候的孩子们, 因为吃地梨被硬生生铬掉乳牙的很多。还有, 吃槐树上结的槐豆。槐豆被摘下来, 用砖头把它砸开, 里面的豆豆露出来, 同时粘水也流了出来, 粘在手上小手指都要分不开了。于是, 便把这些粘豆放在干土里用劲儿搓, 粘水没了, 豆也就能剥着吃了。槐豆的豆不能吃, 而是裹在豆外面的那层黄白色的皮。记得那时候也没怎么觉得好吃, 但是大家聚在一起, 砸豆、搓豆、剥豆, 却有那么大的乐趣。

生活条件好了, 人们不再为吃发愁。市场上什么都有, 只要想吃, 只要有钱, 什么都可以买来吃。你看, 现在的花生、玉米、毛豆、都在市场上成堆的卖, 人们也在大兜小袋的买。在过去, 谁舍得把这还不成熟的东西生生拔下来去卖呢? 那纯粹是糟蹋粮食啊, 是不过日子的表现! 如今, 马齿苋也成了抢手的菜, 人们看到它, 犹如看到了自己的健康。要知道, 过去这些只能喂牲畜的东西, 那么讨厌地生长在地里，只要须根与土接触，它就疯长。

时代变了，环境变了，条件变了，人们的需求也变了。实际上，人们还是喜欢用自己的双手来亲自获得所需，不需要长久，哪怕一次两次，哪怕是偶尔，这便有了重温大自然的亲切与乐趣。

回到家里，自然还是这爷俩忙活，一桌丰盛的海鲜上来了。我第一次吃到这么鲜嫩的海蛎，也深深感受到了生活中真正的乐趣是在你的实践中。

付出了，就有了生存的意义。

收获的乐趣就在于身心的投入与付出。

- 2017 年 7 月 -

趵突泉的永恒

　　济南，被称为"泉城"，其泉之多，不计其数。而众泉之首，当推"趵突泉"。不管过去游人如何看待济南的趵突泉，而这后来人，却是深深受了老舍先生的《趵突泉》一文的影响。

　　看泉进园，而我喜欢在外面看，在园外看了许久。我想，泉来自于大地，来自于令人非常神往但也无法抵达的大地深处，那么就不能被禁锢在一处，她不是奔涌着流向了大明湖吗？园内既不能看未来，更不能溯源。

　　"在西门外的桥上，便看见一溪活水，清浅、鲜洁，由南向北的流着。这就是由趵突泉流出来的。设若没有这泉，济南定会丢失了一半的美。但是泉的所在地并不是我们理想中的一个美景。这又是个中国人的征服自然的办法，那就是说，凡是自然的恩赐交到中国人手里就会把它弄得丑陋不堪。这块地方已经成了个市场。南门外是一片喊声，几阵臭气，从卖大碗面条与肉包子的棚子里出来……"这是老舍笔下当年站在园外看到的趵突泉的样子。此刻，趵突泉亮亮的水流从内园向外淌出，顺石而下，形成一个极小的瀑布。时令正值酷暑，看到这鲜亮的水流，燥热立刻消散。缓缓的水流，穿过拱桥，顺护城河，一直流向大明湖。这是趵突泉的东门，跨街道，便是泉城广场。

　　泉城广场是山东省省会济南的中心广场，地处山、泉、河、城怀抱之中。这里，已不闻"叫卖"，更不见"垃圾"，而是集济南名士林、泉标广场、下沉广场、颐天园及童乐园、滨河广场、荷花音乐喷泉、四季花园、文化长廊、科技文化中心及银座购物广场等 10 多处文化设施为一体。涓涓流出的泉水流淌于护城河。护城河两岸，柳丝柔美婆娑。

泉城广场地标，大型钢制异形曲杆主体雕塑"泉"，在广场主轴与榜棚街副轴相交处拔地而起，它取篆书"泉"字之神韵，三股形似清泉的造型辗转上升，全方位体现了泉城的风采。

见此凝固之泉，怎舍活泉之缘？于是从趵突泉公园北门入，沿着徊曲走廊，一路寻来，再次一睹趵突泉的风采。

泉池依然见方，三股泉眼依然在池子的西部，南北一字排开。据说，泉水并不如以前喷涌得热烈，似乎没有了以往的激情。但是，当我来到小桥向西观望，我还是看到了那三股喷涌的泉水，好活泼，也动人。垂柳依依，碧波荡漾。观澜亭两边的大红柱子上，镌刻楹联"三尺不消平地雪，四时常吼半空雷"，该联出自元代著名文学家张养浩所作的七律《趵突泉》。在这首诗中，无论从视觉上，还是从听觉上，可见当年趵突泉的壮美。

老舍先生描写趵突泉，用了这样的语句："看那三个大泉，一年四季，昼夜不停，老那么翻滚。你立定呆呆地看三分钟，你便觉出自然的伟大，使你不敢再正眼去看。永远那么纯洁，永远那么活泼，永远那么鲜明，冒，冒，冒，永不疲乏，永不退缩，只是自然有这样的力量！"是啊，喷涌的泉水，波波荡漾开去，就像奔腾的千军万马，并且源源不断。这是神奇的力量，这是大自然赋予人类的神韵。每见于此，心中便会涌起无限的感慨，便会升腾起无限的敬畏。

泉池中，水面波光粼粼，水底无数红鱼浅翔嬉戏。蓝天、绿石、柔柳，清晰地倒映在水中，让趵突泉显得更加清丽；自由自在的鱼儿，活泼欢快的喷泉，大声说笑的游人，让趵突泉彰显得更加唯美。

既然入园，便有必要去拜谒心中早已敬慕已久的那位美丽古人——李清照。她安静地手捧素卷晨读，毫不理会游人对她的眼神。一池泉水，名曰"漱玉泉"。不知她如今还在不在这里洗漱。绿绿的池水，池底被厚厚的一层硬币垫了底。人们总是喜欢把钱送给古人，总是喜欢用这种方式向古人祈福。清洁自水，如今满池铜锈味道，让人不禁神伤。注视那块"鸢飞鱼跃"，有些失落。鸢真的飞走了，不再回来；鱼也跳出去了，不肯再回到这里。

又寻原路返回，想再别趵突泉。那边，传来了孩子们的笑声。泉水涌到了路上，形成了一段水路，大家便在这里尽情地嬉戏着，孩子们把这里当作了天堂。是的，"家家泉水，户户垂柳"的泉城风貌依旧在，现代气息也在不断融入这座古城。

漫步曲水亭街，心中升起无限感慨。与其过客匆匆，那就不如做一个"历下人"了。

- 2013 年 8 月 -

听洼

　　大自然把宁静赋予了这片神奇的土地。

　　车窗外，大片大片的葱郁的绿色扑面而来，在脚下又匆匆地向后闪过。还没来得及辨认与欣赏的时候，这绿转瞬间便已经蔓延开去，四面八方，似魔幻般，人已经置身在绿色的海洋中了。

　　南大港湿地，俗称大洼，面积上万顷，位于沧州市东北部，属南大港产业园区管辖。驻足四望，目之所及，到处都是绿的。若不仔细辨认，连那片片的水洼，也泛着绿色的波光。绿色的海洋里漂浮着似薄纱般的白云，那是早熟的芦苇开出的穗状的花朵，毛绒绒的，如少女含羞的粉面。仙子们，扭动着纤细的腰肢，轻甩水袖，颔首微笑，含情脉脉，我的魂魄被这优美的舞姿慑住了。

　　于是，我便寻找那天籁之音。但我的耳鼓里，却安静得出奇。天高高的，蓝蓝的，一朵白云都没有。几只不知名的鸟儿在上空飞过，也许是野鹤，也许是鸿雁，祥和地安静地飞，没有惧人的意思。就连忽飞忽落的麻雀，也听不到它们叽叽喳喳的吵闹。风静静地吹，水静静地流，苇草静静地舞。大洼如此安静，这是不同寻常的。我知道我的耳朵失聪了。

　　长期生活在都市里的人们，身处在闹市中，纷杂入眼，喧嚣入耳。久而久之，心也纷杂喧嚣起来。尽管想给心寻找一片安宁的场地，但是身不由己，总会被复杂所搅扰，心也就安静不下来了。一个人处惯了的环境，突然被改变了，他会不适应。就像从缺氧地区走下的人们，偶然遇到了充足的氧气，反而不适应起来。大洼，一个原生态保存良好的地方。当你置身其中，并不是你的眼睛不适应，也不是你的耳朵不适应，而是你的心不适应了。

　　"唧唧啾啾""喳喳喳""呤呤呤"……哦，听到了，听到了，那些翩翩飞舞的鸟儿，在鸣唱，在诉说，在传情。一只灰褐色的小鸟，停落在一棵稻稗子上。她顽皮地用长嚓去梳理稻稗的秀发。稻稗不情愿地用力摇晃着身躯，娇嗔地埋怨道："这次不用你帮忙了，人家刚刚做好的头发，你看全被你闹乱了。"两只硕大的雁飞过来，"呷呷"地笑了，说："孩子，不要那么顽皮了哦！"小鸟眨眨眼睛，抖抖翅膀，点点头，轻盈地飞走了。

船在芦苇荡里慢慢地行驶着，桨轮泛起的水花，一路唱着欢快的歌。堤岸上，传来起伏的和唱。依稀，还是听到了芦苇丛中有鸟儿扑棱翅膀的声音。船走着蛇形路，专捡水深的地方走。问其原因，说是选择水路的必要。其实，这也是大洼人在有意让游船躲避着那诱人的芦苇丛，他们想让鸟儿们有一个安静的栖息地。

一阵风吹来，芦苇起舞，"唰唰""唰唰"……这温婉的声音，便从这边向那边一路响去，声音渐远。今年的降水少，于是，大洼里便露出了一片片棕红色的地面。其实，这倒也不打紧，这么大面积的洼，有了这片片红，就像绿丛中的朵朵红花。苇草具有很强的生命力，一旦水多，潜眠在地下的芦根就会努力复苏，向上生长。那时，大洼就会呈现另一种美丽的景致。

生活在大洼的人们，如这苇草一样，他们从祖辈那里延续了生命，继承了顽强不息的精神。他们的生活是丰富多彩的，如大洼蜿蜒的堤埂、纵横的沟槽、美丽的沼泽一样。他们爱大洼，他们用自己的智慧与力量改造着自己的家乡。大洼人的理念就是爱护大自然、保护大自然。他们要延续和护佑好大洼多样而独特的生存环境，使南大港湿地成为众多珍稀鸟类与野生动物的天堂。

大洼，我听到了你的声音，你才是这里的主人。

我匆匆上车而去，不敢回眸，恐再次惊扰你。我返回到喧嚣的都市，却带回了一颗洁净的心。我知道，我心中的天堂，那就是南大港湿地。不，她不只是我的天堂，她更是大自然的杰作，她属于天下生灵。

从此，在心中，听洼。

- 2015 年 8 月 -

燕子归来兮

院中那根早已废弃的天线杆，专为燕子保留，往日是它们栖息的好去处。杆子高出屋檐3米多，天线就是平行的几根金属，不长，最长的也就1米左右，最短的30厘米，这儿却是燕子的乐园。

家里住燕子，已经10多个年头。就在门洞里，这是宽敞的门洞，南北8.8米，东西4米，两个出口，一个通向外面的公路，一个则通向院心。燕子选中了它，于是便衔泥筑巢，衍生后代。

春天来，秋天去，延续了几个春秋。燕窝越来越多，燕子也越来越多。每到傍晚，便见院子上空，全是盘旋翻飞鸣叫的燕子。它们认识主人，任你怎么走，怎么驻足看，全然不介意。就在你头上盘旋，就在门洞里低低地飞进飞出。飞累了，就落在天线上。屋檐上，梳理自己。它们成了这个家的主人。数一数，门洞里的燕子窝竟有11个。

麻雀来捣乱了，并且像强盗似的。它们占据了燕子窝，并且赖着不走。于是，麻雀与燕子的战争也就拉开了帷幕。麻雀很具破坏性，它们不会精心爱护别人辛勤的劳作成果，常常把燕子窝捣得见了底。燕子又很有个性，麻雀捣坏的窝，尽管是自己心爱的家，它们也不会再重新修好，而是再重新筑巢。于是，这门洞里，才有了这么多燕子巢。

战争逐渐升级，麻雀完全没有"鸠占鹊巢"的羞辱感。它们占得心安理得，理直气壮。一个侵略，一个保卫。于是乎，院子上空不断上演着成群的燕子与麻雀争斗的画面。麻雀并不是很多，一开始是一对，后来是两对。麻雀的天性决定了它是胜利者。燕子得飞着觅食，燕子没有麻雀那么长的时间守着巢穴，也没有多余的力气与麻雀战斗。燕子逐渐败下阵来。战争不但毁了家园，也毁了孩子。

每年都看到不知道是燕子蛋，还是麻雀蛋，被摔碎在地上。后来发展到弱小的燕子或者麻雀，扑楞着翅膀在地上。父母救不起它们，它们只能哀叫着，最后死去。

人，是无能为力的。

去年来的燕子只有两对，一下子减少了很多。麻雀更是心安理得地占据着燕巢，每天呼朋唤友的，自在悠闲地唱着歌。今年来了一对燕子，在孵化完第一窝燕子后，就走了。好长时间才感觉听不到燕子的叫声，原来燕子已走了数日。

燕子走了，自然惋惜。但是既然它们互相残杀，这样的结局也是最好的。因为麻雀毕竟霸道，它不是候鸟，是"常住人口"。麻雀的顽劣性开始表现出来。晾晒在院中的衣物上被拉上粪便不说，更可气的是，它竟然瞄准了长在北屋房檐下的那个无花果。无花果快要成熟的时候，它便偷袭了。无花果被啄得惨不忍睹。用幌子吓它，它早已识破，依旧做着坏事。用网子罩起来，它却跳到网子上啄食。

一气之下，把门洞里所有的巢穴捣毁。人的破坏力更大。麻雀无奈地飞走了，搬家了。刚过一周，便有燕子的声音。燕子又回来了，没有巢穴，它们就停落在天线上、房檐上，门洞里的电线上、巢穴的边缘，也被它们高兴地占据着。它们是这里的老住户，熟悉这里的一切，对这里有着难舍的感情。说不定，明年春天，它们又回来筑巢。麻雀也许又会跟着来捣乱，它们的战争也许又要开始。一切都在自然中，一切都离不开这种有趣的规律。

- 2014 年 4 月 -

鼓韵生生

　　忍不住对于花会的好奇与渴望，一大早便坐了车，与几位朋友一同前往花会举办所在地——冀州。

　　衡湖边上，大道两旁，早已被飘扬的各色旗帜、攒动的人群挤满。硕大的红色拱形台标，上面书写着"冀州市 2016 年'百鼓擂鸣'城乡花会汇演闹元宵"。穿着鲜艳、神色飞扬的鼓手，早已排列在自己的阵地上。听，鼓声隆隆，铜锣锵锵，木槌飒飒，裙带飘飘。鼓声、锣声、喝彩声……声声震耳。欢呼、呐喊、精气神……生气勃勃。

　　你看那擂鼓的无论男女，还是老少，他们的脸上洋溢着自信，他们的全身心融入了鼓韵，鼓韵里有了生命。看那老人家已经 84 岁高龄，个头不高，身板也不再挺拔。白色羊肚子毛巾在额前打了结，完全就是西北汉子的装束。鼓槌上下飞舞，身板有节奏地劲晃，放光的细眼，脸上的弯弯皱纹，合盘脱出一个活生生的"笑"来。再看那小顽童，鼓点敲得如此到位，一招一式那么投入，全身就是一个"喜"字。

　　白发老汉弯腰钻进驴皮下，一个调皮的小毛驴绕场蹦跳着。小媳妇摇晃着鞭子，娇嗔地抽打着这头可爱的毛驴。小媳妇要骑毛驴去赶庙会吧？瞧她那得意的样子，喜滋滋地坐在驴屁股上，颠儿颠儿地。"哎呀！我的妈呀！"小媳妇被小毛驴掀翻到地上，小毛驴撒欢地跑着，还弹一弹后腿。小媳妇又羞又恼，爬起来追着毛驴满场跑。鼓声响起，大家笑成一片。

　　再看那二贵摔跤，一个人弯着身子表演着，你不服我，我不服你，你把我抱起来想摔出去，我把你按住想压倒。就这样，谁也不服谁，谁也不让谁。也有那马失前蹄的时候，对方故意卖个破绽，便跟头把式地真的就蹲坐在了地上。即使都躺坐在地上了，还谁都不会放过谁，使出全身的力气较劲，看得人呐喊助威。表演者得需要付出多大的努力啊！当这一场表演过后，我有心看着表演者摘下了面具，他已经满头大汗。更让人敬佩的是，他已经66岁了。他告诉我，为大家表演，能让大家开心他不觉得累。不过，他也有自己的顾虑，他说做这样的表演，目前他还没有找到徒弟。他担忧这样的传统文化后继无人，会在他这一代失传了。是啊，当今人们迷恋于科幻，迷恋于电子软件。而真正民间的智慧与文化，却由于怕苦怕累更重要的是得不到相应的收入而濒临灭绝，实是我们国民的悲哀。这些非物质文化遗产，需要政府、民众齐心来保护。

民间各种表演，诸如打麦场戏媳、跑旱船、舞龙狮等，在花会上纷纷亮相。来自北京的武术大师们与当地武术爱好者们做了精彩的传统表演。现代兴起的广场舞，已经替代了传统的大秧歌，大妈们身着鲜艳的彩衣，伴随着悠扬的歌曲舞动着，跳出了她们热爱生活、珍惜生命、享受人生的心声。

时间过得好快，时针很快就指向了正午。而此时，那斗锣斗鼓却进入了高潮。大鼓、小鼓、铜锣，节奏起伏跌宕。有句俗语，叫"紧锣密鼓"，不管它寓意如何，在今天，在冀州，我亲眼看到了的的确确的紧锣密鼓。锣怎样的紧？是让你眼睛眨都不能眨的紧，似乎你眨眼间，就会失去了一个段落，一个故事。对锣之人，锵锵地敲着，不同的频率，不同的姿势，在挑逗着对方，在传递一个个的信号。他们的眼睛目视着对方，面部表情严峻而神圣，绕场、跳跃、连跳、一个姿势连击……这都是只有斗锣人才懂的内容。而这声声的神采，这声声的锣声，把观众也生生地定在了那里，观众便生生地专注着场内，顾不得发出喝彩。鼓声伴着锣声，一阵紧似一阵。斗锣人跳跃在击鼓人面前，锣锵锵地紧敲，鼓点便越来越密，看谁能疏了一个间隙，哪怕针尖那么大小呢？

震撼之余，我还是多留心了一下这些朴实的锣鼓人。他们就是极普通的农民，来自于广大的冀州农村。他们换下彩衣后再次融入敲鼓的行列，我看到了他们汗湿的脊背，看到了他们笑得淳朴而又灿烂的脸。他们拿鼓槌的手是粗糙的，他们的身板没有一个是挺拔的。也许，这些人们不会允许在高层次的舞台上出现。但是，这虎虎的鼓声，这威威的气势，这生生的豪情，却是永远植根于这块广袤的土地上的。

生命不息，鼓韵生生。鼓韵生生，民泰国安。

- 2016 年 2 月 -

这北方的雪

　　纷纷扬扬的大雪在还不是它的时令的时候，就肆意地横扫了整个华北地区。顿时，云上飞者，空中舞者，树上颤者，地上铺者，无不是它——晶莹剔透的雪。

　　这是二〇〇九年的第二场雪。

　　第一场雪在刚刚霜降时节，便不请自到了。无论是生灵还是那些不会动的植物们，都领略了雪的无情。依然深绿的叶子，来不及储存养分，就冻僵在了那里。黑黑绿绿的，挂在了枝头上，让你看不到往年那簌簌飘落的黄叶。地里的什物也一齐冻呆了，冻痴了。翠绿的白菜经这寒冷，再次见到阳光的时候，一下子垮了下去，如老人的白发，松松散散地覆盖住了脸，让人看了真的好痛惜！忽起忽落的野鸡，在雪地里懒散地走着，好像它也不知自己在这个季节该做些什么了。

　　第一场雪来得急，走得也快，只留下了瑟瑟的秋风。

　　这场雪似乎酝酿了好久，似乎也是姗姗来迟的样子。

　　它即使再慢条斯理，这个时令也不是它要来的。但是，它还是从从容容、浩浩荡荡地来了。它只挟带了一丝丝的凉意，便一下子铺天盖地地拥了过来。一下子，那冰的气息便向你的脸上、脖颈、鼻孔里袭来，倏地钻入了你的脊梁骨，那寒气也便丝丝地冒了出来。过冬的寒衣——羽绒服、马靴，统统穿在了身上，围巾、口罩、皮手套把自己围了个严严实实。呼出的气体，如大团的白雾在寒冷的空气里打着转，寒寒的，变成了小冰晶。

　　天寒了，地寒了，树寒了，人也寒了。

　　上班族，不得不出门。车轱辘在厚厚的积雪上碾轧出一道道的辙痕，辙痕里很快便结成了冰，上面又薄薄得覆盖了一小层雪，人踩在上面直打滑。车子更是像喝多了酒的醉汉一样，东倒西歪的，总想跌倒下去。辙痕的两边积雪更厚，也形成了一道道的冰辙。不小心踩在了上面，准会让你与大地来个热情拥抱。

一路走来。那小心，那吃力，已经不是刚刚出门的那种寒冷了。有的是满身的汗水，内衣都粘了身上。白气从嘴里呼呼地向外冒着，在眉毛上凝了一层冰。不管是男女老少，都是白眉大侠了。

车子行进的速度极慢，像个蹒跚走路的老人。

等车、坐车，倒还不如步行得快。步行，还可以赏一赏雪景。小丛树上，那雪成团成簇的，像一团团洁白的大花。那长长的枝条上，那一抹白雪，如痕如线，温温柔柔的，如含情脉脉的少女，羞涩得垂着眉，哪怕你轻微的脚步也会惊扰她宁静的相思。那矮矮的长在地上的草啊花啊的，这个时候，都懒懒地钻进了雪的被窝。温暖舒适的棉被使它们很快就进入了甜甜的梦乡。只是在梦呓中，伸一伸小手，探一探头。哦，小调皮，你在这里呢！

雪花在空中飘飘洒洒。如果把雪比作仙女曼舞，真的一点都不夸张呢！你看那舞姿，多么轻盈，多么美妙。确实就是一位少女在翩翩起舞呢——温文而舒雅、恬静而纯洁、美丽而楚楚。

天寒地冻的日子里，享受着雪姑娘的曼舞；匆匆赶路的脚步里，额上、唇上印着雪姑娘沁入心脾的吻。突然便觉得这是难得的一种享受了，那么清新！那么惬意！

雪仍在漫天飞舞着，道路很快就又被白白的积雪所覆盖了。栏杆上的积雪足有半米厚，那高大的建筑物上，顶子、窗棂，凡是能站住脚的地方，调皮的雪儿便挤了上去。路灯和雪儿交相辉映，从每一扇亮着的窗里，透出了柔柔的暖气。顽皮的孩子，总要强拉着父母的手，把大团的雪捧回屋里，欢快的笑声湮没在安逸的楼道里。

整个世界真的是粉妆玉砌了。

望着这洁白的世界，心里沸腾着滚滚的热血，身上涌动着汩汩的暖流。脚，踩在这厚厚的积雪上，一步一步，走得更加沉稳坚定……

不由得，这天明净了，这地明净了，这人也明净了。

这北方的雪……

- 2009 年 11 月 -

沧海一声吼

先前，单知道沧州被称为"狮城"。后来，寻找城市地标，又把铁狮子作为沧州市的标志之一。追根溯源，沧州缘于铁狮子的镇海。正因为铁狮子的存在，方保住沧州这一方黎民百姓平安。

那日踏了残存的片片积雪，款步走过那道斑驳的红门，便望见了那尊久慕的神狮。驻足，仰头，凝视，禁不住让我屏住了自己的气息。它的雄伟，它的气势，它的不可一世，不禁让人愕然肃立，更让人平添一种神往。就像半空中升起一朵祥云，随即漫空里霞光万道，地上的眠竹与湿漉漉的泥土便芳润起来，迸发出勃勃的生机。

相传，古时沧州一带濒临沧海，海水经常泛滥，海啸为害，民不聊生，当地人为清除这无情的水患，自动集资捐钱，请当时山东有名的铸造师李云铸此狮以镇遏海啸水患，并取名"镇海吼"。这也是我国现存年代最久、形体最大的铸铁狮子。

沧州铁狮子历经千年风雨，虽然肢体有些破损，虽然被钢筋水泥绑缚，但是神韵犹存。它的四肢粗大而雄健，浑圆的身体彰显着无穷的力量。我静静地凝望着它，仿佛这头雄狮是沉睡着的。雄狮苏醒了，慢慢地站了起来，它的身体迅速变大，大得遮蔽了天日。它抬起右腿向前迈去，"咚"的一声，地在颤动。它的鬃毛好长，在风中猎猎作响。突然，它高昂起头，怒目圆睁，龇口洞开，双腭向后，锋齿毕露，沉闷的吼声像是从山谷里轰然而出，传向远方，耳畔扬起海浪拍击礁石的巨响。我虔诚地环绕雄狮而行，仰视它的同时，我想我的心已被熔融化，融化成了一抹春日的阳光。

铁狮一声吼，不仅仅镇遏了沧海，也唤醒了沧州的精神。沧州素有武术之乡的美誉，古往今来无数英雄竞折腰。当年好汉林冲发配沧州，引来无数英雄豪杰。红蓑草的传说，打造了杨门女将的风采。大刀王五豪气冲天，霍元甲威震精武门。

沧州历代皆英杰。古代神医扁鹊，近代大学士纪晓岚。政治改革家张之洞，京剧名旦荀惠生。诗人高适当年作边塞诗，冯氏家族曾有过皇帝梦。末代状元刘春霖誓死保民族气节，马本斋跃马横刀千里中原杀敌寇。可谓狮吼沧海名震中外，狮城儿女多英雄豪杰。

当我漫步在狮城公园，再举头看那硕大雄伟的铁狮时，有了一种亲近感。这头移居到都市里的雄狮，与旧城里的雄狮遥遥相望。都市里的雄狮，没有了以往的烈性，它变得温柔可爱了许多。也许，这正是经济发展、社会和谐的昭示吧！

沧州，是一片神奇的土地。铁钱库里摆放的重达48吨的"铁钱疙瘩"，给沧州历史抹上了神秘的色彩。位于渤海之滨的黄骅港，成为环渤海经济圈的核心。南大港产业园区，打造京津冀第一自然湿地保护区。吴桥杂技历史悠久，2006年被国务院列入第一批国家级非物质文化遗产名录。中国吴桥国际杂技艺术节，已经成为中外文化与艺术交流的纽带，被国际杂技界誉为世界东方杂技大赛场。沧州金丝小枣具有悠久的栽培历史，畅销于国内外，成为中国的金牌产业。沧州市体育馆、会展中心、狮城公园，正在成为沧州市新的城市地标。

不管历史如何变迁，社会如何发展，"沧海一声吼"的精神将永远植根于这片土地，如血液般在沧州人民的血脉里传承。

沧州的未来如菩提莲花盛开。

- 2016 年 3 月 -

青岛的树

早有苏雪林先生在20世纪30年代就著有《青岛的树》，如今，我却步先生后尘，也要写青岛的树。诚然，不是慕先生之名而写，之所以想写青岛的树，确来自内心真切的感受。

"青岛给我的第一个印象是树多。到处是树。密密层层的，铺天盖地的树，叫你眼睛里所见的无非是苍翠欲滴的树色，鼻子里所闻的无非是芳醇欲醉的叶香，肌肤所感受的无非是清凉如水的爽意。从高处一看，整个青岛，像是一片汪洋的绿海，各种建筑物则像是那露出水面的岛屿之属。"

寥寥数笔，便把青岛的树描述得淋漓尽致，这就是苏雪林先生的蕙质之处。我写青岛的树，却要着眼一处，那就是我从亲家所在的小区，而去看青岛。

青岛的楼群地基，虽然没有承德市楼群那么大的落差，但也是颇有一定的高低之分的。楼群就坡顺坡，每一栋之间，很难有平平展展的如河北大平原上的样子——那真是一马平川的，倒是有心计的开发商，便用了建筑垃圾在小区内堆砌起像小山丘似的土堆，上面栽种些花花草草，或垒砌上几块棱角分明的石头，再有那小股的喷泉，想给人视觉上的起伏，凭空去想象山水的气息。在青岛，不必去做作，更不用去装饰，全是自然的，依地势而建，楼群成自然趋势，通风采光极好。值得令人惊叹的是楼群之间的绿地。每一栋楼前，有着充足的绿地，坡坡沿沿的，上面长满了树。

青岛的树种类很多，北方的塔松，南方的大阔叶树，在这个地方都可以尽情生长，并且保持了树种原有的韵致。一般城市里，果树是不宜栽种的，而在青岛不同，果树到处都是，并且果实累累。当我看到从春到秋的无花果，当我看到坠弯枝头的露出笑颜的石榴，当我看到透着诱人颜色的亮亮的大红枣子时，不由惊叹：这不是做梦吧？在繁华的都市里，竟然有着果实缀满枝头。这说明了什么呢？一方面这里的水土环境适宜这些果子的成长，另一方面说明了青岛市民的道德修养，不会为物熏心。

青岛街道两边的树，都有着自己的个性。这里的环卫与其他城市不同，绿化带给人的感觉，既经过了人为的加工修剪，又参差着根根向上的枝条。并且每一条绿化带，并不是整齐划一，而是随意栽种，或者金菊，或者冬青，或者美人蕉……各种颜色，各种品种，交汇、融入，又各具特色。道路两边的树，也是交叉着生长，自由而奔放。大格局的统一，小格局的自由，顺应自然，又别具风格，这就是大都市青岛。

青岛是一座沿海城市，是改革开放发展的前沿。现代、文明、高科技与传统，都融入这个城市里。青岛的树，正是青岛世界的真实写照。

- 2013 年 7 月 -

那棵无花果

　　家里有棵无花果树，就种在一个废弃的大塑料桶里。水桶很大，高63厘米，周长138厘米。水桶里面装上多半桶高的土，无花果就生长在里面，茂盛得令人感动。

　　前年春天，侄子拿了一株尺把高的小树枝，对我说，种下吧，这是一株无花果。知道无花果要长很大，院子里没有土，把它种到哪里合适呢？爱人想了办法，就是这个废弃的水桶。无花果被种到里面，居然生了芽，逐渐长出了嫩绿的叶子。不曾想，它竟然结了，2个一组，共4个小球球。哈，真是无花果，不见开花，便见到了果实。果子一天天长大，每天傍晚都给它浇上些水。果子长，叶子长得更快。枫叶型的叶子，绿绿的，表面粗糙，摸上去感觉有好多的小毛刺。大大的叶子就像给无花果搭了个棚盖。无花果就像个婴儿，静静地躺在摇篮里，风吹不着，日晒不着，雨水也打湿不了，一天天成长着。当它快要成熟的时候，一夜之间，可以说是骤然，就变得硕大起来，身体一下子膨胀到原来的两三倍，并且一天天变大。果皮颜色由绿色变成了浅紫色。绿色逐渐褪去，紫色越来越深，也越来越亮。果子饱饱的，满满的，最后终于把果皮撑破了，在顶端露出小口，露出嫩嫩的果肉。闻一闻，有淡淡的清香。到了采摘的时候了。这四个无花果成长的过程中，在一簇叶子下面，又悄悄长出了3个小小的绿球。于是，这一年，共收获了7个无花果。

　　无花果摘除后，枝叶迅速地生长着。冬天来了，叶子全部落掉。这棵无花果，已经是刚种下时的3倍。过冬成了问题，最后总算把大桶移到了锅炉房里。这一冬天，它经受了烟熏，经受了火烤。树枝干干的，不晓得还有没有生机。

　　春天来了，那棵无花果被移回到屋檐下。阳光每天亲吻着它，又给它浇上适量的水。它，居然还活着。吐出嫩芽，长出叶子。

今年的无花果，竟然长出了 57 个果子。一嘟噜一串的，果子挤挤挨挨的。应该疏果的，但是我不会，我种的花草都是任其发展，于是这无花果也就超负荷努力地生长着。我真的不知道它费劲不费劲，只是看它枝繁叶茂的，果实一天天长大。成批的果实接连成熟，采摘都来不及。大家分享着甜美的果实，甜在心里的，不单单是收获。

如今，果实采摘完毕，它的枝叶又在迅速地成长。我每天都去看它，都会注视它很久。热气下去了的时候，我就给它浇水。我发现，它的叶子下，又长了几粒小绿球，看来它又要结果了。不要太累了吧？我为它如何过冬担忧起来。

一个生命，延续越长，自然越好。但是，我不会管理，也不知道我的管理能给它们带来什么后果。所以，我想还是任其发展得好。生也罢，死也罢，都随其自然发展吧。

- 2014 年 8 月 -

谛听

在这没有月光的夜里，一个人围了厚厚的披风，漫无目的地走着。

这是条乡间小路，这是个寒冷的夜晚，刚刚下过雪不久，路上的积雪好厚好厚。

夜，好静！好静！

本来就没有城市的喧哗，在这样的寒冷的夜里，更寂静到了极点，连那些没事狂吠的狗儿，也躲进了狗舍取暖去了，再不想呼出那温热的气来。只有自己的脚步声，一步一步地，踩在积雪上，发出"咯吱""咯吱"的响声，和着喉咙里发出的喘息声，倒也美妙。平素里，哪听得到自己的喘息？而这会儿，却很清晰地听得到。这喘息声，时紧时慢，时重时轻。不，那是心音，那是只有在万籁俱寂的时候才能听得到的心音。

突然，觉得这个世界是自己的了。

雪把天空擦亮了。

深邃的天空中，布满了大大小小的星。这星好亮，好亮。它们都闪着耀眼的光。这是城市的上空很难看到的。城市是明亮的，也是朦胧的。华灯布满了城市的每一个方位，每一寸空间，那种璀璨，那种热闹，让你的心没有了宁静。抬头看天，眼睛迷离了，你找不到天在哪里，突然也觉得自己迷失了。

在这里，天空是宁静的，星儿是宁静的，这里的一切都是宁静的。你自己就是自己了。你可以很好地整理自己的思绪，自由地去遐想，去追念。

在这静静的夜里，便给了自己一个好自由的天地。都说夜幕能掩盖一切。但是，在这样的静夜里，更多的是剖开了自己，好真切地看清楚了自己。

冥顽的灵魂，躁动的心潮，如鬼魅般的行为，还有那真的是好伟大，好无私的付出，统统的一股脑儿地摆在了你的面前，毫无遮拦，毫无掩饰。你如在看一个与你毫不相干的展示，也如在悉数家珍，心里没有任何的波澜，只是静静的，静静的。

一道星光从那西南方向滑落了下去，只是短短的一瞬间。天上的繁星依旧闪着耀眼的光，天空依旧是那么静谧。

卖火柴小女孩的奶奶曾经这样告诉小女孩说："一颗星星落下来，就有一个灵魂要到上帝那儿去了。"是啊，当我第一次读到这个故事时，也就认同了这句话。那时还小，就常常望着天空，看那流星滑落。并且那时好担心自己的亲人也像这星儿一样，早早地陨落下去。所以，那个时候，就很少望天。好怕好怕看到那落下去的星。

随着岁月的流逝，也不知什么时候，我却忘记了自己的恐惧，很喜欢望着夜空。

也许，岁月的沧桑，人情世故，改变了我的人生观吧。

渐渐地，就很遵循大自然的发展规律了。不去刻意地追求什么，不去过多地关注那些生不带来死不带去的东西。

我做我自己，做我自己应该做的事情。事情没有大小之分，也没有主次轻重之分，只做我心安之事。也许就是这样，反而事事都那么重要，那么值得去做。事情做得心安理得，手脚没有羁绊，生活中平添了好多意想不到的乐趣。

"与天斗其乐无穷，与地斗其乐无穷"。我要说，"与自己斗其乐无穷。"呵呵，我不是主张跟自己较劲，而是在物欲横流、权力膨胀的今天，必须与自己的私欲去斗，与自己的狭隘去斗，与自己的懒惰去斗，与自己那些时不时冒出来的不安分去斗。这样不断地反省自己，批评自己，就会变得心胸开阔起来，眼界也开阔起来。原来世界是如此大，天空是如此美，活着是如此之好。

爱这个世界吧，爱这个世界上的所有生灵吧。

感谢上苍，给了我生命，给了我爱。我用我的心感受着，我用我的全部回馈着。生命在延续，爱在延续……

无怨无悔便是我留给这个世界的。

树上的积雪太重了，那枝桠发出了一声轻微的响声。这声轻响，也把我的思绪拖了回来。

不知什么时候，大雾已经弥漫开来。眼前已是白茫茫的一片。再望那星儿，若即若离的，眨着惺忪的眼睛。

我慢慢地走着，走着。

心音伴着那"咯吱""咯吱"声，好美妙！

我独自享用这天籁之音了……

– 2009 年 11 月 –

生命的永恒

对于他，我是陌生的。当我走近他时，我辨不清他的容颜。当我置身于他的怀抱时，我依然不知道他是谁。当《兰陵王》展现于我的面前，当古战场与我脑海中的想象重叠而又冲突时，我浑身的热血沸腾了。如今，我置身于 1000 多年前的北齐时代；如今，我徜徉于响堂山石雕艺术的走廊里；如今，我居住在跨域历史、跨域时空的聚贤山庄里。

权欲与艺术

魏晋南北朝是中国历史上政权更迭最频繁的时期。由于长时期的封建割据和连绵不断的战争，使这一时期中国文化的发展受到了特别严重的影响。一向奉行的儒学思想得到了遏制，而随之出现的玄学、道教及波斯、希腊文化等不断传入并且兴盛起来。信仰的纷杂，世界观、人生观也复杂起来。战火不断，唯我独尊。胜者为王，败者为寇。北齐王朝就产生在这个年代。

北齐始建于公元 550 年，公元 577 年被与它并存的北周吞并，北齐灭亡。北齐自建国以来，短短 28 年间，更换了 6 个皇帝，还有 2 个替代皇帝。早有野心，想成霸业的北齐世祖高欢，做梦都想不到他的后世子孙，让他的高氏家族变成了名副其实的"禽兽家族"。为了权欲，为了皇位，叔侄间彼此折磨，相互残杀。一个比一个命短，一个比一个疯狂。

北齐统治者的心理是极其矛盾与扭曲的。一方面没有人性地屠杀亲人，造成朝廷与社会的动荡不安；一方面又希望自己长生不老，还希望国家长治久安。这种严重的扭曲心理就表现在响堂山石窟的雕刻上。

响堂山石窟的雕刻，始于高欢时代。高欢时任北魏大丞相，他利用职权，逼走北魏孝文帝，拥立孝静帝，建立东魏，迁都邺城，也就是现在的邯郸临漳。高欢死后，长子高澄掌控东魏政权。高澄可以说是为北齐的建立，无论是在政论制度上，还是在扩疆外联上，都奠定了稳实的基础。高澄被刺身亡后，高欢的次子高洋继承父兄基业，建立北齐王朝。高氏父子，尤其是高澄的儿子们，个个文武双全。而著名的兰陵王，就是高欢的孙子，高澄的四子。但是，短短28年，却落得个"禽兽家族"的称谓，被后人牢牢记住，这不免是一个特大的历史讽刺。而北齐的石窟雕刻，却远远不止短短的28年。高欢父子选择响堂山作为宫苑，并且把这里也作为他们高氏的墓地。可见，响堂山在北齐的地位是无与伦比的。响堂山石窟，更是融纳举国之能匠，开辟历史之先河。

北齐时期，佛的造像、形体，敦厚结实，表现出北齐民族的强健与豪迈。现存于北响堂山石窟的洞窟有9座，其中大佛洞规模最大，装饰最华丽。正面龛本尊释迦牟尼坐像，通座高5米，造型匀称，庄重敦厚，为响堂山石窟中最大的造像。其背浮雕火焰、忍冬纹，七条火龙穿插其间，雕刻精巧，装饰华丽，为北齐高超艺术的代表。响堂山石窟主要代表了北齐佛教造像艺术，是短暂的北齐王朝留下的最大的艺术宝库。响堂山的雕刻艺术，是中国石窟艺术发展史上从大同云冈到洛阳龙门过渡阶段的一个重要标志，也是研究佛教、建筑雕刻、绘画及书法艺术的重要宝库之一。

我佛慈悲。敬佛礼佛，要的是一颗佛心。而北齐，佛心何在？如果要佛心的话，那便是北齐的劳动人民。劳动人民以一颗虔诚之心，刻佛、雕佛，也在礼佛。朝代更迭，想不朽的化成了云烟；没有奢欲的，反而流芳百世。

便又想到响堂山脚下的常乐寺。那里的佛像，没有一尊是完整的。佛头没有了，只有佛身静穆地矗立在那里，沐风栉雨，看人间俯仰。想当年，北齐皇室为了权欲互相残杀，那毕竟是家事。家事殃及国事，国没了，但石窟艺术保存下来了。

而如今，文物的大量破坏，令人发指地偷运国外，为的就是换取那可怜的银子。这是民族的耻辱，也是国家的悲哀。如果说后人对北齐王朝冠以"禽兽家族"之称，而如今这些毁坏文物、盗卖文物的人，其行径还不如禽兽。

民心与创造

习近平总书记曾说过："我们既要绿水青山，也要金山银山。宁要绿水青山，不要金山银山，而且绿水青山就是金山银山。"

峰峰矿区西依太行山脉，东临冀南平原，北有洺水涓涓，南系漳河东渐，是南北经济交流中转要地和区域性经济的腹心。历史上，峰峰矿区，绿水青山，被历朝历代的统治者视为风水宝地。随着科技的发达，峰峰矿区内的矿产资源被源源不断地开采出来。煤、铁矿石、瓷土、石灰石、大理石等，沉睡了千年万年，化作了人们手头上的票子。老城市、开发区、高楼大厦，鳞次栉比；柏油马路，车水马龙、风驰电掣。人民富足了吗？人民生活水平提高了吗？人民生活质量提高了吗？而现实是天不再蓝了，山不再绿了，水也不再纯净了。人们貌似生活在物质相对富足的环境里，其实，把自己置身在了一个环境遭受严重污染的天地里。恐怕，这样子下去，人们的笑声不会久远。

人类要想生存，必须保护好自然环境。峰峰矿区从人民利益的长远着眼，开始封矿。还林于山，还绿于水。邯郸历史悠久，文化灿烂，是中华文明的重要发祥地之一。悠久的历史孕育了包括北齐石窟文化在内的十大文化脉系，内涵博大精深，风格丰富多彩。响堂山石窟是北齐最大的佛教石窟寺院，是位列中国云冈、龙门、敦煌、麦积山四大名窟之后的全国第五大石窟群。今日有幸游览响堂山石窟，不得不庆幸峰峰矿区改变思路，还百姓一个绿水青山这个举措。

有幸住在聚贤山庄，仿佛又能听到当年工匠们的窃窃私语。能够真切感受到响堂山工匠们的日常生活。也许，他们并没有因为环境的美而留恋这里，更大的可能性是他们不得不为皇家开凿。他们做的是无奈的工作，但是他们又把全身心都融入了这份工作中去。生存的方式，不会因为你的喜好而有所改变。而恰恰能够让你生存下来的，是你对那份工作的虔诚与负责。

如今，灵性的响堂山石窟艺术与现在的美化环境理念有机地结合在一起了。相信，中华民族的气脉是任何力量都摧不垮的。

向往美好，创造美好。

人民的力量是无坚不摧的——这种力量源于生命的永恒。而生命的永恒在民心。

- 2018 年 6 月 -

重温千年古韵

　　凡是懂得些英文的人都知道，"中国"和"瓷器"都书写为"China"。为什么西方人把中国和瓷器联系在一起，这要追溯到 18 世纪前。在那个时候，中国昌南（即景德镇）的瓷器就非常有名，而欧洲人把拥有一件中国昌南瓷器，作为一件很值得炫耀的事情。而昌南就成了瓷器的代称，昌南的拼写就是"China"。之后每想到中国，就会想到中国人制造的瓷器，于是乎，"China"顺理成章地成了中国的名字。可见，西方人认识中国，了解中国，是从中国瓷器开始的。

　　中国瓷器有着悠久的历史，早在 4 200 年前，就有了青瓷的出现。东汉时期，中国瓷器走向正轨。制瓷业突飞猛进发展，到宋朝，民间瓷窑大量兴起，形成了"定、汝、哥、官、钧"五大制瓷体系，而定窑列居五大名窑之首。

　　曲阳采风活动的第一站便是参观定窑遗址。

　　沐浴着五月的晨风，大家怀着一种虔诚和崇拜，踏上了去往定窑的大巴。

　　定窑遗址位于曲阳县灵山镇涧磁村一带。据导游刘小姐介绍，通往定窑遗址有两条路，被当地人称为"黑白二道"。我们不得其解。刘小姐指着过往的大货车告诉我们，这些都是拉煤的车，车辆经过，尽管上面封盖着苫布，但是依旧会落下不少的煤屑，久而久之，这条路便变成了黑色的。哦，我们恍然大悟。原来这里有着丰富的煤矿资源，这也是制瓷的有利条件。所谓"白道"，便是开采矿山，运载矿石走的路了。由此可见，这里之所以能够成为名窑，是与这里得天独厚的物质条件分不开的——既有着特质的制瓷材料，又具有丰足的燃料。

　　汽车颠簸一个多小时后，定窑遗址到了。导游告诉我们，这里流传着这样一句话："纵有家财万贯，不如定瓷一片。"可见定瓷的历史珍藏价值。她指着那绵延的山脉，告诉我们，定窑遗址东西长达 10 千米，总面积约 10 万平方千米，这一座座小山不是天然的山丘，而是由当年烧窑时留下来的炉渣、瓷片和窑具碎片堆积而成，其中最高的一号堆露出地面 13 米还多……听着刘小姐的介绍，我的眼前仿佛出现了漫天遍野的制瓷大军。那炉火的通明，染红了整个天空。

怀着一种好奇，更是一种崇拜，我们走进了定窑遗址博物馆。首先展现在我们面前的是一个硕大的坑池，这就是当年定窑的再现。采土作坊、练泥作坊、做坯作坊有序排列。长圆形的窑炉，犹如倒置的瓮罐，又如马蹄，高宽约为一丈有余，深则是高宽的数倍以上。导游介绍，窑上罩有窑棚，烟囱有两丈多。瓷坯制成后，装匣入窑，在窑炉内都呈分散排列。

看着窑炉的那点点砖孔，仿佛看到了窑匠，专心注视着"火标"，他的心里在期盼着这窑瓷的成功，那里饱含着他的心血和汗水，也凝聚着他的智慧和希望；手摸着这残缺的垫圈，仿佛看到那一摞摞瓷具，透着灵气，闪着白光，如凝脂，如白雪，如仙子翩翩而来。置身其中，让人不由得会想起刘祁的《归潜志》——"定州花瓷瓯，颜色天下白"。宋代大诗人苏东坡曾用"定州花瓷琢红玉"的诗句，来赞美定瓷的绚丽多彩，可见当日定瓷的绝美风采。

离开定窑遗址博物馆，我们便来到相距不太远的定瓷研究所参观，来亲自感受一下定瓷艺术，感受一下这千年古韵。

800 年前，宋人曾在北岳山前创造了定窑的神奇魅力；如今陈文增和他的伙伴们抱着一颗拳拳爱国之心，重新点燃了定窑，使沉寂 800 多年的定窑再现辉煌。

定瓷以"白如玉、薄如纸、声如磬"著称，今日得见，果然名不虚传。望着那一件件精美的制品，一种自豪涌向心头。这就是我们的民族，这就是我们的炎黄子孙。相信每一个见到定瓷的外国友人都会竖指称赞"Very good China！"

对我触动最深的便是制瓷作坊的那些工人们。我走进他们中间，一边看着他们认真地操作，一边与他们攀谈起来。整个的制作工序包括：成型（打磨、铸浆、折浆）、修坯（不清楚纹饰整理）、水磨（洗净浮土）、上釉、装窑、烧制、出窑。

一位修坯的小伙子告诉我，这里的工人都是经过考试进来的，要具备一定的文化基础和制作技术。这里烧制出的瓷器，如果稍有瑕疵，就要捣毁，不允许以任何方式流向世面。大家慨叹惋惜之余，一种崇敬感油然而生。有了这样的企业管理，国之品牌何患不坚？国之魂何患不威？

我还是忍不住问及工人的待遇问题。"你们工作几个小时？""8个小时。""工作辛苦不辛苦？""不辛苦。""喜欢这份工作吗？""喜欢，在这样的公司里上班谁不喜欢？"从他们的脸上看出的是真实，是知足，是自豪。从他们甜甜的矜持的笑中，我感到了企业的凝聚力。走出作坊车间，那个小伙子的话一直萦绕于我的耳际，他说："我们就是要做出世上没有的东西。"多么朴实的话啊！这就是曲阳人，这就是曲阳人的骨气。

站在定瓷研究所门口，极目远眺。绵绵群山之上，蓝蓝的炉火升腾起来，那焰火跳跃着，缔结出大朵大朵洁白无瑕的玉莲花，花儿含羞带露，映着娇媚的阳光，沐着温煦的和风，幻化作朵朵白云，白云在天际徐徐拉开一道帷幕，上面几个大字熠熠发光——"千年定窑，古韵流长"。

- 2010 年 5 月 -

神游地下天堂

　　中学时，便读过叶圣陶先生的《游金华的双龙洞》，当时便被洞中的那些奇景异石所吸引。后来这一课就又调到了小学课本里，于是乎，我查阅资料，凭着想象尽力去给学生描绘洞中奇异的景色。看着学生们与我当年一样好奇的神色，我心里暗暗下决心，有机会一定要去洞中探幽。可惜的是，除了看过北京的百仙洞之外，就再也与洞无缘。这次，曲阳文化之旅，有幸安排了游览灵山聚龙洞，让人怎不欣喜若狂？

　　告别了定瓷研究所，行程没多远，一座巨大的山门牌楼便呈现于眼前。"灵山聚龙洞"五个大字赫然入目。通往山门的石阶，跳跃行走着兴奋不已的探幽者。五月的骄阳格外的大方，尽情敞开她温热的怀抱，热情地拥抱着每一个子民。登上山门，回头眺望，啊，这里必须要留影纪念，似乎只有这样，才能表达此时的复杂的心情。

　　聚龙洞口，我们分成十人一组，鱼贯而入。顺着潮湿顺滑的石级往下前行，一股股寒气袭扰而来，周身立刻感到酥凉起来。从外面进到洞中，眼睛很不适应，首先看到的是一株忽明忽暗的灯火，原来那是篝火，是我们的祖先古猿在烧烤食物。仔细看去，果见洞壁上，一大一小两个猿人，手中拿着什么，在火中烧烤。纷乱的心，一下子变得肃然宁静起来。在这里，我们的祖先繁衍生息；在这里，我们的祖先创造着古老文明；在这里，我们寻到了自己的根。

　　顺着导游手电筒光的照射，我们看到了石壁上方的"蓬莱"二字。我很惊愕，当初一介书生的苏老先生，是怎么在那么高的悬崖峭壁上书写出这么遒劲刚毅的字来的呢？在右下方的小洞里，还看到了"别有西方此地是，乐浮休也"。当初在车上，就听导游小姐提到了"浮休"二字，她还特别强调了这两个字的写法。虽然她是百般讲解这两个字的涵义，但是，我相信在听的每一个人都不会真正领会其意。今见此书，"浮休"涵义心有所悟。当你由此洞出来，再回首看这两个字，怎一个"乐"字能解"浮休"？只有身临其境，才知洞天，才会修身养性，才会摒弃一切世间嘈杂。

叶圣陶先生所述的金华只是两条龙，而这里却是名副其实的聚龙洞。条条巨龙，千姿百态，或凌空飞翔，或昂首长啸，或露头藏尾，或蜿蜒盘旋，或卧峭壁称龙威，或入江海作蛟龙……更有那二龙戏珠，拥抱红日，保黎民吉祥；还有那龙八子，化龟驮石，保一方平安。龙生九子，个个真龙。中华民族乃龙的传人，龙威、龙势、龙德、龙神、龙吟、龙啸，无不彰显我中华民族之神威，我中华民族之智慧，我中华民族之强劲。当初叶圣陶先生如果游历过曲阳的灵山聚龙洞，肯定会为之惊叹，那么流传下来的名篇就不是"记金华的双龙洞"了，而是"记灵山的聚龙洞"了。

聚龙洞内，各种奇景美不胜收。"万花厅"带你走进花的海洋，鼻翼翕动，还能嗅到缕缕清香；"葡萄园"里，串串晶莹剔透的紫色葡萄，透着诱人的香气，真想伸手采撷一颗，含到早已垂涎的口里，好好品味一下这仙界圣果。"石瀑布"从天而降，奔泻入潭；一眼望去，皑皑白雪，让你感受到了"林海雪原"的壮美。石笋林立，蒸蒸日上；石钟乳虔诚下垂，光那灯饰就样式繁多，有美丽的小吊灯，有高雅的水晶灯，有情韵浓浓的龙凤灯……洞顶、周围、洞内、洞外、比比皆是，目不暇接。

这里不愧是龙的家园，到处是水源，潺潺的流水从洞的深处缓缓流出来，又不知流向了何处。掬一捧在手里，好清凉，没有半丝的杂尘。岩壁是湿的，钟乳石的乳头上也吊挂着水珠，晶莹透亮，手指蘸一下，或用舌舔一下，甘甜入脾。也有壁石流，这些激流顺石而下，在岩下激起千层浪波，和周围那些悬崖陡壁，组成了气势宏伟的小三峡。

聚龙洞，乃天堂也。这里空气清新，温度常年保持在 17～18℃之间。珍珍宝物，尽藏洞中。金山银谷，让你享用不尽；响帘妆镜，让你惬意闺中。漫步仙境，摸一摸定海神针，听一听虫飞鸟鸣，看一看满园果蔬，纵使坐上当年公主的那条硕大陪嫁船，也不肯再出此地。令人不可理解的是，卧于峭壁的一男孩，匍匐于送子观音之上。而这男孩却极像一个非洲孩子，皮肤黑黑的，头发短而卷。大家笑谈，这送子观音是不是搞错了？我想，我们人类共同的家园就是地球，而地球上的任何子民都是她的孩子。这万年古洞的送子观音，不是在向人们昭示地球一家亲吗？

走出洞口，回头望去，一心形火炬，跳跃着暖暖的火苗。聚龙洞在用真心向每一位游客送上最最衷心地祝福。我们深切感受到了曲阳人民的挚诚和火热，感受到了曲阳人民的伟大和无私。我们要向曲阳人民真诚地说声"谢谢"！

太阳依旧热情地拥抱了我们。但是，此时，我们已不觉得中午 12 点太阳的火辣了。

灵山聚龙洞，真如乾隆帝所赞——"地下天堂"也！

- 2010 年 5 月 -

喜踏虎山

对于虎山，我知之甚少，只是在资料上了解到，虎山位于太行山东麓，保定西北部，古代帝王确定祭祀的中华五岳——古北岳恒山的接壤处。虎山是一座"金山"，具有悠久的淘金历史。我生在平原，长在平原，对于大山，有一种好奇，更有着一种向往。那高耸入云的山峰，那奔腾狂欢的溪流，还有那郁郁苍苍的参天大树和忽飞忽落的啾啾鸟雀……去之前，我在心里，极力去想象和描绘着虎山，也许，虎山真的有老虎吧？

下午，我们便迫不及待地在当地宣传部的同志及导游陪同下，不顾日头的炙热，踏上了通往虎山的路。

拾级而上，首先踏入的是虎山之门——淘金文化苑。迎门而立的是一块长方形大屏风，遮挡住了整个大厅，一个硕大的圆形"金"字镌刻其中。这块"金"字招牌，厚重、庄严、霸气，令人望而生畏。自大门口到这块招牌，是黄金矿石铺成的路，就罩在脚下的玻璃板下。足踏黄金，眼望金牌，敬畏、凝重、神圣、责任，百感交集，齐聚心头。踏着这条路，仿佛看到了辛勤耕耘的农民，仿佛看到了认真操作的工人，仿佛看到了呕心沥血的科技工作者，仿佛看到了叱咤赛场的体育健儿，也仿佛看到了鲜艳的五星红旗在蓝蓝的天空中迎风飘扬。

绕过牌子，便是展览大厅。漫步在这金的长廊里，让人一下子就回到了那久远的年代，浅陋的作坊、斑痕累累的石碾、石磨，那执着的淘金工，仿佛就在自己的身边。据当地民间传说，唐宋时期这里就有采金活动，有"踏上虎山地，到处有黄金"的诱人传说。听导游说，只要你踏上虎山，走一走淘金路，你的脚下就沾满了黄金，从此，你就财源滚滚了。

我们跟随导游，钻进了神秘的淘金洞。洞里的光线极暗，只有壁上的电灯照明。即使这样，也要小心，不要落队。因为，淘金洞是根据当时淘金的矿脉挖掘的。矿脉到哪里，坑道就到哪里，因此形成了弯曲绵延的状态。矿脉有时被断层错开，坑道就自然分成好多。所以，必须跟着前面的人行进，否则，误入其他的洞内，就是想出来也难啊。况且这条金路在虎山下面几百米之处。

坑道非常狭窄，人刚好站直，伸出手来便可触摸到两边潮湿的泥沙，下面的路由乱石子铺成，高低不平，两边是或深或浅的小水沟。

令人惊异地是，虽然这里的光线幽暗，但是，无论是两边的坑壁，还是脚下的沙石路都闪着熠熠的光，就是那或流或断的水里，也有光在闪烁。啊，这里是名副其实的金矿带啊！虽然，采矿的盛期已离我们久远了，但是，从这点点星光，便可见当年采矿的壮观景象。

小心、艰难地行走在这条淘金路上，遥想当年，那些淘金者，那些勤劳的人民，就凭着石锤、石凿、石碾、石磨这些简单粗陋的工具，为这个世界，创造了巨大的财富。要说，黄金的价值，不在于它的本身，而在于那些黄金的开采者和缔造者们。当你穿金戴银、珠光宝气十足时，你会想到这黄灿灿的宝物里，凝聚着多少劳动人民的血汗和智慧吗？

出淘金洞，恍如回到人间。蓝天、白云、暖日、青山，一下子便呈现在了眼前。回头再看那幽深的淘金洞，仿佛从另一个时空走来。那里是古老的文明，那里有着无数人的梦幻。无论何时，无论何地，世人都在追寻一个梦，一个淘金的梦。只不过"金"的价值不同，"金"的含义不同罢了。

如果说穿越淘金隧道是对古老文明的一种追忆和反思，那么，攀越虎山，则是对现代文化的一种挑战和荡涤。

阳光依旧非常强烈。尽管是在以凉爽著称的虎山，我们还是感到了太阳的刺眼。站在洞口，导游指着屹立于郁郁葱葱山峦之上的那个遥远的小亭子说："那是上虎山的第一个凉亭，翻过像这样的三个小亭子，我们就到达虎山山顶了。"——虎山主峰三尖梁，海拔1 200米。

　　一道平直的青石路，大约二三十米，径直来到虎山脚下。啊，终于爬山了。这是一道怎样的石阶啊，抬头看，层层石阶，一直向上，一眼望不到顶，令人有些眩晕。石阶太窄了，容不下一只脚。

　　顺着石阶向上爬，眼睛紧紧盯着脚下，一步一踩实，来不得半点马虎。伸展到路边的不知名的小树枝条，故意挑逗一下崩的要断的神经线，去，哪里顾得了与你嬉戏！心跳加速，汗也淌了下来。每向上攀登一步，都要鼓足最大的劲，心脏做着最大限度的功率，大家已顾不得说笑。

　　我曾经登过长城，虽然长城的台阶比较高，需要高高抬腿才能上去，但是，城道两边有可供攀援的铁栏杆，可以借助它向上登攀。而虎山之道，两边没有可借助之物，只是静静的石头和葱郁的草木。爬山真的是需要勇气和耐力的。记得登长城时，我真的不想再往上攀登了，但是，当我看到身边的老人和孩子，正以顽强的毅力向上攀登着，敬意油然而生，一股信心和力量从脚下升起，我终于登上了城顶。这次，我一定要战胜虎山，把虎山踏在脚下。一步，一步，无须向上看，更不要回头，一直向上攀登……

　　啊，一片欢呼声，在山中回荡。我们终于登上了虎山最难上的第一段石阶。站在小亭子里，阵阵山风吹在发热的脸上，好爽啊！身上的每一个汗毛孔都竭力张大，让清凉的山风吹个透。举目四望，黛绿的群山包围着我们，那刺眼的日头这时也泛着淡淡的黄色，犹如一个顽皮的婴孩，被软软的绿色毛毯托裹着，眨巴着快活的眼睛，甜甜地笑着。回头再看我们出发时的小屋，好小，掩映在绿色帷幕之中，只露出一段蓝蓝的屋顶。真的不可思议，刚才还举目仰望不可见顶的山峦，此时，就做了我的帷帐。哈哈，登上山的感觉真好！

　　稍事休息，继续前行。山路虽然崎岖，但是，已没有刚才石阶的陡直。每攀登几级，便有一个小小的平台。这样可以边走边欣赏一下周围的景致。

　　我惊异这里的绿了，漫山遍野，全是绿的。绿色竟铺陈得如此均匀，白色的山石在绿色中隐约可见，真是造物弄人啊！这里既没有南方那种"只见树木不见石"的葱郁，也没有北方那种"穷山恶水"的苍凉，这里的绿是那样得恰到好处，根根树树，绿得那样的自然，不做作，也不妖媚。你说是碧绿，但一点儿也不鲜亮，没有娇嫩之感，透着一种成熟和凝重；你说是墨绿，但是又清晰得见到了层次，绝没有烟淼之嫌。这绿，绿得平衡，绝不孤芳自赏；这绿，绿得大气，绝不矫揉造作；这绿，绿得朴实，绝不盛气凌人；这绿，绿得静美，会让你感到怡然；这绿，绿得纯净，让人空灵幻化。我真的不知道该如何形容这虎山之绿了。这种天然的美，是无法雕饰的，也是无法比拟的。

有山必有水。未踏入虎山时，在一个小亭子里，便看到涌起的清泉；走进淘金洞，见那水滴从洞顶不断往下渗落，在坑道里形成了或宽或窄的小溪；爬到这半山腰，却见一条细细的溪流，缓缓地从岩峰中流了出来。怎样小的溪流呢？人的大拇指粗细，汩汩地流着。如一位婀娜的姑娘，扭动着纤细的腰肢，含羞带笑，款款而来，让人顿生怜爱，不忍去惊扰她的淡雅和宁静。溪流旁边，吐着一朵朵粉色的小花，花儿也含着羞，怯怯地亲吻着过往的游人。

"看，那里像不像老虎？"一声大喊惊醒了我的遐思。大家抬头向那个山头望去，果真，一只巨虎，盘卧在山峦之上。虽成卧式，但仍威风凛凛。巨虎的头威严地昂着，两只眼睛好像在密切注视着山中。巨大的尾巴，只见到了前半部分，做弓状，可见猛虎随时都有向前冲击的可能。啊，怪不得这里叫虎山呢，原来就是因为这条山脉的样子像虎而得名啊！再想想，这偌大的群山之下，隐匿着一条奇异的金脉，这虎，不就是震山之王吗？有我虎王在，谁敢来逞强？

登上第二凉亭，遥望远处群山，绵亘几十里，气魄雄伟。一种自豪涌上心头。看我大好河山，怎容外国侵略者肆意践踏？我们的江山犹如铜墙铁壁，我们的人民神圣不可侵犯。谁胆敢犯我疆土，必让他有来无回。我中华民族有如此雄伟瑰丽的大好河山，有如此伟大坚强的人民，何战而不胜？何威而不立？

登顶峰，是一个考验。山路变得异常崎岖不平，路上的沙石多起来，人踩在上面很容易滑倒。导游提出两个方案，体力不支的可以休息一下，跟随另一个工作人员下山。当然，另一个方案就是继续前行了。大家没有迟疑，互相打着气，鼓着劲，既然已经到了这个地方，一定要攀到顶峰，绝不能前功尽弃。是啊，往往事情就在挺一挺的情况下，就会出现奇迹。

啊，我们终于登上了顶峰。举目四眺，一切尽收眼底。苍茫的山脉和蓝蓝的天空，相接得那么近，仿佛伸出手去，便可扯下一片云霞做汗巾。空气是清凉的，山风是清凉的，人更是清凉的。摘下一片洁净的绿叶，含在嘴里，听着不远处山莺的鸣叫，一种在都市里无法宣泄的声音冲口而出："喂——虎山，我来了——"

"喂——虎山，我来了——"漫山遍野都在回荡着我的声音。

此时，我真的有了"一览众山小"的感觉。同时，也真正体会到"无限风光在险峰"这句话的含义。此时此刻，会让你抛却一切世俗杂念，返璞归真；你会展开双臂，让大自然的气息充满你的胸怀，你心里是如此坦荡；你会大口地呼吸着，贪婪地享受造物主恩赐的清新；你会放声高歌，把自己整个融化到大自然中；你还会躺卧下来，热烈地亲吻着大地……阳光柔柔的，好像也在这静美中感受着大自然的气息。月儿不知什么时候悄悄升了起来，悬挂在空中。日月同辉，也是虎山的一大景观吧。

我们从另一条山路上走下来。真的是上山容易下山难啊！每下一步，膝盖都疼。但是，那奔流而下的白亮的瀑布，那散发着一股股浓浓香气的槐花，立刻驱散了我们的疲惫。在路上还真的见到了黄羊的粪便，可惜，我们没有看到黄羊。

过"李白寻仙路"，来到一条瀑布面前。好清冽的水，从山顶飞流直下，大有"飞流直下三千尺，疑是银河落九天"之势。一生追寻神仙足迹的李白，竟把虎山当成神仙居住之地，不无道理。

虎山脚下，举目四望，漫山苍翠，层层叠叠，各种树木花草应有尽有。而虎山大枣非常有名。人们在市面上见到的阜平大枣，大部分来自虎山。虎山大枣不仅个大、皮薄、肉厚，而且口感好，无论是生吃，还是蒸熟做糕，都是上等佳品。酿制的红枣酒，更是别有一番风味。听着导游的介绍，仿佛看到那满山的枣树上，枝枝杈杈都结满了大大的红枣，微风吹动，红枣在婆娑的绿叶掩映下，调皮地眨着眼睛，捉着迷藏。鼻翼翕动，便可闻到股股甜香……

夕阳早已隐在山后，我们仍意犹未尽，不肯离开虎山。

- 2010 年 6 月 -

89

触摸石雕艺术

走进曲阳，犹如走进石雕的艺术殿堂。漫步在这座城市的大街小巷，仿佛在穿越一条雕刻艺术文化的长廊。街道两旁林立着大大小小的雕刻厂，各种风格的石雕制品摆满了街头，有那透着威严的石佛、石像，还有那威武无比的石虎、石狮；有雕梁画栋的亭台楼榭，还有那活灵活现的飞禽走兽；更有那惟妙惟肖的人物肖像。总人口只有 60 万人的曲阳，却有着 10 万余人的雕刻大军。曲阳，不愧为"中国雕刻之乡"！

天安门前的华表、金水桥、人民英雄纪念碑，河北省送给澳门特区的九龙晷，清华大学送给台湾亲民党主席宋楚瑜的缩微日晷，奥运福娃、奥运宫灯、奥运会徽中国印，花岗岩群雕《胜利的起点》、汉白玉雕像《毛主席重上井冈山》、国内最大的青色大理石浮雕《清明上河图》、五羊石像、黄河母亲等许多著名雕塑，无不凝结着曲阳雕刻艺人的心血和智慧。

站在雕刻广场，仰望着胡耀邦题词的"雕刻之乡"四个大字，心潮澎湃，久久不能平静。曲阳有着悠久的雕刻历史，早在西汉时，张良之师黄石公便在曲阳创习石木雕刻，开启了曲阳雕刻艺术之先河。北魏时期，曲阳雕刻已形成了自己特有的风格。时至盛唐，佛教盛行，各地大兴土木、修建庙宇，曲阳石雕从此得以长足发展，作品具有了极高的艺术成就。元代、清代，曲阳石雕艺术炉火纯青，在众多石雕艺术中脱颖而出，成为北方最大的石雕流派。从云冈石窟、乐山大佛、敦煌石窟、五台山佛像至阿房宫、故宫、圆明园、颐和园修建，处处都留下了曲阳人的雕刻艺术。

千年古刹北岳庙内，让我们一睹了当年曲阳雕刻的唯美艺术。虽然那些石雕制品有些残缺，但是从那斑驳陆离的石碑刻记中，仍可窥到当年曲阳工匠的匠心独运。历史的东西永远成为了一座丰碑，而艺术是无止境的，是需要不断创新发展的，只有这样，才能永葆艺术的青春。曲阳人在继承的基础上，大胆构思，勇于创新，再创曲阳雕刻艺术的辉煌。正是有了这样的理念，有了政府的大力支持，曲阳雕刻名家辈出、精品不断。

我们参观了陈文曾先生的定瓷博物馆。定窑瓷器，琳琅满目。尤其是那有名的"孩儿枕"，温润而恬静，不愧是馆中珍宝。"阴阳酒壶""八碗酒壶"，在导游的演示下，一展它们迷人的神韵。大师，不愧为大师，他们创造着世界上绝无仅有的东西。

走进曲阳县雕刻艺术宫，就好像走进了艺术的天堂。董事长甄彦苍先生热情地迎接着我们。漫步艺术宫，仿佛置身在了西方艺术的长廊中，可爱的天使、美丽的女神，刻画得丰腴、传情。有人便问甄先生，是不是学过西洋画？甄先生说："艺术是相通的，是中国的，也是世界的。"我理解了先生这句话的含义。每一个民族，每一个国度，都有她的根本，都有她的智慧结晶。美丽的事物是相通的。一个艺术家，如果用自己的艺术来展现他所崇拜喜爱的，不就是让民族的走向世界的了吗？

望着那古朴的"对弈"、飞扬的"日行千里"、安谧的"睡神"以及那透着母爱和灵气的"母子图"，不由人联想到那些雕刻艺人，他们手拿锤子、凿子，寒风凛冽中、烈日炙烤下、尘灰飞扬中，一件件美轮美奂的汉白玉制品从那专注中、心血、智慧中，脱颖而出。

曲阳人在用心雕刻精美，我们在用心触摸艺术。我想，不久的将来，"曲阳雕刻艺术"这颗华北明珠，一定会夺世人眼球，大放异彩。

– 2010 年 6 月 –

大山里的感动

　　自然的，才是神奇的；淳朴的，才是最真的。被感动，往往不是物质形式上的拥有，而是心灵的沟通与爱的给予。

　　太行屋脊，天公造物，之神奇正可谓"妍秀如峨眉，雄伟胜泰山，险峻如华岳，深幽如衡山。红岩壁立万仞，绿树壁映千山，山山皆丰碑，处处入图画"。

　　太行屋脊海拔 1 736 米，是南太行林虑山景区的最高处。林州市石板岩乡南寺村，就坐落在林虑山主峰西侧。这里的确是世外桃源，站在南寺村向周围眺望，只见峰光峥嵘，泉瀑飞泻，花木拥翠，风景幽雅，谁人都会惊叹，谁人都会忘返。

　　望着沟壑悬崖上的那一层层梯田，不禁有更多的感慨：山里人祖祖辈辈生息在这块山巅之上，他们的生活真的如仙境里所描绘的那样美好么？他们是怎样繁衍生息的呢？

　　绕过天池，再攀缘上一段山路，一个凉粉摊位出现在我们的面前。摊位就选在山路的一侧较为平坦的一块山脊上，大约四五平方米的样子，上面简单搭起一个凉棚，凉棚下面摆放着一张不算大的长方形石桌，几个木凳。大汗淋漓、又渴又乏的游人，一见到这凉棚，自然要坐下来歇息，不由自主地会选择一份凉粉用来充饥解热。卖凉粉的是一位古稀老人，他不慌不忙地笑呵呵地用那木把的勺子把带着诱惑的凉粉盛放到每个人的碗里。顺滑的凉粉吃到口里，立刻一种凉爽由口腔到胃，舒爽了全身。醋、蒜、辣椒等佐料尽情地搁放，根据客人自己的口味定，让你最大限度地体会一把山巅的人间味道。

　　的确是这种感受，在这空旷的大山里，森林遮天蔽日，竟然在白云深处，品尝到了人间烟火。

导游晓丹显然跟大爷是熟客，便问大爷为啥不见大娘来卖凉粉。大爷说大娘住院了。大爷说得很平静，就像这山一样的静。旁边的那个十六七岁的小姑娘是老人的孙女，今年刚刚初中毕业。她将来要到山外去读书，就像她的父辈一样走出大山去。老人对于孙女的打算，也没有任何的表示，还是依旧的平静，只是乐呵呵地刷碗，盛凉粉。

再向上攀爬一段山路，一个村庄映入眼帘，这就是南寺村。

据村民介绍，南寺村共有住户16家，57名村民。他们的祖先早年从外地逃荒到了这里，然后便定居了下来，到他们这代已经相传了五代。全村共有马、冯、刘、谷四个姓氏，其中冯姓人口最多。

他们靠天吃饭，靠山过活。他们在悬崖峭壁上开垦出一块块的不规则的梯田，种下玉米、白薯等农作物。

大山厚爱着这些善良的子民，赐予他们满山的花椒、山楂、山核桃、何首乌、灵芝、天麻、党参等珍真之物；大山以它特有的方式哺养着这些勤劳的村民，让他们个个延年益寿，南寺村又被称为"长寿村"。

大山的子民懂得报恩，那就是他们的知足、淳朴、善良、勤劳。

他们说，现在政策好了，自从开通了太行山隧道后，山里人可以到山外去，感受外面的世界；山外的人可以走进大山里，他们这些不出门的老人，就可以跟山外人聊聊天。生意收入不重要，他们高兴的是能够跟山外来的人坐在一起说上几句舒心的话。

山里人的生活的确是舒心的，从他们一直微笑的脸上可以看出来。条件苦吗？的确苦。用石板和土坯修建的房子，虽然是两层，但走进去就会感到阴暗潮湿。窗子不敢开得过大，屋子里的杂物也堆放得满满的。但山里人不避讳这些，他会热情地拉你走进他的住房，向你介绍他们的起居。他们脸上的笑容一直是灿烂的。

山货是山里人的经济来源，但是山里人是大方的。开着"农家小院"的两位老人，把自己摆放出售的山楂片先用手捧给我们，然后索性用塑料袋装了硬塞到我们的包里。他们并不宽裕，即使开着"农家小院"，用来招待客人的也只不过这几样菜蔬：手擀面、大烩菜、炒柴鸡蛋，还能喝到他们亲自放养酿制的蜂蜜，天然纯正。山里人以他们所拥有的全部，用来热情地招待客人。试想一下，当今物欲横流的年代，淳朴的招待你又能在哪里找寻得到呢？简单的饭菜中，盛满的是山里人满腔的热情啊！

交谈之际，一位年过六旬的老大娘慢慢走过来，她手里拿着一个草垫子，笑着，用手比画着，意思是让我们把草垫子垫在石凳上，她怕我们着凉。等我们重新坐到草垫子上，她却退在一边，只是看着我们笑。

开店的老人介绍说，这是他们的叔伯妯娌，一个聋哑人。她什么都明白，只是听不到也不会说话。

"老人靠什么生活？"

"低保，现在不是有低保了吗？他两口可以享受低保了。"

看着开店大娘一边介绍一边露出的欣慰笑容，我还是问道："你们享受低保了吗？"

"我们是不行的，我们有儿有女的。"大娘双手摆着，似乎她自己就认定了不够条件享受低保待遇的。多么憨直淳厚的山民啊！

"孩子都在村子里住吗？"我继续问道。

"不，儿子不住这里，住外面了。"大爷把话题抢了过来，"儿子在外面有工作，孙子也在林州上学。"显然，大爷对于儿子的选择还是颇赞成的。

"那女儿呢？"

"没了，女儿没了。"大爷语气放低了些，但是脸上并没有忧伤的表情。

不该去触及老人的伤痛，但是两位老人依旧是笑着的，依旧是真诚地笑着，伤痛对于他们来说已经随着时光淡去了。

坐在一边的那位聋哑大娘又走了过来，似乎她觉得离我们越近越好。她笑笑地看着我们。

我站起来，紧紧拉住大娘的手，我不知说什么，眼泪却不自觉地流了出来——

我被山里人的这种淳朴深深感动了。

面对他们的热情，我没有可以回报给老人的，就把戴在头上的那顶遮阳帽给老人戴上。闭月妹妹赶紧为我们抓怕了一个镜头。老人执意不肯要这顶帽子，她指指太阳，指指我的额头，踮起脚把帽子重新戴到我的头上。多么善良的老人！

我们走出了很久，再回头的时候，只见那位聋哑老人就在我们的身后不远处，她依依不舍地跟随着我们。我们向她一次次地挥着手，老人才肯把脚步放慢，但是就那样执着地看着我们，就像露着笑容的一尊塑像，我的眼泪再一次夺眶而出。

大娘啊，您不舍得我们离开，我们又何尝舍得与您离别呢？

多么可敬的老人！——就像我慈祥的母亲！

走过一座小桥，竟然踏上了与南寺村对过的那条青石板山路。开店老人的招牌"农家小院"清晰可见，他们还在遥望着我们。我们向他们再次挥手。

山里人离不开大山，但是他们也渴望到大山外面去，他们也想多听听山外的信息。山外人之所以觉得这是个世外桃源之地，想走进这里，是因为厌倦了城市的喧嚣，厌倦了人与人之间的纷争。

但是，山外人永远做不了山里人。

西凹村路边，一位白发长髯的老人，吸引了大家的眼球。这是个懂得经营的老人，因为山里人的长寿，使那些猎奇的山外人都要与老人合个影，做个留念，因为这比拜真佛还要来得实在些。老人实在精明，于是明文标价："凡与老夫合影者，每张10元。"

老人也是个有学问之人，就把山里的药材连翘晾干来卖，大袋小袋的都有。主要的是桌前还有一张大红纸，上面书写着连翘的疗效。

老人用地方话讲着——非常认真地讲着，旁边还有一位花甲大娘在帮忙解释。话虽然听不太懂，但是从他们的眼睛里，你会看到山里人的真诚，会觉得这些山货的真实。

山外的文化已经走进了山里。

名山古道，总会有那么多的"善男信女"，对着神灵虔诚地膜拜，祈求保佑，并许下愿心来承诺神灵给予的护佑。有时候我也会不由自主地汇入其中，总以为自己的善心能让神灵普度更多的众生。今天看来，自己与其给那些菩萨神庙上香，把爱的责任推卸给神灵，不如自己先把心向佛，把钱用来买这些山货，做点实际的。

当我拿出钱要买的时候，老人说什么也不收钱，硬把两袋银翘塞进我的包里。老大娘费劲地跟我解释着："我们结交的是有缘人，姑娘你是个好人，就送你了。"

银翘，虽然不贵，一块钱一袋，但是老人的举动和这一番话语，却让我十分感动。心中暗问：好人坏人脸上写出来了吗？

我询问老人贵姓，老人用笔在我的本子上写出"桑"字。

"老人家今年高寿啊？"

"呵呵，还小呢，也就八九十岁吧。"老人哈哈地大笑着，露出一口整齐洁白的牙齿，红红的脸膛，下颌那一尺多长的白髯更加飘逸。

山里的年轻人很难看得到，只有坐客山庄才见得到几个年轻人，他们是在做旅游生意，他们在用自己的智慧创造财富，改变着自己的命运。

山是人的依靠，人是山的灵魂。

大山用博大精深的资源厚爱山民，山民用淳朴和勤劳的品性回馈大山。

山人合一，人山共存，这就是"太行屋脊"的灵魂。

大山里的感动，不是因为那峭拔雄浑的山势，也不是那奔涌狂泻的山泉瀑布，更不是那拥红环翠的草木，而是大山的子民。

物质上的富有，精神上的贫瘠，便有了登峰攀缘、寻仙探幽之举。

大自然赋予的是天然的灵性，绝色的东西自有它的睿智。而淳朴和纯真正是这睿智的撷取之源，人性的回归只有返璞归真。

人之感动在人心。

令人感动的，才是最神圣的，也是最美的。

- 2012 年 6 月 -

醉秋风

虽然，"立冬"已一周有余了，却仍不明晰冬的影子。于是，风儿便一再地刮，从东南刮到了西南，又从西南刮到了西北……风儿拂在面上，软软的，柔柔的，全没有冬天冷瑟的味道。于是，不如把这风儿退了季节，就叫秋风吧。

天，醉了这秋风。朗朗的，蓝蓝的，没有一丝的游云。燕雀早已趁了温暖的晴日，飞归去了南方，便更留下了一片净朗的天空。

空气异常得清爽。堆成垛子的黄灿灿的玉米，透着诱人的迷醉憨态；翠绿的大白菜，怒放着嫩黄的心儿，早有蛐蛐儿眠卧其中，尽享这醉人的秋风了。

这秋风，如了临盆的孕妇，阵痛中潜着喜悦，带着与死神决绝的满足，醉倒在黄昏里……

秋风送来了金阳，一直亮堂了满屋。饮一口带着浓香的美酒，从头润到了脚，醇爽了心，醉红了脸颊。

落光了叶子的树冠上，高高擎起个红日。云海里，没有一抹彩霞；七彩光线，毫无遮拦地拥抱了枝桠，透过缝隙，撒落了一地的金黄。

李白的古琴再次弹起《秋风词》时，幽怨早已湮没在欢歌笑语的声浪中。幸福地守望，徜徉在这秋风里，醉了。

这秋风，这醉人的秋风……

- 2010 年 11 月 -

我的雨

在这无法入眠的夜里，让我想起了你，我的雨。我知道，尽管郁闷密织了空气，我还是听到了你的叹息。

沙沙。

你来了，我的雨。

沙沙，沙沙……

我的雨，你终究款款而来，在这深深的夜里。

无需再去想象，满目的葱茏在柔情的细雨中洗去铅华；也无需去看，天地之间斜扯着无尽的缠绵。不要再去想什么了，只需慢慢闭上双目，轻轻张开双臂，静静地感受雨的气息；轻轻屏住呼吸，悄悄听雨。

丝丝的细雨，委婉地讲述着一个神美的故事。故事里有一个湿漓漓的灵魂，在夜幕下凄美地吟唱着，似远似近，若有若无……像诉说着一种神秘的启示……

雨在讲着自己的心事。

或喜，或悲，或愁……

于是，我的心也跟着喜了，悲了，愁了……

懂了，懂了。从你那无边的雨丝中，从你那簌簌之声中，我感受到了你的那份多情，感受到了你的爱的意境，也感受到了你的情的亲切。

滴滴答答的雨声，萦绕耳边，柔婉缠绵，仿佛约我进入一个恬淡的梦境。

那一刻，我的灵魂仿佛脱离了自己的躯壳，在这湿漉漉的林子里，在这沉睡的田野上，远离了喧嚣，远离了人群，升腾，升腾，再升腾！

小雨轻柔的絮语伴我入眠。

吻吻晶莹的雨珠，蹚进浅浅的溪流，打起串串的水漂……那荡起的层层涟漪，扩散着忘我的释然。

你悄悄地离去了，我的雨。

趁我沉沉酣睡的时候。

一阵欢快的燕鸣，促我睁开蒙眬的睡眼。看到了，一片朗朗的天空。

- 2011 年 4 月 -

娘的歌谣

Vol. 2

NIANGDE GEYAO

彩虹桥

在涿州市义和庄乡东辛村的乡亲们的心里，有这样一座彩虹桥：桥的一端，连接着河北省省政府、省直工委；桥的另一端，连接着东辛村。他们，以代表和维护广大人民群众的利益为己任，求真务实；他们，从实际出发，实事求是，公而忘私。他们，用实际行动，在东辛村村民的心中，树立下无坚不摧的精神丰碑；他们，用一腔热血，用辛勤的劳作，用对事业无悔的坚守与忠诚，谱写了共产党人以民为天，全心全意为人民服务的华美乐章。在老百姓的眼里，他们比自己的亲人还亲；在老百姓的心里，他们就是当年的焦裕禄书记。他们，就是省直工委派驻涿州市义和庄乡东辛村的工作组，工作组肩负着东辛村面貌改造提升的重任。

东辛村印象

2014 年 10 月，我跟随河北省散文学会秘书长梁剑章一行 7 人来到涿州，进行了一次不同寻常的采访活动。

金秋的涿州，到处都是丰收的景象。走进东辛村，忍不住驻足观望。一条平坦宽阔的柏油马路从村中穿越而过，两边是整齐划一的民居，墙体美化有序。街道两边，鲜花芬芳，青草碧绿。无论大街，还是小巷，都是那么整洁卫生。鼻翼轻轻翕动，便有那清新的感觉，身心立刻舒爽起来。乡村人家，透出了秋的收获，从低矮的墙处，便可窥见院中红红的山楂，橙黄的碗口般大小的柿子。也有那金黄的玉米，整齐地排了垛，装了囤，鼓鼓的，突突的，毫不掩饰它的肥硕。置身在这样的街道上，犹如漫步城市公园，但城市公园里没有这样的成果满足感，这里是实实在在的。

一首欢快的舞曲《小苹果》，带我走进了一个大广场。在宽大的舞台上，有二三十名妇女，随着节奏的律动兴奋地跳着、扭着。台下，也有上了些岁数的妇女跟着乐曲慢慢地扭动。还有一些老人，或坐或站，乐呵呵地，看着、说着。

东辛村村委会办公室刚建好不久，墙面裸露着水泥抹过的痕迹。几张长方桌子迎门拼成一字型，后面是几把简陋的铁架椅。几位村委会成员很拘谨，坐得离我很远。为采访方便，在我的一再要求下，村支书张计平才肯与我相隔一个椅子的距离并排而坐。

东辛村隶属于涿州市义和庄乡，全村 205 户，806 人。东辛村以农耕为主，没有特色产业。今年 2 月，以田元长为组长的省直工委工作组一行 5 人入驻东辛村。

"第一，清理垃圾，共用了 16 天，清除垃圾 1.3 万多方。第二，厕所改造，由以前的旱厕改成现在的水冲厕。第三，整修路面，村子里几条主干道，共整修路面 11 000 平方米。第四，危房改建，共改建了 3 户居民住房。第五，美化墙体，约 4.23 万平方米。第六，建村委会、村民活动中心，150 平方米。"听着东辛村张计平书记背书似的汇报，我看到了：实干，是乡村干部的强项；讲话，对于这些乡村干部来说，他们语言的表达比干活要难。但从这一组组真实的数字，不难看出东辛村面貌在发生着巨大的变化。

爱心与责任

工作组入驻东辛村后，走访每家每户，深入田间地头，了解乡亲们的生活实际情况。哪些危房需要改造，哪些人贫困需要帮扶，哪些人残疾需要救助，哪些人致富需要技术、门路。一桩桩，一件件，事无巨细，都明晰地汇总在工作队员们的记录里。

面对困难，面对诸多的具体问题，怎么解决？这是摆在每一个驻村工作组面前的实际问题。办法总是要比困难多，只要用心想，就能克服。所谓的心，就是责任。而责任的核心就是能否把人民群众的疾苦放在第一位。

田元长与他的工作组做到了。他们不辞辛苦地去拜访有关部门，他们用诚挚的心和无私的情，化来了八方缘。省民政厅来了，省科协来了，省交通厅来了，省妇联来了，省医院的专家来了，涿州市提升办来了，涿州市残联来了，省心连心文化艺术团来了……他们不仅带来了价值300多万元的资金与实物，而且带来了党与政府对乡亲们的关怀。东辛村的乡亲们哭了，这是激动的泪水，也是高兴的泪水。

乡亲们不会忘记，深夜，田元长书记打着手电筒在巡视修路施工现场，他却对自觉守夜的乡亲们说快回去好好休息；乡亲们永远记得，烈日炎炎下，焦跃进主任布满血丝的眼睛，裤腰处结成的汗渍；乡亲们用心记下了，40多个日日夜夜，奋战在修路施工第一线的工作组成员的身影。

工作组多次组织村两委成员到外地参观学习先进的工作经验，结合东辛村的实际情况，制订出切实可行的规划与实施方案。如厕所的改造，舞台、村牌楼的设计等，在修路过程中，也是多方求证，力求做到既要保证工程质量，又要厉行节约。

在工作实施中，工作组制定了严格的责任到人、监督到位等规章制度，方方面面都签订了责任书。严格的财务制度，详细记录着资金的来源和去向，工程的用料和人工费用，都有明细表。所有账目，工作组与村两委各一份，每天晚上双方核对账目，第二天张榜公布，接受群众监督。田元长书记只有一句话："所有的钱，每一分都要用在正地方。"

雨季将至前，田书记首先想到了那些危房改造困难户。他跑去做通张海的工作，让他先搬到外村儿子家去住。修建村老年活动室时，启动资金并没有到位。田书记便申请预支了省直工委的党费5万元，使工程如期进行。

百姓无小事。工作组在东辛村所做的每一件事，都成为东辛村群众的佳话。

榜样的力量

"以人为镜，可以明得失"，榜样不仅是一面镜子，也是一面旗帜。省直工委工作组务实求真，以群众的利益高于一切的工作作风带动了一个群体。以村党支部书记张计平为中心的两委班子，更是牺牲了个人利益，全心全意为大家服务。张计平这个壮汉子，放弃了每年几十万元的北京承包绿化工程，做起了专职的东辛村面貌改造提升"包工头"，而这个包工头是拿不到任何报酬的。村主任于桂永投资3万元种了20亩菜花，由于未能及时收割，菜花来不及卖完就烂在了地里，总共所得仅7 000多元。说起此事，这个憨厚的汉子，只用他憨憨的笑便淡化了他的损失。支委何春方、谷尚国、朴艳梅，他们也都辞掉了工资待遇优厚的工作，无怨无悔地投入改变家乡面貌的建设中来。

村容面貌提升过程中，东辛村主街路面宽度由原来的不到3米拓宽到了5米，路基正好到了村民张树龙家的院墙边。村里的负责同志来做工作时，张树龙直截了当地说："为了全村人走路，我家院墙你们看着拆吧！"就这样，他家院墙往后挪了2米宽，20米长。

村民们这样说："人家省城大干部，还有我们村的当家人，都抛家舍业的，为了啥？不就是为了咱大伙过好日子吗？咱能不跟着干吗？咱还好意思不跟着干吗？"

领导带头，村民拥护；人人有觉悟，上下一条心。这就是在东辛村采访时给我最大的感受。

他们如是说

旱厕改造，从根源上解决农村环境卫生脏乱差的状况。由于人们的习惯，加上对改厕造价的顾虑，抵触心理很强。工作组对乡亲们晓之以理，动之以情，市财政对每户厕所改造进行补贴。为了彻底解除村民们的疑惑，厕所改造先做了两家示范。村民看在眼里，认同在心里。于是，全村旱厕改造工程如期完成。村民们高兴地说："今年过了一个干净卫生的夏天。"

走进村民谷尚伦家，老人正坐在一张圆桌前吃午饭。谷尚伦的老伴舒真知道我的来意后，一下子便打开了话匣子。谷尚伦年轻时患骨癌，幸亏良性，做过手术后，虽然保住了性命，但是被锯掉一条腿，落下了终身残疾。1972年，病情再度恶化，最终只能瘫卧在床。家境困难，孩子年幼，一个弱女子用孱弱的双肩担起了家庭的重担，艰难可想而知。舒大娘永远忘不了涿州市残联，更永远忘不了田元长书记，帮助他们足不出户，为谷尚伦办理了二级残废，拿到了相应的残疾补贴。舒大娘泪流满面，她紧紧拉住我的手，哽咽着说："感谢党，感谢政府，田书记比我的亲儿子还要亲啊！"这就是老百姓发自内心的最朴实的语言。

危房改造，也是工作队的一项扶贫任务。当我采访东辛村村民何继旺住进这么宽敞明亮的住房是什么感觉的时候，这个老实而有一点木讷的汉子，嘴角抽搐着，竟然一连串地说出来这样一个字"好"。从他激动的神情，眼中的泪光，我看到了老百姓心中感受到的温暖。

蔬菜大棚种植户张树臣说，田书记几次到他的菜地去，都是在他毫不知情的情况下去的。9月，他们这些蔬菜大棚种植户，领到了价值10多万元的棚布，这一下解决了今年蔬菜大棚越冬的燃眉之急。小伙子的脸上泛着红光，眼睛里充满了感激。我想，这就是党与民的鱼水情啊！

老党员张振海深有感触地说："像田书记这样的一群人，我从来没有见过。他就是当年的焦裕禄书记啊！"

乡党委书记傅伟辉说："对于田书记，我从心里钦佩。他们工作组就是当年的老八路作风。敬业、较真，我们的工作就需要这种精神。"其实，傅书记也是这样的一个人，家虽住涿州市里，但是他很少回家团聚，他集中精力与时间在谋划着义和庄乡的未来与发展。

田元长书记不接受任何媒体采访，他是个低调务实的人。未曾谋面田书记，但是我仿佛看到了，他就站在我的面前，亲切、和蔼。他一身普通人的装束，头发已经花白，额头有着岁月的痕迹。他是一个精神矍铄的老头，迈出的步子，稳健、有力。他话语不多，清晰、沉稳，脸上常带着微笑……

东辛村的家

这是一个普通的北方农村住宅，四间平顶砖房坐北朝南。一道矮墙把院子分成前后两个院落。前院门是朝东开的，两只黄毛狗以它们特殊的方式迎接了我。村支书张计平告诉我，它们刚满月的时候，就被田书记要了来，如今已经长成了大狗。望着这两条狗，我心里一热，庄户人家里，几乎家家养狗，为的是看家护院，这不足为奇。城里人养狗，是为了性情。可见田书记也是个性情中人，但他更是入乡随俗，做了东辛村人。通往内院的是一条弯曲的水泥路，水泥路西侧，一块开垦出来的菜地，墨绿的北瓜秧几乎把西墙根爬满。半垄大葱，几棵丝瓜正努力地向上生长着，柔韧的枝蔓，牢牢与白蜡树的枝条缠绕在一起……让人感觉到浓浓的家的气息。水管、洗脸盆架、木板床、锅碗瓢盆米面油，还有静静躺在厨房墙根的萝卜、菜花，它们是家的见证。这就是工作组的家。在东辛村的日子里，工作组没有吃过乡食堂一顿饭，也没有到乡亲们家里吃过一顿饭。他们就在自己的"家"里，买菜、做饭；他们就从自己的"家"里，早出晚归。乡亲们被感动了，他们就多摘一把豆角，多拔一个萝卜，悄悄地放在工作组"家"的门口。

客厅里一张破旧的沙发，见证了工作组的工作日程。在这里，工作组召开东辛村党员代表大会，田书记对全村党员提出解放思想抓机遇，带头实干讲贡献，项目落实负责任，公开透明当监督等明确要求；在这里，工作组接待来访群众，与村两委研究村貌改变提升工作；在这里，省市乡镇各级领导与工作组做及时沟通，为东辛村的面貌改造提升亮起了一盏盏绿灯。几把大蒲扇，静静地躺在那台不大的电视机上。它们，为工作组驱赶了肆虐的蚊虫；它们，为工作组唤来了凉风。秋凉了，它们休息了。工作组依然坚守在自己的岗位上。田元长书记，10月份就要办理退休手续，但他对东辛村的乡亲们这样说："我走不能给你们留饥荒。"

朴实的话语，却掷地有声，一个共产党员的情怀，一名国家干部的责任，那就是人民的利益高于一切。

"天行健，君子以自强不息。地势坤，君子以厚德载物。"田元长与工作组成员，正是以这种高尚的道德情操，践行了共产党员的神圣职责。他们搭起了党与人民群众紧紧联系在一起的彩虹桥。

浅浅文字，无法尽述东辛村的巨大变化；寥寥数笔，无法表达乡亲们对党和政府的感激情怀。无论怎样的文笔，都无法形容真实的存在。

告别东辛村，这个令人感动的地方，依依不舍。再回首，东辛村村口牌匾上的"厚德载物"四个大字，在夕阳中熠熠生辉。

- 2014 年 10 月 -

潮平天地阔，风正一帆悬
——记梁剑章老师

记得是谁说过："人生就像一片茫茫的大海。我们就像在海上行驶的一叶小舟，时而波折，时而安静，有时顺风，有时逆流。"是啊，在大千世界里，我们都在不同地演绎着自己；在汹涌澎湃的激流中，我们努力撑起自己的风帆勇敢前行。

他如烟波浩渺的大海中的一叶扁舟；又如大海航行中帆船的领军舵手。看深远的天空，浩瀚的大海，飞翔的海鸥，瞩目的风帆。

他，就是河北省散文学会副会长兼秘书长梁剑章老师。

他既是航行的风帆，又有着大家的风范。无论为人、为文；无论德行，还是学识，真堪称我们学习的典范。"剑舞闻章"这个博名正是他的真实写照。

不管他地位是何等的品级，也不论他资质又是何等的卓越，在我的眼中，他就是一位普通的人。不想美化，无须高歌，只想用我的眼睛来展示他的真实。

古城正定初识

2010 年的春天，我们衡水三姐妹到正定参加河北散文学会年会。当时有资格参会的只有闭月妹妹，我和王丽则是作为准会员与会的。参加这样大型的年会，我们还是第一次。会上，各地会员济济一堂，对我们来说都是新文友。大家亲热地寒暄，我们举起酒杯向众位老师敬酒，做着这样的介绍："我们是衡水的，欢迎各位老师到衡水坐客！"文友的热情感染着我们，对文学的执着激动着我们。

"2010 年度河北省散文创作年会"大红条幅悬挂主席台上方，主席台就座的有 7 位老师，梁剑章老师就座最右首的位置。因为远，并没有看清他的容颜，只觉得他是很有派的人物，领袖似的发型，着西服打领带，眼睛上架一副学问眼镜。梁老师主持会议。

此行的目的，是加入省散文学会，手续必须梁秘书长签字。利用午餐的间隙，我们去见他。没想到，梁老师爽快地答应了，并且很诙谐地说："这个字我是必须签的，但是我的字很难看的哟！"只这一句半玩笑话，便让我们一下子拉近了与他的距离。他的个子很高，需我们这些小女子仰视。他笑起来很好看，很慈善。两道剑眉，有男人的英飒；圆圆的面庞，又给人以平和。梁老师走路很快，也很矫健，那白色的衬衫和蓝条纹的领带，与西服搭配非常得体，那领袖似的发型梳理得好仔细。可见他对自己形象要求严格，是很讲究的人。

几天的相聚，转眼过去。分别前，我们三姐妹邀请梁老师合影留念。分别宴席上，有位老师提醒我们："你们怎么不去敬梁老师一杯呢？"是啊，是应该去敬一下梁老师的。当我们寻到他时，他已经离开了他们的桌位。这最后的一顿聚餐，大家难免有些伤感。看着我们三人走来，倒是梁老师先开了口，他说："衡水三姐妹，对不对？"我们紧忙为梁老师斟上一杯，送到他的手中。感谢的话我们都憋在心里，只是看着梁老师笑。他笑着说："衡水老白干很有名的，衡水人都能喝酒的呢！来，我陪衡水三姐妹喝一个！"说着，梁老师便举起了杯，我们也一齐举杯。临别时，梁老师叮嘱我们坐几路车回石家庄，再打火车票到衡水。他此时已不是一位领导，而是一个大哥哥在嘱咐出了远门的妹妹如何平安回家。

曲阳赵县风采

曲阳，中国雕刻之乡。作为这次采风的组织者——梁剑章老师，当我和王丽也想陪着闭月来而向他提出申请的时候，梁老师很爽快地答应了。那日，我们衡水文友一行五人赶到曲阳，梁老师一见到我们，就关切地询问是怎么来的，路上辛苦不辛苦。我们握着梁老师的手，回答着他的问题。

曲阳的几日，收获很大。

一路说说笑笑，时常会听到梁老师爽朗的笑声。细心观察，梁老师是很细心的，并且很有自己的原则。就拿采风来说，梁老师有他自己的思维指向，有自己的审美观念，他不会人云亦云，更多的是认真地听，很少发表自己的观点。遇到他认为值得关注的景致，他会只身前往，或驻足，从不同的角度来拍摄理想画面。他又是特具凝聚力的，不断地更换着不同的方式，让大家目标一致地前行，并从中获取乐趣。

挺拔的身躯，矫健的步伐，是梁老师行走的剪影。虎山，难攀。梁老师竟然健步在年轻人中，谈笑风生。梁老师主持的那个晚会，更是让人忍俊不禁，大家同乐。就连散文学会会长，已经 70 高龄的尧山壁老师也放开歌喉，一曲像模像样的京腔《贵妃醉酒》，让大家拍手叫好。

因人数控制，我们的临时加入给梁老师带来了负担。临别时，当我们表示歉意和致谢时，梁老师说："散文学会确实工作千头万绪，作为秘书长要各方面兼顾。你们是新人，有这个请求，我理当提供条件。我希望所有散文学会会员，都能够有这个机会。而这个工作也正是我的职责所在。"听着他恳切的话语，我们倍感欣慰。散文学会有这样的组织者，是所有会员的福气。

省散文学会 2011 年度年会 4 月在著名梨乡赵县举行，我们衡水三姐妹应邀前往。因为火车晚点，路上堵车，中午前赶到的计划落空，午后 1 点了还在长途客车上。闭月拨通会务组电话，那边传来了梁秘书长和蔼的声音："路上不要着急，我们等你们吃午饭！"当我们匆匆忙忙下了车，走进宾馆时，远远便看到了站在宾馆门口的梁老师。他走上前来，跟我们一一握了手，告诉我们，先到餐厅吃饭，吃完饭再办理手续。

赵县年会，也是河北省散文学会"新世纪 10 年河北散文创作成果获奖作品"和"第七届河北省散文名作奖获奖作品"颁奖会。在梁剑章秘书长做工作报告时，读到第四届全国冰心散文奖河北省的获奖作者和作品时，唯有"梁剑章的《踏莎行》

文集"他却轻松跳过，不留一点痕迹。这种甘为人梯、不彰显荣誉的孺子牛精神，令我们有诸多的感慨。正如他的一篇文章所提及的"修身养性，抑制贪欲，忘却自我"，这12个字不就确切地体现在了这里吗？

亲历衡水盛会

对梁老师有更深层次的了解，是在2012年度河北省散文学会衡水年会上。作为会务人员，从会议的筹备到会议的结束，条条款款，枝枝节节，我全部看在了眼里。会务工作真是丝丝缕缕，千头万绪。梁老师又身兼数职，常年要辗转全国各地，往往身在北国，而心牵南方了。运筹帷幄，决胜于千里之外，对于他来讲，一点都不过分。

3月8日，寒风中迎来了从石家庄匆匆赶来的梁剑章老师，他是为年会筹备而来。倒春寒，嗖嗖的北风刮在脸上像刀割一样。天灰蒙蒙的。人躲在角落里，都能感到鼻子被冻得酸酸地疼。男男女女，行色匆匆，有些逃难的意味。本以为梁老师也会被寒风袭得裹紧了大衣呢，没想到，他很精神，脸上依然是他平素的那种和善的微笑。他说："要知道今天天气这么冷，我就穿大衣了。"此刻，他只穿了件灰色风衣。马不停蹄，先到华澳大酒店，对客房、会议室、餐厅做了一番了解后，我们又去了洞天宾馆。这里得到了满意的答复。送梁老师上车时，阳光透出了云层，但那西斜的黄黄的光线也没给人们带来多少温暖。倒是这梁老师，一路的谈笑风生，看不出这是一位接近花甲之人。他说，明天他就要赶赴吉林。我知道，他还是中国建筑装饰材料市场信息网常务副理事长兼秘书长，有更多的事情等着他去做。一年中的大部分时间是在旅途和外地。我问他累不累，他笑了，说已经习惯了，并且很诙谐地说自己是劳碌之命。呵呵，非常谦逊！要知道这人啊，即使再能吃得苦，你不具备德才，也难以胜任啊！也就在那次会面中，梁老师送给我一本他的书《行吟在散文的港湾》。随后，大病初愈的我再次倒下了，养病期间，这本书成了我的精神食粮，从中多方位地了解了梁老师。

5月12日，终于迎来了衡水年会的召开。而在10日，梁老师再次来衡水，与我们确立开会具体事宜。他安排周密，事无巨细。前几次参加会议，只知道按照大会的安排，去按照章程来做。没想到，这会议中，会有好多的枝桠蔓节都要捋顺。

会务小组提前一天到达，早上接到梁老师电话，让我到车站接一下从浙江赶过来的朱菁老师。当我接到朱菁大姐，用过早餐，来到宾馆时，没想到宾馆房间如此紧张，竟连一间空闲客房都没有。按照先前约定，我们的会务组下午才能入住。经理说有一个大套房可以用。这时候，服务人员说有一个三人房间腾出来了，可以入住。我们进到房间，放下行李，朱菁大姐提议到街上走走。当我们再折回到宾馆时，已经有一位张家口来的会员在此等候了。与朱菁大姐商定，基于当时的紧迫现状，只好先定了大套房，我们把行李搬进了大套房里。一会儿，梁老师一行人开车到了。当我向他作了汇报后，没想到一向很和善的梁老师，脸色特别阴沉，他声音很大，也很严厉。他说："谁叫你自己定大套房了？这件事情怎么不跟我先汇报？"我无语，朱菁大姐也无语。实际上，我明白梁老师是有意让站在我旁边的经理听的，但是我的心里依然不是个滋味。确实，擅作主张是不对的，但是态度也过于严厉了吧？还好，在没有任何房间的情况下，我们还是先入住了大套房。中午吃饭时，梁老师说："我这个人脾气不是太好，有什么就说什么。不过，你们心里有什么也尽管说，我也乐于听取大家的意见。总之，心里不要别扭！"我知道，他这是说给大家听的，也是说给我听的。是啊，作为一个团队来说，尤其是举办这样大规模的会议，不遵照章程办事是不行的。

梁老师就像统领千军万马的一名主帅，摆兵布阵，有条不紊地给大家分别布置了任务。保障每一位会员吃好喝好住好，并且保障人身安全。与组织单位、上级、地方、宾馆的接洽，都需要梁老师统筹安排，并且要保障按计划顺利进行。年会上，梁老师还要组织好会议日程，还要做学会工作报告，一系列的问题都要装在他的脑子里。

会务工作琐碎而繁忙。我和闭月负责后勤和食堂工作，每一餐都在发生变化：就餐人员的多少、餐位的议定、菜肴的议定、饮料的议定、开饭时间等，并且每次餐后都要与餐饮部进行结算。这些事情，桩桩件件都得去跟梁老师商定。有时候梁老师在主席台上，我就悄悄发信息给他，梁老师总是很迅速地做出决定，使处于两难状态的事情迎刃而解。而其他的工作，如房间的配置、会议室的布置、领导的安排以及财务支出，都要装进梁老师脑海里，再通过他的思考做出判断和决定。

看着梁老师悠闲地吸着烟，我知道，他的脑子一刻也没闲着，他在想，他在思考，他在安排着每一个环节，他也在预测会议中随时会出现的问题。然而，在他的脸上，永远是平和的微笑，他时而还会和大家说上一两句玩笑的话。在他领导下工作，你会感到忙碌而有序，也会感到舒心和踏实。这就是主帅的风采。

看平素梁老师的淡定和风采，尤其是看到他那么轻松谈笑，你再看那更新不断的散文诗赋，你怎么会想到他是一个日理万机的人呢？梁老师总是盛装的，即使是出去采风，他也总是变换着自己的服装。我觉得这就是一种精神，更是一种气场。他追求的是一种高质量、高品位的生活，他的生活也确实如此。而这完全来源于他那种豁达和自信的心态。所以有时候我常常想到海中那张张风帆，只有自信地把握，才会让自己的这艘小船驶向理想的彼岸。也只有一个自信的人，才可以带动身边的人也去自信，做生活的强者。梁老师的风范，无不影响着我们。

再会 "太行屋脊"

当我和闭月应梁老师之约踏上去河南的路途的时候，我们谈论最多的还是梁老师。总觉得他是一个很值得人去尊敬，又一点架子都没有的人。他很谦逊，知识、才华、人品俱佳，而他却总是谦谦一笑，有时候笑起来就像个孩子，憨憨的。这也是大家愿意跟他在一起的原因。

梁老师的确就是个老小孩，他能跟我们一起疯，一起玩。在山下，他与古灵精怪的导游小赵一起比画打起了太极拳。玩起跷跷板，他拼着劲地压，根本就没有怜香惜玉之意。当我们添上男士一起把他抬得高高的时候，悬在半空中的梁老师，嬉笑着，做着摇晃的姿势。他走路很快，也很轻，吸烟是他的一大特点。有时候他自己坐下来吸烟，我们就往前走。本以为会落下他一大截，没想到，他距离我们并不远。并且不时地用手中的呼机做着前后不要掉队的指示。他把自己称为"长江"，然后就问："黄河，黄河，你到了哪里？"或者"长城，长城，赶快赶上来，我们在某某峰等你！"

在靠近南寺村的时候，有一个小平台，一个卖凉粉的，搭了凉棚在那里。梁老师说请我们吃凉粉，一路劳累饥渴的我们，自然不会放过这纯天然美味，既然梁老师请客，欣然接受。梁老师吃过后，竟然拿着照相机，为我和闭月按下了快门，一份珍贵的见证就留在了那个画面中。

更有意思的是，当我气喘吁吁地来到中午吃饭的地方，那里早有梁老师和风飞扬几个人坐在那里。梁老师拿起装酒的农夫山泉瓶子说，大家喝水吧，口一定要大一点。我说我还有，梁老师说喝这瓶子里的吧。幸亏倒得少啊，凑到嘴边便闻到了浓烈的酒香。梁老师笑着说："喝点吧，这可是有名的红旗渠啊！"在梁老师的倡议下，大家都品尝了红旗渠的甘甜。

我们回到石家庄已是晚上八点多了。梁老师站在路边，一直看着我与闭月上了车。我们向他挥着手，灯光下，他的身躯好高大。

感受家的温暖

世界再大，大不过一颗心；走得再远，远不过一场梦。有时候，我们觉得累，是因为在人生的道路上，忘记了去哪儿。

的确如此。

2014年，新年伊始，母亲便远离我而去，尽管我有了这样的准备，尽管我不止一次地在心中告诫过自己要坚强，但是，老母逝去，还是给了我致命的打击。

一下子，我变得失去了人生的方向，我不知道自己到底是谁，感觉像个浮萍，失去了根。几欲浮出水面，又几次沉入水底。

10 月的一天傍晚，突然接到梁剑章老师的电话，他询问我的近况，并说有没有时间出来，到涿州采风。我迟疑了一下，还是欣然答应。这是梁老师给我的机会，我怎好推辞？我是该走出去了。2014 年河北省散文学会年会在涞源召开，由于我还走不出丧母之痛，没有前往，失去了与老师、文友见面学习交流的机会。现在，梁老师在百忙中，在众人中能够想到我，这是对我的关心，也是对我的信任。

怀着一颗忐忑的心，我独自坐上了前往石家庄的火车。因为大家要在火车站相聚，一起去涿州。梁老师一直电话与我联系，了解我的行程情况。下午 2 点多，我们终于见面，与梁老师一同前来的还有任振贤老师，另外几名文友也已经到齐。大家相见，分外高兴。当我握着梁老师的手时，心中有着千言万语。此刻，只有挂在脸上的笑，是我内心感慨万千的唯一表达。

涿州几日，行程安排非常紧张。我们分别领取采访任务，深入各乡入村入户调查。当时，梁老师也领取了任务，他负责涿州市砂石料整治工作的采访报道。其间，梁老师在石家庄与涿州之间来回折转两次。问其原因，梁老师说家有八旬多的老母，应不该再在外面远游。是啊，梁老师身兼数职，事事又要亲历亲为，他之所以这样做，完全是为了把散文学会的工作做好。梁老师是散文学会会员的主心骨，也可以说是娘家人。有了梁老师，大家就有目标，就有前进的方向。他是引航人，他也是母亲的儿子。他心中装着老母亲，他用他最大的可能来尽孝母亲。当梁老师神采奕奕地出现在我们面前，当他又笑得像孩子一样时，我们感到了宽慰，感到了心暖。

我不善言辞，但我心存感念。是梁老师再一次拉我走进自己的家，来感受家的温暖。让我一颗悬浮的心有了着陆，有了新的寄托点。从此，我的脚步不再踯躅，坚定地向着阳光的地方前进。

良师益友风范

与梁老师电话也是常联系的。当然，知道梁老师繁忙，一般情况下，是不打电话打扰他的。

记得有一次，我接到了一个散文得奖的通知，让我去北京参加颁奖会，说我的文章得了二等奖，看着大红的公章，并且很有诱惑力的举办单位，颁奖盛典选在人民大会堂。只不过参加会议还得需要交纳不菲的会费。我犹豫不决，就给梁老师拨通了电话。他很平静地听我说完，然后就耐心给我讲这些事情，列举了许多关于上当中奖的例子。最后他这样说："秀君，如果按照我的想法呢，这个颁奖会可去可不去，没有多大价值。但是，还是你自己做决定。"然后便是他谦和的笑声。实际上，在与梁老师的交谈中，我便决定这种奖根本不用去理会了。

还有一次，是关于免费出书的问题。梁老师给我分析了几种情况，并且做了合理的建议。我便按照梁老师所说的去做。

谦谦君子，大家风范。梁剑章老师虽已是功成名就，却无拒人于千里之外的姿态。他那平易近人的亲和力，值得我们去尊敬爱戴，这也许就是风帆的原理。

梁老师也是茫茫人海中一个普通百姓，他有他的生活轨迹和生活航标，他有他的坚定自信和喜怒哀乐。与他接触的点点滴滴，只能是以我的视觉看到的风帆的影像。

潮平天地阔，风正一帆悬。在社会生活的大潮里，每个人都是一桅风帆，在或急或缓的海浪中前进着。只要淡定自信，心清身正，你就会把握好自己的那叶小舟。你就会波澜不惊，鼓满长风，迎着海浪勇往直前，划出属于自己的那道水线。

在阳光升起的地方，那风帆一路向前，留给我们诸多的敬仰、思考。

- 2014 年 12 月 -

岁月三十年，弹指一挥间

　　过去，一首《年轻的朋友来相会》，抒发了 20 世纪 80 年代青年人的满怀壮志。如今，《时间都去哪儿了》是对过去时光的眷恋，也是对现在状态的肯定。

　　今天参加同学女儿的婚宴，所幸的是我们这些老同学坐在了邻近的几桌位置。当在那喧嚷的人群中搜寻到一张似曾相识的面庞时，便会露出惊喜的神色，便会匆匆奔来，用手指着对方，若有所思但又迫不及待地想叫出对方的名字。大家用不着客套，不需要等待，自报家门，于是，对方便会如梦方醒似地大叫"对，对，是你，是你！"虽然有些人一年之中也会偶遇，但是，更多的还是不常相聚。如果不是在饭桌上，如果不是有人肯定地介绍，或者是自己介绍着自己，那么彼此走在大街上，肯定会擦肩而过。现代的节奏不允许再有多余的时间辨认与相熟，走着的永远是一直向前的脚步。也许在那擦肩而过的一瞬，或者说是那么不经意的一瞥，在脑海中，或多或少地会浮现出这么一个念头，他是谁？好像在哪里见过？管他呢，大街上相似的面孔多了，不要为了清晰不起来的记忆而浪费功夫了。心海只是一抹，过后留不下半点的痕迹。

　　三十年前，大家青春年少。三十年后，岁月给每个人都毫不留情地刻下了沧桑的印记。头发白了，皱纹多了，眼睛花了。30 年前，大家在一起学习生活，憧憬着美好的未来。30 年后，尘埃落定，都各自在适合于自己的轨道上运行。30 年前，还懵懂爱情。30 年后，都成了家庭的顶梁柱，上孝年迈的父母，下顾着子孙。

　　我一眼就认出了 W，我确定是他。30 多年不见了，他的脸上还依稀挂着当年的神态。他笑了，他说他这张长满麻子的脸永远好认。其实，他未必如他自己所说，已经 50 的他依然帅气。当年，他是我们班的班长。毕业后，他虽然没有考上大学，但是做起了高速公路工程，现在的身价着实不菲。他依然如在校时的诙谐与豪爽，他依然是同学中的中心轴。Y也是我们的中心，她改不了大姐大的脾气，保养得很好，皮肤白皙，脸上并不见皱纹，看上去就像妙龄少妇。Z从另一张桌到这边敬酒，他曾是我们班甚至是我们学校的骄傲，他是唯一一个被招入伍空军的。他虽然目光烁烁，还是那张英俊的脸，但是他也老了，他的胡须还有鬓角处露出了丝丝白发。当年的那个百灵鸟S，带了她的儿子来，一个20来岁帅气的小伙子。从儿子侧面能够看到母亲当年的风采。儿子并不像母亲那样大方，有些腼腆，可能身处在这帮父母级的人群里面，使孩子感到局促不安。

没有离开家乡的这些同学们，如今肩负着当地的"栋梁"之责。有的在政府机关工作，有的在科研单位工作，有的在公检部门工作，有的从事教育工作……那些自谋职业的同学们，起步于80年代初期，历经数十年的打拼，积累了难以想象的资产。做公家的事也好，做私人老板也好，这30年，是从零起步的奋斗，经历了太多的苦难，沉淀了太多的磨砺。虽然白发长了出来，但积淀了丰厚的人生阅历；虽然皱纹刻在脸上，但成就藏在心里。

这一代人，奋斗了，留给子女的是受用无穷的精神财富。这一代人，知足了，他们问心无愧，他们没有白白耗蚀掉青春年华。走过，才知路的艰难；拼过，才能见证一颗不服输的心。不管是生活使然，还是命运的安排，总之，这一代人，走得踏实，活得坦然。

当乐声响起，当新人手牵手，父母的心安了。

岁月三十年，弹指一挥间。说快也快，说慢也慢，快的是日子，慢的是奋斗。孩子们都长大了，有的已经有了自己的孩子。这一代人也要升级了，做爷爷，做奶奶，做外公，做外婆。流年更替，万象更新，你不老，孩子还怎么长大？社会怎能向前发展？欣欣然！

掌声加笑声！

- 2015 年 5 月 -

舞出精彩的人生

临近谷雨，一场悄然而至的瑞雪让人们欣喜若狂，罕见的四月雪把省城打扮得分外妖娆。"河北省散文学会年会暨颁奖大会"迎着飘雪在省城召开。2013年5月20日晚，"相聚石门，魅力散文"的晚会在悠扬的音乐声中徐徐拉开了帷幕。

我坐在观众席偏后的位置，目光被一名正在大厅小小空间里专注热身的演员吸引住，尤其是他那白色的舞鞋，脑际后那卷曲的二尺来长的发辫，让我感到好奇。

"我叫张进来，今年57岁了，是石家庄市一名内退的锅炉工。"简短的自我介绍，立刻引来台下的一片唏嘘。他首先表演的是彩绸舞，一条彩绸在他的轻轻挥动下翩翩飘舞。随着张师傅轻快的步伐、灵巧的转身，彩绸就像有了灵性，时而如嫦娥抒袖曼舞，时而如彩龙扭动轻绕，时而像水波涟漪荡去，时而像仙子淑婉媚生……台下阵阵喝彩和掌声不绝。舒缓的音乐又起，张师傅双手轻摇着跳绳，双脚踮起，哦，这就是芭蕾跳绳，世上绝无仅有的。纤细的跳绳上下翻飞，直立的脚尖轻盈地跳着"四小天鹅"舞步。人的运动是平移的，而绳子的运动是旋转的，平移与旋转两者如此巧妙和谐地结合起来，让人不由得惊呼。再看张师傅，灿烂的笑容，如盛开的桃花。他如此陶醉，如此自信。台下这些搞文字创作的人们，除了灵性，再也无法抑制这场表演带来的心灵上的震撼，掌声如潮，经久不息。

张进来，地地道道的石家庄人。1957年7月出生在城角庄一个普通的工人家庭里。1963年，父亲因病撒手人寰。拮据的生活，又逢文革时期，不满16岁的张进来便告别学校，走上了工作岗位。先做了一名街道清洁工，后调入造纸厂做蒸球工。自1974年到2007年年底，他一直从事司炉工作。当谈起这段艰苦的生活经历时，张师傅的脸上异常平静，生活的磨砺已经让这位汉子对生活有了更深一层的理解，这是他人生的一笔不可或缺的精神财富。在几十年的锅炉工工作生涯中，他从来没有出过差错，并且多次获得单位"先进工作者"的光荣称号。

张师傅从小就对舞蹈有着一种不可遏制的情结。那个时候，家里条件相当困难，当时演出的舞剧《红色娘子军》《白毛女》，他真是情有独钟。没有钱买票，就钻在大人的身子底下蹭进去。他常常偷偷跑到舞台的后面，从灯光处向外看。他常常因为看表演，忘记了回家吃饭。辘辘的饥肠已经被他一蹦一跳的喜悦冲淡，他仿佛就是舞台上的那些人物。幼小的心灵里埋下了想做个舞蹈家的种子，他想将来总有一天，一定要登上舞台，实现自己的舞蹈梦。梦想是美好的，现实是不尽人意的。这颗舞蹈梦冬眠的种子，直到张师傅内退的前几年才复苏生芽。

2008 年的 7 月 12 日，这是一个难忘的日子，也是令省会人民记住的日子。在石家庄社区运动会跳绳组决赛中，张进来师傅一举夺魁，取得了每分钟跳绳 203 下的最高纪录。那个时候，全国人民都在为汶川灾区募捐。当主持人问到张师傅如何处理奖品时，张师傅毫不犹豫地回答："捐给灾区"。张师傅的奖品是一台价值 2000 元的 19 英寸液晶彩电。经多方联系，市少保中心接受了捐赠。张师傅有意回避这件事情，在我的一再追问下，他才草草说了下，他说："我觉得这没有什么，我毕竟是有吃有喝的，还有许多需要帮助的人。"朴实的语言，善良的情怀，这是一名每月只有 189 元收入的内退工人内心的表白。

梦想来自奇迹，实现于执着追求。张师傅并不满足于这样的成绩，他想跳绳不能只局限于平地，应该增加难度，让这项健身运动达到更高更美的境界。也许张进来师傅有着与生俱来的绝技天赋，当他站在只有 12 厘米宽的平衡木上，居然像在平地上一样，能够轻松自如地跳跃。于是，他便向更高更难进军，1.4 米高的圆形大钢球上、2 米多高的拱门柱上、高大的法国梧桐树上，以及清波荡漾的莲花池里，只要能够容得下他的双脚，他就能身轻如燕地在跳绳间穿越。

艺术是无止境的，不断地追求，不断地提升，让更精美的东西展示出来，这就是张师傅一贯认定的艺术境界。他的彩绸舞舞技也在突飞猛进，彩绸的长度，由最初的 12 米逐步增长，如今，一条 31.5 米的大彩绸，在张师傅轻盈的腾挪跳转中翻飞飘舞，或像春江涟漪，或像大海扬波，忽如蛟龙闹海，忽如彩轮滚动。

人在舞中，舞传人情。

芭蕾跳绳，把西方的舞蹈艺术和绳技相结合，很有创造性和戏剧性。当时"特别挑战"栏目的编导问张师傅是否能用芭蕾跳绳，张师傅当时也没有十分的把握，他说试试看。没想到，张师傅竟能很轻松自如地跳了起来，优美的芭蕾舞步，飞旋的跳绳，一下子惊愕了在场的所有人，也让张师傅有了用芭蕾跳绳的想法。此后，张师傅便把芭蕾跳绳纳入了自己的训练项目。条件是有限的，没有专业的舞鞋，没有专业的指导老师，也没有专用的练功场地，张师傅就是凭着一颗热爱舞蹈追求完美的心，在练功脱落掉三次大拇指脚指甲的情况下，他没有退缩，一如既往地追求着最高的舞美境界。

张师傅说："人生太短暂了。人生就是一个大舞台，在这个舞台上看你怎么演。不是人人都有这样的才艺，不是人人都能有展示自己的机遇。有很多人在关注我，也有很多人在帮助我。我个人的梦想已经成为大家的关注和期待，我有责任做好，我非做好不可。我要把最美最靓丽的东西展示给大家。不管吃多大苦，我都不怕，因为我活得充实，活得快乐！"

几年来，多家媒体对张师傅的绝技进行了关注和报道。河北经济电视台、河北卫视、湖北卫视、湖南卫视等群众娱乐性栏目纷纷邀请张师傅参加表演和，张师傅的超凡绝艺赢得了更多的掌声和关注。石家庄新闻网、河北青年报、燕赵都市报等多家报纸也对张师傅的才艺进行了专题报道。

是啊，张师傅不仅仅是一个达人，更是一位奇人。他身怀绝技，他需要更大的舞台来展示他的才艺。他曾经先后四次报名参加"中国达人秀"海选，虽然有两次他都顺利过关，但最终他没有等来到上海去参加才艺比赛的通知。张进来并没有懊丧、没有泄气，他的执着不会让他停步不前。谈起到湖南卫视录制节目，张师傅满怀深情地说："我很感激湖南卫视为我提供了这么好这么大的舞台，让我这样一个平民百姓能够有机会来展示自己的才艺，实现自己追求梦想的夙愿。我非常感谢他们！"

张师傅在追求自己梦想的同时，热心加入并做着慈善公益事业，他是"人民医院"的志愿者，每月有半天的时间到医院做护理工作。在参加慈善活动的时候，张师傅从来都是早早就去，就连分发给自己的那份食物都要让出去。他有腰椎间盘突出，有时候练功不小心扭伤了腰，但是他从来不会说，而是默默地高兴地推着残疾人，用自己的行动温暖着残疾人的心。他觉得他这是在做着自己力所能及的事情，是应该的。

　　张师傅的路走得很艰难，难就难在他是一名普通的锅炉工人，他没有自己的经济实力来打造自己，就连像样的服装道具他都置办不起。他希望媒体能够给他创造更大的展示自己才艺的平台。毕竟，他的才艺是举世无双的，潜在的能力与已有的成就，需要让更多的人来看到，来认可。梦想是个人的，但艺术是世界的。个人的超伦的才艺，需要大家的支持和帮助，让最美最高的才艺境界展示在世界舞台上，为中国梦想秀书写上精彩的一笔。

　　问起张师傅今后的打算，他满怀信心地说"挑战吉尼斯世界纪录"。不管是他的芭蕾跳绳，还是彩绸舞，他都期待有那么一天，能够走上全国瞩目的舞台，能够走上世界瞩目的舞台。我们相信，曙光在前，阳光会向着这位坚韧而善良的追梦人招手的。

- 2013 年 5 月 -

风影

对于"郭俊禹"这个名字早有所闻，从闭月妹妹那里就听到过几次，很想结识一下衡水的这位才子。2012 年的省作协审批表中，我与"郭俊禹"双双列入其中，更有想认识一下他的愿望。

有幸河北省散文学会年会在衡水召开，有幸担任会务工作，因此也就有幸能够为大家尽点分内之事。令人意想不到的是，5 月 11 日上午，与会人员纷纷前来报到，人员攒动的时候，一个潇洒的中年男子就站在我和闭月的面前。俊朗的面孔，面含微笑，洒脱而不失礼貌地向我们打着招呼："这不是超凡吗！真人比照片上漂亮多了！"闭月紧忙介绍："这就是郭老师！"我们同时伸出手去。"不要叫老师，不敢担当，我是郭俊禹。"他的率真和谦逊，使我们的手紧紧握在一起。由于会务繁忙，只是匆匆寒暄几句，大家便暂告别。

会务工作真的是非常繁忙，我和闭月不但担任大会用餐，还要协调一些其他的工作，因此会议很难按时去开，也会有人在会议还没结束的情况下早早离席。因为保障大家在会期间生活起居的合理和有序，是我们的首要任务。

5 月 13 日上午，我正在房间整理会务中的一些账目，出去办事的闭月和一个男士走了进来。原来正是郭俊禹老师，这是我们的第二次谋面。因为郭老师是衡水人，都是老乡，自然说话就随意一些。我们从对文学的爱好，谈到做人，自然也会谈到自己的工作及写作状况。说实在的，我这个人做事非常低调，并不是我个人故意而为，而是我的性格使然。当谈到衡水这个圈子里的文人们的时候，自然我是先天不足的，因此我很坦率地说："咱们衡水文人举办的活动我很少参加，所以认识的圈内的人也很少。这次年会，我又结识了两个朋友，一个是王聪娜，另一个就是您了。非常高兴能认识你们！"

我们聊得非常开心。一是缘于郭俊禹老师的率直，二是我们觉得非常投缘，一些认识和观点几乎是相同的。对文学的爱好和追求都是那么挚爱和执着，当读起书来或写起文章来，都可以用"呕心沥血"来形容。我们都自知创作中的艰难以及自己文墨的有限，共同的志趣，共同的信念，让我们拉近了距离。真诚笼罩着整个房间，时间悄然逝去，郭俊禹老师匆匆告别离去。

还没来得及从繁忙的会务中走出，调理好自己的心境，便见闭月妹妹打过一个地址。寻地址而去，署名"小郭"的博客。"文苑超凡是秀君"醒目页端。没想到，郭俊禹老师竟然为我写了篇文章；也没想到，郭老师在只言片语中，便洞察了我的一切；更没想到的是，他的文笔竟然如此神速。感动之余，更多的是惭愧。我确实没有郭老师写得那么好！如果真的让我拿出一部像样的作品来，我还真的羞于出手，因为我还在不断地学习和完善中，我不想让自己的作品一出来就等同于垃圾。不过，我还是被郭俊禹老师深深感动，因为他的率真。

终于可以抽出时间来的时候，我还是悄悄去了郭俊禹的家园——小郭新浪博客。令人想不到的是，短短几天之内，郭老师竟有诸多的文章贴在这里，《可敬的文化老人》《我把新书送基层》《生命大营救》《我的农民朋友姚荣华》等，我又去窥望以前他的文章，他真是一位高产的作家啊！笔端透着挚情，行间散发书香，篇篇行文，展现的不单单是主人公的音容笑貌、血肉精髓，更是饱蘸着作者的一腔热血，喜怒哀乐跃然纸上。

由于会务上有一些遗留问题，需要我再去宾馆处理。因为听说郭俊禹老师已经出了两本书，所以便发信息给他，如果方便的话，能否带两本过来。我还未到，郭老师的电话已经打了过来。他说自己还有些事情要办，所以先等我。匆忙中，我们又见了第三次面。真的是匆忙，因为听郭老师说有事情要办，因此也就不好耽误，拿过书来连声"谢谢"都没来得及说。郭俊禹老师给人的印象永远是那么干练。本来想再次跟他聊聊的，看着他匆匆离去的背影，还真的有些怅然若失的感觉。

当我打开他送我的两本书，一本是《修条回家的路》，一本是《我为交通歌唱》，想从扉页上寻找一下他的赠言，结果只字未有。——这很出乎我的意料，因为按照常理，每一位赠书的作家，都留下了自己的签名，并且还很希望读者去认真品读一下，写个书评。而郭俊禹没有这么做，他是有时间做的，但是没有。

突然想起他递给我书时说的一句话："我是写着玩的，胡乱看看吧。"好一个"写着玩""胡乱看"，凡是写文章之人，没有一个不把心血融入其中的，尽管文笔有高有低。而郭俊禹老师却如此戏谑，单看那些文字，你又不得不认为他是一个对文学极其认真之人。这正应了他所坚持的，做低调的人，做高水准的事。

郭俊禹，来也匆匆，去也匆匆，就像风影。虽然抓不着，也看不到，但是，那的确是一道亮丽的风景，让你感受得到，深深铭刻在心里，留下永远挥之不去的记忆。

- 2012 年 5 月 -

夜莺

夜莺，为雀形目鹟科的一种鸟。体色灰褐，是观赏鸟的种类之一。夜莺的羽色并不绚丽，但其鸣唱非常出众，音域极广。与其他鸟类不同，夜莺是少有的在夜间鸣唱的鸟类，故得其名。

关于夜莺，在希腊神话里有一个美丽的传说。潘特柔斯之女埃冬是底比斯国王泽托斯的妻子。他们有一个女儿埃苔露丝，埃冬有一次不幸失手杀死了女儿埃苔露丝，从此埃冬陷入了无尽的悲哀和自责中。神祇们出于怜悯就把她变成了夜莺，从此夜莺每个晚上都要悲鸣以表达对女儿的哀思。

关于"夜莺"，我不知道为什么要在网络中搜索这么多关于它的故事。我想把"夜莺"和生活中真实的"夜莺姐"联系起来。

夜莺，真名董素英。认识夜莺姐已经有三年了，但是近距离相处，还是在今年的省散文学会衡水年会上，我们一起做会务工作。

夜莺是一个端庄秀丽的女人，文章颇了得，在一些大型的杂志期刊上，经常见到她的芳名。夜莺总是面带微笑，那份亲切一下子会把你和她的距离拉近。

正定散文年会，那是我第一次参加活动，那也是夜莺第一次参加。聚餐时，我并没有记住她的名字，只记住了她的美丽的容颜和温和的微笑。

作家讲创作经验，记得丁吉槐老师讲的，我印象特别深，但是记录并不是很全。会后，一位白发的老人又特意到主席台前，认真记录下丁吉槐老师的讲话。从此，便认识了白发老人叫"袁秀珍"，由于时间关系，我说我晚上会去袁老师的住处，把她的记录抄录下来。

晚上，我叩开了袁秀珍老师房间的门，袁老师很热情地接待了我，并且拿出笔记本，让我抄录。抄录中，一个女子从洗手间走了出来，那个人便是夜莺，只不过我们并不相识。夜莺当时穿的是睡衣，温和而腼腆地说："对不起啊，我刚洗过澡。"实际上，应该说"对不起"的是我，是我打扰了她们。

在赵县的年会中，夜莺作为会务在大厅里忙碌着，我们只是友好地打着招呼，可能那个时段谁也不会记住谁叫什么名字，只是面熟而已。而"董素英"这个名字，在这次衡水年会上，我才知道，"夜莺"就是"董素英"，"董素英"就是"夜莺"。

夜莺给人一种文静的感觉。蓬松的卷发，美丽的面庞，黑框眼镜后面是一双美丽的大眼睛，这双眼睛宁静而温和。不笑的时候嘴巴总是紧紧地抿着。这次见到夜莺，她那双大眼睛里多了几分忧郁和深沉，弯弯的眉头有时候蹙在一起。看着坐在椅子上，两手自然交叉在胸前，静静地听着梁秘书长在分派工作的夜莺，会议结束后我还是忍不住问道："夜莺姐，你不舒服吗？"

夜莺见我问，笑了，她拉住我的手，亲切地看着我。原来，夜莺正在闹更年期，身体有好多不适，睡眠质量极差。这次开会，是强撑着来的。因为我去年身体也是一直不好，就是现在，还在吃着药扛着。自然，我们的话题就多起来。

会务繁杂而忙碌。夜莺主管财务这一块。我负责餐饮以及协调一些事情。每次财务支出，我都尽力做到让夜莺清楚明白，每一项支出都列出明细表。因为夜莺负责的是会议的全部财务，做细一些就是减轻一下她的负担。夜莺确实是一个对工作极其认真负责之人，做事情有条不紊，每一笔账都是细心对待，不急不躁，稳妥完善。散文学会有这样的财务总管，真的是一大幸事。

更有缘的是5月13日下午会议结束后，我搬到了夜莺的房间去住。说实在的，我的睡眠质量也不是太好，很怕惊动。这些天，一是事情多，二是身体病灶的原因，三天来我就没睡过觉，只是在大家就餐后我去餐厅吧台签单，然后回到房间总结完账目，趁这个间隙休息一会儿。我心脏不好，非常担心自己的身体会在此时犯病。

下午4点多，事情告一段落，我们便回房间休息。虽然只是两个小时，但是我睡得特好，香香的。夜莺一点动静都没有，倒是我不知吵到了她没有。

晚上回到房间，时针已经指向23点了。夜莺说："你如果太累了就睡吧，别洗澡了！"这是一个大姐姐出自内心的关心。我也正有此意，再就是怕惊动她睡不好觉。头一挨枕头，我就睡下了，从来没有睡得这么踏实过。会议圆满结束，心里的一块石头也算落了地。我睡觉时，夜莺姐在拿着一沓打印的稿子看。她把自己那边的灯光拧得很暗，怕影响我休息。

第二天舒舒服服地起床，眼睛都睡得有些浮肿。夜莺姐说，她昨晚是照样失眠，看稿子到三点多了。她曾经咳嗽了一阵子，怕吵醒我，就把头埋在被子里。多好的姐姐啊！

世上没有不散的筵席，夜莺姐要随车回石家庄了。望着她，我心里酸酸的，有好多话要说，就是不知道要说些什么。

突然，又想起关于"夜莺"的常识。姐姐之所以起名夜莺，并不想在喧哗中来炫耀自己。她的品性、她的人格以及她的文笔，都写在"文静"里，让人从心里去感受，去回味。

- 2012 年 5 月 -

江南女子

河北省散文学会早就流传"北接红孩，南接峻毅"之说。红孩，中国散文学会常务副秘书长，是散文界的重要人物。峻毅，本名朱菁，现居宁波慈溪，浙江省作家协会会员，中国散文学会会员，中国国际文艺家协会理事，高级创作员，《岁月》杂志散文选稿版首席，《杜湖》杂志副主编。更有意思的是，她还是河北省散文学会常务理事。

与朱菁大姐相识，是在 2010 年的正定散文年会上。我们衡水三姐妹第一次参加如此大规模的文化活动，自然会倾心谛听每一位专家作者关于文学创作方面的讲话。当然，朱菁大姐也在那次大会上做了演讲。有趣的是，在一次聚餐席上，我们竟然坐在了一起。当时朱菁大姐的豪放，我们断然不会想到她竟是一名江南女子。娃娃头，红扑扑的脸蛋，声音甜润还带些嘶哑。记得当时我问过朱菁大姐的年龄，她的回答竟让我吃惊，她给我的印象要与实际年龄相差甚多。

2011 年的赵县散文年会，朱菁大姐作为会务热情接待了我们。没有来得及跟朱菁大姐攀谈，因为那天晚上我们三姐妹去拜访她，不巧得很，朱菁大姐不知去了何处。也就在那时，我们从哈占元老师的赞许中，更进一步了解了朱菁大姐，看着哈老师记录下来的两人会议期间关于文学的讨论，独到的见解，精辟的概论，让我们更对这位江南女子顿生仰慕之情。

与哈占元老师的接触较多，电话联系也颇多。他是一个不善于赞许人的人，在哈老师犀利幽默的语言中，很难找出他对一个人的更多的肯定。赵县归来，哈老师便欣然接纳了我这个学生，此后便是电话中关于文学创作的研讨和指导。而哈老师时常赞许的莫过于两个人，一个便是王聚敏老师，一个便是朱菁大姐。

今年的散文学会年会在衡水召开。作为东道主，理应做好份内之事。本定于5月10日10点前赶到洞天宾馆，大家聚齐后，安排会务具体工作。早晨刚刚6点，散文学会秘书长梁剑章老师便打来电话，说是从浙江来的峻毅已经到了聊城，7:30到衡水，让我去车站迎接，并安排好住宿。

我紧忙给朱菁大姐发去信息，告诉她我在车站等她，信息很快便到了："谢谢超凡！"

随着出站人流的涌动，早早便看到了夹在其中的那个瘦小的身影。峻毅以她江南特有的娇小出现在我面前。她一见到我，便说道："我还问秘书长呢，你把我卖给谁了呀？他说是张秀君，我说我不认识呀，又说超凡，啊，我想起来啦，这就没问题啦！"峻毅大姐的话像连珠一样从那小嘴巴里蹦了出来。

在车站餐厅简单用过早餐后，我便带朱菁大姐到开会地点——洞天宾馆。因为我们提前没有预订房间，因此客房还是爆满。我们只好坐在大厅的沙发上稍事休息。没想到，朱菁大姐第一个想起的人就是哈占元老师，她问我他会不会来参加会议。我说不知道，因为好长时间没有跟老师联系了，好像老师病得不轻。朱菁大姐便给哈老师打电话，结果无人接听。她举着手机很遗憾地说："看来是见不到老朋友了！我们很谈得来的呀！"

坐了20多个小时火车的朱菁大姐，依然是神采奕奕的，脸上没有一丝的倦容。行李终于可以安排在一个房间里，朱菁姐提议到大街上走走。

于是，我带朱菁大姐到报社街，然后沿着报社街拐进"浙江村"。我们没有走进"浙江村"，而是走进了对过的信发商城。朱菁姐一路走着，一路看着。她跟我说，在这里她看到一个怪现象，这里的人们还戴着口罩，她感到纳闷，因为在她们那里戴口罩的一般都是病人。我笑了，解释说："在我们这里戴口罩是一个普遍现象，这边的沙尘多，一是防沙，二是防晒。我平时出门上班也是戴口罩的。"的确，衡水的沙尘多，天空都是不明朗的，这也是北方城市普遍的现象。要是逛一趟街，锃亮的皮鞋上准会落一层尘土。

我们一路说着，一路看着。朱菁大姐不时会在一些小摊位上停住，看那独特的街摊市景。同时，她也看到了衡水超市物品摆放的杂乱，比如烧烤类，是绝对不让进商场的。衡水在整个河北省来说可以说是一个经济比较落后的地区，因为地域限制着经济的发展。虽然有几个龙头产业带动着经济命脉前行，但是这个城市仍是一个发展中的城市，需要各方神仙的发现和开发。

在往回走的路上，朱菁大姐被一个头上包块毛巾的老头吸引住了，她悄声问我："这是不是少数民族？""不是，这是我们这里过去农民的打扮。在我小的时候，农民们都会把一条毛巾缠在头上的，男的女的都包住头。"见朱菁大姐仍疑惑地看着我，我接着说，"这包头的毛巾有几大好处，既可以遮风挡雨，还可以擦汗，再就是劳作完后，解下来用力摔打一下身上的尘土。"朱菁大姐恍然大悟，又问道"是不是这种装束距现在已经很久远了？""是的，我小的时候人们是这样子的，现在很难再找到了。您今天碰到一个还很荣幸呢！"

会务工作紧张忙碌而有序。

朱菁大姐负责接待。干练的作风再一次从这位江南女子身上展现出来。虽为江南女子，皮肤白皙，身材纤弱，但是工作的干练扎实、说话的快言快语、判断的准确果断，还有那不容置疑的"决定"，你绝不会想到这是位江南女子。只有那甜润的还带些"嗲嗲"的尾音里，印证她就是一位江南女子。

她对人和事都有自己独到的见解，并且直言不讳。记得刚下火车时，她说这次年会征文"衡湖流韵"，她就没写。她说可以从网络上查阅一些东西，也可以东拼西凑写出来，但是那毕竟不是自己的亲身经历。"不是真实的东西我是绝对不写的。"这就是峻毅为人为文的风格，正因为她如此实事求是的作风，她的长篇报告文学《华芝春秋》一问世，便引起了全社会的关注。这次散文年会，峻毅为大家带来了她新出版的报告文学《履痕》，此书以翔实的资料为底蕴，揭示了城市中尤其打工一族与城市命脉紧密而又微妙的联系。用《人民文学》编辑部主任邱华栋的话就是，"这部书，我觉得在拥有文学价值之外，同时还拥有了文献的价值、社会学的价值、人类学的价值"。

朱菁大姐的确是一名江南女子——江南女子特有的那种柔情和妩媚，也会时不时地显露在她的举手投足中。她会柔情地挽着你的胳膊还会把头靠在你的肩膀上，也会柔声细语地表达出自己的要求……

　　我不知该怎样来描述这位江南女子了，她在众多人眼里简直就是一个传奇。但她的一颦一笑，一举手一投足，就在我们的眼前，看得见，摸得着，感受得到。

　　朱菁，我认识的唯一一位江南女子，而我们竟能如此得相熟，相近。

– 2012 年 5 月 –

飞鹰

今夜无眠。

本已就寝，却久久难以成眠。于是便重新穿衣，坐在电脑前，"飞鹰"立刻跃入脑海中。

"飞鹰"是我今晚在网上认识的一位大哥，天津人。

今晚我又如往日一样，百无聊赖中，打开电脑，进入游戏界面。

由于这一段时间，我工作上出现了些问题，一直处在困扰的状态中，因此便把久违了的游戏界面重新升级登录。不小心便结识了桌球。自打桌球以来，确实为我打发了不少的无聊时间，但是带给我的并不是快乐。我的桌球等级一下子变成了"桌球大白菜"，很快就要到"垫底小王子"了。遇到高手自己不在话下，遇到对手，本应该能够赢一局了，结果不是对方要求退出就是逃跑，更可气的是不知人家运用了一种什么样的程序，竟然使界面处于"不动"的状态，这样的情况下，自己只好"强退"，这样做的后果，不但被系统扣掉 15 分，还会打上"逃跑"的烙印。

尽管这样，还是想借此消磨一下时光。有幸结识了"飞鹰"，他是"球室大门徒"。他的球技当然胜我一筹。

打过几杆后，飞鹰就看出我的球技来了。他说："我给你刷正一下分吧。"这是我第一次听到这样的话，也就调侃似地说"好啊"。没想到飞鹰真的就开始打起"缓球"来，两盘过后，飞鹰告诉我，他有事情要下，明天晚上再玩。我们就相互加了好友。

　　每个星期的周五我都要看河北卫视的《综艺传奇》栏目的。这个时间段正好是综艺传奇。今天被请来的嘉宾是被称为"天下第一娘"的张少华老师。我被张少华老师那种真诚和朴实深深打动了。当主持人在少华老师面前的那一跪，不但让全场观众潸然泪下，也让我泪流满面。

　　接下来的节目就是"真假母子"辨认，真切感人的话语、催人泪下的歌曲以及母子那深情的道白，又一次把母爱推向了高潮。少华老师说："孝敬母亲吧！"这一句朴实的话语，却道出了亿万中华儿女的心声。

　　怀着这样的心情，我疾书写下了一首诗《娘，如今老了》，没有经过修饰，一气呵成，便发了上去。

　　就在我写这首诗的时候，飞鹰已经上线，他跟我打着招呼。我告诉他，我在写东西。当我很满意地把这首诗发上去的时候，发现飞鹰还在。我便想放松一下，请他打球，他欣然应允。

　　飞鹰真是一个耐心的老师，一边打一边告诉我如何发力，如何看球的角度。更令人可敬的是，他把球总是给我送到最佳的位置，然后让我去打。

　　爱人就在旁边，看我打球好笨，早已耐不住性子。他说："谁要是教你这样的学生，非得气死！"于是，便做他的春秋大梦去了。

　　有时候我也觉得很不好意思，本来一个容易进的球，却被我打飞了。飞鹰从来不怨我，只是告诉我"别急""看准了""劲儿掌握好"等鼓励的话。

　　因为太晚了，我不好意思再打扰人家，便很抱歉。飞鹰告诉我他不去工作，也没有工作。这让我很吃惊。在我的追问下，飞鹰告诉我他是个残疾人，腰腿病。

　　我很震惊，也很过意不去。身体好的人长时间坐在电脑前都会感到不适，更何况人家一个腰腿有残疾的人呢。飞鹰说"没事的"。我知道，他这是为了我们开局时的那句承诺——"我帮你把分刷正吧。"

　　我们素昧平生，又是在网络上，大可不必去承担什么的。而飞鹰对自己说出的话很负责任。他在兑现他的诺言。

　　当我了解到他发病的原因是股骨头坏死时，这不亚于在我的耳边响起了一颗炸弹。他说他在读书时就发现了这个病情。也就是说，这个病已经折磨了他好多年了。他今年 48 岁。

飞鹰，这个名字，不，屏幕背后的那个人，立刻让我肃然起敬。我的脑海中不断出现着"名利""健康"，让我一下子对名利和健康有了更深更明晰的认识。

我们健康的人，无视自己拥有的得天独厚的条件，把眼光放到了那些名利上，不顾一切地去经营，去争夺。我这一个多月来，为了那所谓的名额而耿耿于怀，每天在忧郁愤懑中生活，浪费掉了好多大好的光阴，带给家人及朋友无尽的烦恼。难道除了争这所谓的一口气而没有更重要的事情去做了吗？当健康或生命与名利摆在同一个天平上时，我们还有那时间去争夺名利吗？我们只有珍视自己的生命，过好生命中属于自己的每一刻才是最重要的，才是人生的实在意义。

当我赞誉飞鹰豁达的人生观时，飞鹰却说："不这样，我又能怎样呢？"是啊，飞鹰似乎是无奈的。但是，飞鹰没有抱怨生活，他没有把自己的不平投向社会，投向周围的人，就连我这个素不相识的人，他都报以最友好的态度。他说："没什么输赢，都拿不走的。""大家在一起就是开心。"

飞鹰的头像是一个很阳光的男孩，飞鹰说那是一个愿望，谁不向往阳光、年轻呢？我突然悟到他为什么起名飞鹰了。我说："我想，您是想让自己长上一对坚实的翅膀，能够自由翱翔。"他说："也可以这么说。"

飞鹰又告诉我："我妹妹说这个名字起得好，让我带她一起飞。"

我不知是心酸，还是高兴。

飞鹰又说："我有 20 几个网友，可我一说是残疾人别人就很少理我了。我一个人也闷，就是交几个朋友聊聊天。"

"飞鹰大哥，今晚我虽然没有了解到你更多的故事，但让我看到了什么叫'超然'。您就像我人生的一个导师，您的出现，恰如为在黑暗中一直徘徊的我点亮了明灯。您的感动就在这朴实的平淡生活中。"

"你不要这样说，我没你说的那么好，实在平常不过了。"

带着依依不舍之情，也是带着一种感激之情，我和这位飞鹰大哥告别了。

　　真的，与飞鹰相比，我太渺小了。飞鹰是个残疾人，他比谁都更清楚自己的命运。但是，他又比谁都真诚，都热情。他用一颗平淡的心来看名利，他做的只是让大家开心快乐。

　　与飞鹰相比，我还有什么理由去抱怨不公？我还有什么困难不能克服？我还需要再次去调整自己吗？

　　今晚，认识飞鹰真好！

- 2011 年 1 月 -

青烟一缕化云霞

该如何描述她呢？

是因为她容颜的秀美吗？是因为她非凡的出身和显赫的家世吗？是因为她的不平凡的壮举吗？

"中原大地最大的封建官僚府第"——马氏庄园，她出生成长在那里，她是马丕瑶的三女儿；18岁，遵父母之命，她嫁给了河南尉氏县，人称"刘半县"的大地主刘耀德为妻；婚后7年，刘耀德病逝，25岁的她成了拥资千万的富孀。她被鲁迅先生赞为"才貌双全"；孙中山挥毫为她题写"天下为公"和"巾帼英雄"八个大字，赞扬她的爱国之举；清朝光绪皇帝感其德绩，特诰封她为"一品夫人"。她英年早逝，只走过了47年的风雨历程，弥留之际，陪伴她的只有一盏青灯。

肖像前，屏气凝心地久久注视着她；在心海里，一遍又一遍地为她装扮，为她梳理……

闺秀？阔太？慈善家？教育家？侠客？仁人志士？革命党？……无论怎样，都难以把这些似乎风马牛不相及的称呼堆砌到她的身上。

起伏的心波执拗地在叠音，在叩问：

"真的是那个文静而贤淑的她吗？"

的确是她——马青霞。

"思无邪斋"——她在娘家的绣楼。她，长于斯，逝于斯。孙中山先生书写的"天下为公"匾额高高悬挂于正面墙壁上。匾额下方是装裱在玻璃相框里的两张照片，左边是秋瑾，右边是马青霞。

女侠客秋瑾，早已永驻人们心里，被后世子孙传诵景仰。而马青霞为何要与秋瑾并列悬挂厅堂？当你了解到马青霞"一生只为国家兴，万贯家财化青烟"时，你不得不在心里敬佩这位女侠的壮举。

马青霞一生可谓功绩卓著。

马青霞以一颗博大之心，对家、对国都报以无私的爱。她为人宽厚，乐善好施，曾一次又一次地不惜万金慷慨解囊，捐助公益事业和慈善事业。她出银四万两，重建刘家祠堂，以求得刘氏家族的信任；捐地十五顷，办义学一所，凡刘氏子弟皆可免费入学；她修建一所"世古堂"，并于宅内办了一所30多间房屋的"孤贫院"，用以专门收养刘氏家族中无依无靠的寡妇；修建"刘氏义庄"用于救助刘氏家族中的老人。她开仓放粮，赈济灾民；修桥铺路，疏通交通……此类义举不胜枚举，清光绪皇帝闻报，感其德绩，特诏命封她为"一品夫人"。赐"一品夫人"服饰。

如果说马青霞所做的这些义举都是为了取得在刘氏家族的地位，那么她兴办学堂，捐款"中国同盟会"，那可就是为了国家和民族的兴旺了。

腐朽的封建王朝制度，已经把中国推向了挨打受气的地步，中国沦为外国列强的殖民地。国家要强盛，必须要改革。于是，中国历史上的轰轰烈烈的"戊戌变法"开始了。这场洪流，冲击了科举制度，全国各地倡导兴办新式学堂。马青霞慷慨捐银三万两，与其次兄马吉樟及河南籍显宦袁世凯、张邵予等人在北京创办了"豫学堂"。为支持省府发展河南的教育事业，她一次就捐款5万元。她在家乡创办河南第一所私立女校——"华英女校"，为妇女的解放做了思想上的引范。她捐地30亩，创办一所蚕桑学校，干校内辟设实习桑园，购植湖桑一万株，促进了家乡桑蚕业的发展。为资助尉氏高等小学堂和省城中州女学堂、中州公学，她先后捐银3000两。为京师女子师范学校和北京法政学校资助10000元，并担任了北京女子法政学校校长。这一连串的数字，闪亮着的不仅仅是白花花的银子，而是马青霞一颗爱国爱民的心在熠熠生辉。

马青霞在国难中迅速地成长着。

1907年，马青霞毅然决然地冲破封建礼教的束缚，随二哥马吉樟东渡日本考察实务。在日期间，她结识了孙中山、黄兴、鲁迅、宋教仁、陈其美、何香凝、康有为、梁启超等一代旅日名流。

马青霞很快就接受了新的革命思想，毅然加入了"同盟会"。

"马青霞乃一爱国女子，志愿加入中国同盟会，不惜生命、鲜血，为推翻清朝，建立共和而奋斗。

余宣誓：驱逐鞑虏，恢复中华，创立民国，平均地权，为实现三民主义而倾毕生之力。"

马青霞已经从一个乐善好施的慈善家成长为一名真正的革命党人，她也从一个富孀阔太彻底演变成一个巾帼不让须眉的英雄。

捐资创办革命刊物；出资置屋，秘密建立同盟会河南支部联络机关；捐款资助孙中山、黄兴在国内的起义；捐重金购买武器弹药，筹备河南起义。

她冒着生命危险，营救革命党人；为妇女争取合法的权益，她奔走疾呼，被选为北京女子参政同盟会会长和北京女子事物维持会会长。

袁世凯叛变共和，南北分裂，她捐款五万元大洋支持"护法运动"，策应上海起义；1919年，伟大的五四运动爆发，她参加了爱国学生大游行，抗议北洋政府的残酷镇压，要求释放陈独秀和爱国学生。

马青霞先后曾经两次被清朝政府及袁世凯北洋政府逮捕入狱，皆由其兄马吉樟从中周旋，鼎力相助，方得脱险。但是，马青霞已经是一个真正的革命战士，她已经做好了充分的准备，就像她誓言里所说"不惜生命、鲜血，为推翻清朝，建立共和而奋斗。"

马青霞用自己的一生践行了自己的誓言。

历史的定论：马青霞是我国著名的资产阶级民主革命家、教育家、社会活动家、辛亥革命女志士。

马青霞与秋瑾素未谋面，秋瑾遇难，马青霞泣泪疾书《祭秋瑾文》。

"呜呼哀哉，呜呼哀哉！一代女杰，壮志未酬身先死，革命之损，国家之损。余与女杰乃同年所生，同为女子而不甘平庸世俗终其一生，虽未曾相识，然神交已久，心向往之，本欲回国前去面晤，聆听高见，不料天不暇人，竟身遭不幸，使余不得见而哀痛。生当作人杰，死亦为鬼雄。女杰为救国而死，死得悲壮，死得其所，壮哉！壮哉！"

一纸悼文，便书写出马青霞的心声。

英雄殊途同归。于是，后人中肯地评价"南有秋瑾，北有青霞"。

马青霞是当之无愧的"巾帼英雄"！

英雄不论出处。如果是绿林草莽，马青霞与封建制度做斗争还可以去理解。殊不知，这是一位养尊处优的小姐，也是一名家资万贯的阔太，她痛恨那个制度，毅然决然地走一条与自己的生活轨迹格格不入的道路，令人费解也难解。

追寻马青霞的身世，你会像剥茧一样，层层拨开马青霞的心路迷雾。

马青霞之父马丕瑶，为官30多年，清正廉明，恪尽职守，老百姓称他"马青天"，清廷褒奖他"鞠躬尽瘁""百官楷模"。马丕瑶无论为官还是为人，都为子女树立了楷模。

马丕瑶出身贫寒，虽然后居高官，但不忘稼穑之辛苦。修身堂中的这道楹联"一等人忠臣孝子，两件事读书耕田"，正是马丕瑶思想所为的真实写照。

"知春秋大义学成文武艺

效古今圣贤心系百姓安"

"万支本是一身

田置鱼鳞聊赡我亲疏族党

富贵敢忘微贱

清风鹤俸先给他鳏寡孤贫"

"子孙要识祖宗心望后人祇父恭兄勉为孝悌

富贵常如贫贱日念前世栉风沐雨历尽艰辛"

谆谆教诲，无不影响着马家儿女，使他们懂得孝廉、知恩。

马丕瑶的长子马吉森，持家勤奋，忧国忧民，一生致力于实业救国。次子马吉樟，可以说是马青霞的引路人，也可以说是马青霞的保护伞。马吉樟倾向于革命，正是因为有了二哥的鼎力相助，马青霞才在革命之路上走得义无反顾。

如果说良好的家训奠定了马青霞的爱国爱民思想，那么马青霞不幸的婚姻，却让她走上了反抗封建礼教的革命之路。

马青霞的丈夫刘耀德，虽资财逾千万，但他是个不学无术、挥金如土的纨绔子弟。封建礼教要求女子从夫，是容不得马青霞规劝的。婚后七年，刘耀德便撒手归去。马青霞成了寡妇，族人便想侵占她这一支的资产。马青霞是个弱女子，她只能采取"遗腹子"的方式瞒骗族人保全自己的家产，并自己独资修祠堂，办义学，建义庄，来赢取刘氏族人对她的信任和包容，给自己争取一席之地。尽管她为刘家做出了巨大的牺牲，最后还是被刘家告到官府，对簿公堂。

望着那洋洋洒洒的《告四万万同胞书》——"漫漫长夜，黑暗如桓，孤苦伶仃，频遭蹂躏……"

"青霞一妇人耳，屈指平日碌碌劳劳，淡食粗衣，自奉甚微，而对于家族、对于社会自觉可以告无罪矣。"

这是一个弱女子在黑暗中的呐喊。

她要奋争，她要反抗。后来东渡日本，与那些进步人士接触畅谈，使她大开眼界，思想锐进，由小家认识到了大家，认识到腐朽的封建帝制是制约国家发展的枷锁。国家要富强，民族要独立，必须要彻底推翻封建帝制，建立一个民主共和的国家，要让人民当家作主人。

她心中的祖国是伟大的，她要奋斗出一个光明的中国。

"青霞处兹悲境，对于家族甚觉短气灰心，而对于社会事业尚不忍放弃天职。"与无数的仁人志士一样，马青霞毅然决然地踏上了一条谋求祖国昌盛、民族兴旺的革命道路，并成长为一名真正的革命者。

1922年，马青霞回到了安阳县蒋村，回到了她阔别二十余载的"思无邪斋"。当年的大家闺秀，拥资千万的富孀，此时随身携带的只有几件朴素的衣衫，她就像当年木兰出征一样，毅然决然地走向了战场，把自己的一切奉献给了挚爱的祖国。当英雄归来，"开我东阁门，坐我西阁床"的时候，远没有木兰"对镜贴花黄"的喜悦。

她宁静地注视着窗外，阶前是一株开得正艳的海棠。她仰望天空，天空依然被一层灰蒙蒙的云雾所笼罩。

突然，一阵雁鸣，只见雁群成"人"字阵容，奋力搏击开乌云，高叫着向南飞去。她长叹一声，低吟道："长风万里送秋雁，对此可以酣高楼。"

她静静地走了，就像一缕青烟，袅袅地升上了天空。

那株海棠从此没有了生机。

逡巡在雄浑深邃而又富丽庄重的高屋深院里，久久驻足"思无邪斋"前，心里不免有更多的遐思。

她的魂灵到了哪里？难道那株海棠枯木绽露的片片新绿便是她的微笑吗？

漫天的云霞，把天空装点得如此美丽。

哦，她，已化作了一片云霞。

- 2012 年 6 月 -

遥寄天堂

在我的成长过程中，无论是在学校还是在生活中，有好多好多的老师，他们传授我知识，教我做人的道理，使我人生有了精彩。在我众多的老师中，令我念念不忘的、铭记心底的是我初中时的老师——田占存老师。

田老师离开我们已 20 多年了，但他的音容笑貌，他的一切给我留下了极深的印象。每每想起，那亲切的话语就会响在耳际，那微笑着的表情就很清晰地出现在眼前，也是田老师奠定了我的人生。

田占存老师是个下乡知青。记得与田老师初次见面时是我读初中一年级的时候。那时教我们物理的女老师歇产假，代替她的便是田占存老师。

田老师高高瘦瘦的个子，身板不算直。脸也是清瘦的，白净，眼睛不大，戴着一副白色的眼镜。田老师说话声音特柔，是娓娓道来的那种。从来没见过他大声喊叫过。

当时我们刚刚接触物理这一学科，学起来既新鲜又吃力。田老师代课后，我突然对物理产生了兴趣，再不觉得这是一门令人头疼的学科。在一次物理测试中，我不但拿了第一，并且超出了第二名十几分。老师高兴，我也高兴。后来歇产假的老师来上班了，田老师就被调走了。

与田老师见面的第二次是在给学校的一次劳动中。那时学校安排的劳动特多。学校要建房，要求每两个学生一辆板车，到距学校十几公里的砖窑去拉砖。每车200 块。我那时 14 岁，我的同伴也是 14 岁，我们两个女孩子拉着装有 200 块砖的板车很费力地行走在高低不平的乡间土路上。还好，到高坡的时候，大家就会互相帮忙。没想到带队的正是田占存老师。一路上，田老师跑前跑后，帮这个同学拉一会儿车，又帮那个同学赶一会儿路。我们大汗直流，田老师的衣服也被汗水浸湿了，衣服贴在脊背上，显得他的身子又高又瘦。

读初三时想不到我们的班主任居然是田占存老师。

读过一段后，有一天，田老师把我叫到了他的办公室里。我这人最怕和老师说话，但我不怕他。在田老师面前我感觉特别轻松，还有一种亲切和信任感。田老师突然提到我那次考试物理成绩第一的事，又谈了好多他对我的印象，也可能是从别的老师那儿了解到的吧。最后，田老师告诉我，让我担任作文辅导。这是我第一次听到这么个班干部名称。后来才清楚我的任务就是把同学们的作文进行批改。当时我也不知道谦虚，好像就满口答应下来了。可就是因为这次的机遇，对我今后文科方面的长进奠定了坚实的基础。我做事很认真，每篇作文我都会很认真地阅读、修改，有的甚至给人家改了全貌。期间，田老师给予我很大的帮助，真是手把手地教。比如这篇作文的立意怎样，如何修改是完善的、突出的，这个句子用什么修辞会更好等。所以，在那个阶段，我的作文水平突飞猛进，学校专栏几乎成了我的专栏。也就从那时起我养成了写日记的习惯，几十年下来，从没间断过。

在我的人生道路上，田老师还是我的"救命恩人"。

记得在我快初中毕业的时候，一次物理课上，我被任课老师叫起来，回答电阻对电灯的作用。我回答电阻对电灯起保护作用。老师的眼睛睨斜着，用他那娘娘腔说："是吗？他还带不带枪啊？"老师的话音被哄堂大笑掩盖。我哪里受过这样的奚落，趴在桌子上就哭了。再后来可能又叫了几个同学回答吧，都是哄堂大笑。那个老师有些气急败坏了，说话极难听。实际上他是冲着全体学生发的火，而我却认为句句都是在说我，哪受得了。唯一的办法就是趴在桌子上哭。当时趴在桌子上的还有几个学生。后来就听老师让趴在桌子上的学生站起来。我没站，一味地在那趴着。就感觉有人走了过来，扯起我的胳膊向外拽。那天我的同桌恰巧没来，我被他的凳子绊了一下，摔在了地上。我又羞又恼，冲出了教室。当时我只记得自己趴在操场上的一个乒乓球台子上哭，越哭越伤心，觉得无脸再活下去了。

正哭着的时候，觉得有人在给我拍打身上的土，后来就听到了田老师的声音。

我随田老师来到了他的办公室。我哭了好大一阵，才止住了。田老师一直没说话，只是递给了我一条毛巾。坐在那里等我不哭了，他打了水说："洗洗吧，成小花脸了。"我洗过脸，田老师让我坐到一把椅子上，又给我倒了杯水。然后才说："你不要太伤心自卑。这个老师的做法是有问题，也是年轻的原因。"听到这里，我的心里一下豁亮了。我还以为田老师也会批评我呢。这话好温暖啊。田老师讲了好多，分析了好多，还用了好多过去的实例，教育我要经受住挫折，也同时指出我在课堂上的不妥当做法。放学时，田老师又指派我们同路的同学好好照顾我。

这件事一直是我心里的痛，也是我心里的甜。

我就读高中了。在高一时我与田老师的书信不断。我经常向田老师汇报自己的学习情况，也谈自己的苦恼。不管多忙，田老师总要回信，鼓励我、开导我。后来由于学习的紧张，我给老师的信越来越少了。有时田老师的来信，我都回复得极简单。再后来我就不再给老师去信了。高一那个寒假看过老师以外，再也没去看过他，总有那么多的理由。终究没去看他。想不到这成了我终生的遗憾。就在我读高三的那年，田老师得了肺癌，并且是晚期。我得知时却是田老师已离世的消息了。等我们几个同学赶回来的时候，面对的是田老师的墓碑了。

我做了老师，也已经 20 多年了。在这 20 多年的教学生涯中，我深深体会到了老师的甘苦。只有老师对学生是百分之百的无私奉献，只有老师把孩子看得比自己的孩子都重要，只有老师才会做到学生真正的引路人。

天堂里的老师，您好吗？

- 2008 年 9 月 -

那巷

从家门口到巷子口，也就是街中心，只有五十多米。一位年逾七旬的老人，满头银发，手拄拐杖，倾斜着身子，一步一挪地要走上 10 多分钟，才能移到巷口。这条路对于她来说，是太漫长了……

她，就是我的母亲。

每看到母亲走路的样子，我会心痛。但是，我只有鼓励母亲每天要进行这样的锻炼。

2007 年的 9 月份，母亲突患脑血栓。虽然经过了及时治疗，但是，结果我的健壮的母亲还是落下了半身不遂的后遗症——她的左半个肢体行动很不方便。从此，一根拐杖就成了她形影不离的伙伴。

自母亲得病后，我的双休日也就变成了单休日，我的周六都是在母亲身边度过的。有时候，周日或是其他的日子也要陪伴我的母亲。我是教学的，论周过日子，母亲也论周过日子。她每天都在数着，用那不太清楚的记忆数着，每次都不错地数到第六日，那便是我来的日子。

母亲家到街中心，是一个大约 50 米的胡同。母亲拄着拐杖，一步一挪地走完这段路程，需要十来分钟的时间。有时候，刚刚坐下，就又得起来，因为急尿了，又得赶紧往回走，再走上个十来分钟。有时候，走不到厕所，就尿了裤子。

每当看到母亲那倾斜佝偻的身子时，我就心酸。母亲曾经是一个多么健壮能干的人啊。在我的印象中，她的腰杆总是挺得直直的，走路很快，就像一阵风。母亲的能干在十里八村是出了名的，并且母亲曾经是生产队的妇女队长。母亲一直是乐观的，说话嗓门大，特爽快。谁也不会想到过了七旬的母亲会得这种病。就在母亲病的那年春天，母亲还用小推车往家推化肥呢。一百斤的化肥袋子，她毫不费力地就能搬上搬下，而正值壮年的我却只有看着的份，竟不如一个已经73岁的老太太。母亲经常说我空长了一个衣裳架子。

也就在那一年，母亲的眼睛突然不好起来，看东西模模糊糊的。看天上的月亮是成双的，看人更是离谱得很。母亲一向是不生病的，就是有个不舒服，也会挺过来的。所以，她从来没吃过药，更不用说打针了。那年的7月份，正好赶上我放暑假，好说歹说，才说动母亲去看医生。唯一说动她的理由是把眼睛治好了，还能做好多的活计。看病是件麻烦的事，什么验血、测血压、检查心脏啊，一通折腾，终于在我们的反复劝导下，母亲才把这些例行检查项目配合做完，诊断为白内障。令人高兴的是，母亲的各项健康指标都达标。这对于一个已经73岁的老人来说，是多么难得的呀！我们做子女的高兴，老人自然也高兴。

母亲的白内障手术做得很顺利，也很成功。眼睛视力竟达到了1.2。复查完那天，母亲格外高兴。她说可以看清楚了，能做活了。并且那天破例跟随我去人民公园游玩。母亲以前从来不逛街。她就是钟情于她的家务，她的地。

至今我也搞不清楚，各项指标都很正常的母亲，两个月后竟突然患了脑血栓，并且血压升至了195，还有好几项超出了指标。

一向不曾得病、不曾吃药的母亲，哪受得了这个打击？在我们的哄劝下开始输液。天真的母亲，以为输上几天液就会如常人一样了呢。在她的印象中，输液是重病人。输液，有两个结果：一是大病马上能治愈；一是人不行了。

母亲输过7天液后，不但没见效，反而在床上连坐起来的力气都没有了。她自以为自己能行呢，不要我们扶，狠狠甩掉我们。结果她刚一侧起身子，就重重地摔了下去。头还撞在了床帮上。母亲大哭起来，边哭边骂，她的声音含含糊糊的。

在我的记忆中，母亲只有在父亲去世的时候，落了泪。但是她并没哭出声。因为那时我和哥哥还小。在此后的艰难岁月中，就没见过母亲掉过泪。而我恰恰相反，只要稍有点别扭，眼泪就会落，并且流个不止。因此，母亲常常骂我不争气。

那天，母亲像个孩子似地哭起来，哭得好痛！她抱怨老天为什么这么折磨她。我一向坚强的母亲那时却垮掉了，垮得让我不敢相信这就是支撑我们家带领我们家的母亲。

接下来一系列的不便带给了母亲。左手和左腿无法行动，吃饭穿衣行走都不方便，尤其是大小便，更是艰难得很。母亲脾气倔强，也暴躁。当拐杖递到她的手里时，她会用那只好手扔掉。她不习惯，也不肯。她不会走路了，她的左腿不会往前迈。

母亲接受现实，接受拐杖，接受坐便器，真的经过一个好长好长的过程。她不甘心自己就是这个样子了。

脑血栓病人就得需要锻炼，需要坚持不懈地锻炼。

两年了，母亲患病两年了。那条胡同就是母亲天天行走的路线。她慢慢地挪着，右脚迈出去，左脚吃力地跟上去。身子的重心就压在那条拐杖上。

巷口，聚集着好多的老年人。母亲每天都和他们相聚。大家在一起，聊聊家常，很开心。每次母亲要走的时候，他们都会帮忙搀扶她起来，让母亲站立一会儿，再挪动步子走去。

我看到母亲，除了天气不好外，大部分是在那条巷子里——或在巷口，或在巷中……

每次看到母亲，我会感到欣慰。

我真的不希望看到躺在床上的母亲。

我愿意母亲永远站立着，永远用她自己的力量支撑着自己，永远行走于那条巷中。因为，母亲只有自己行走于巷中，她才会有希望，才会有生活的乐趣。

尽管母亲的身躯佝偻，尽管母亲的步履蹒跚，尽管母亲的记忆模糊，尽管母亲的逻辑可笑，尽管母亲爱耍小孩子脾气……但是，在我的心目中，母亲永远是那样的身躯挺拔、脚步稳健、记忆清晰、决策英明……

母亲永远是那么坚强、乐观、伟大！

那条巷，承载着我对母亲的美好祝福……

那条巷，每天走着我 75 岁的母亲。

我仿佛看到，那条巷，走着 85 岁、95 岁的母亲……

- 2009 年 11 月 -

娘的歌谣

娘真的老了，老到糊涂得分不清白天和黑夜，分不清做梦和现实。但是，娘的歌谣却记得如此得清楚。每次我们守在她的身边，老人家总是一遍又一遍地给我们吟唱歌谣。

"花喜鹊，尾巴长，娶了媳妇不要娘。把娘背在后沟里，把媳妇抱在热炕上。媳妇要吃大鸭梨，赶忙说，媳妇呀别着急，等我给你削削皮；媳妇呀小点口，吃了这个咱还有。"娘一边唱，还一边解释说，这是专门唱给那些不孝顺的儿女们听的。

每次听到这里，我的心里总会涌出一股难以描述的愧疚。自己也是一个不孝顺的女儿——不能常侍母亲身边，那就是最大的不孝。

娘的眼睛看到身边的那条拐棍，又唱道："拐棍一，拐棍一，一天到晚离不得；拐棍两，拐棍两，拐棍总比那儿女强。"每次说到这里，娘总要解释一下，说："儿女再孝顺，他也有不在身边的时候，而这条拐棍什么时候想用就能用得上。"

多么可敬的老母亲！有哪位母亲愿意整天以拐棍为伴？母亲毕竟是母亲，她什么时候都是无私的，她什么时候都在为儿女着想。母亲的豁达，却也狠狠鞭挞着我们这些做儿女的心。

"拐棍三，拐棍三，我惹得儿孙不耐烦；拐棍四，拐棍四，我就是儿媳眼里一根刺。"唱到这里的时候，老娘总要欠起身子，拄着那条拐杖，小心地挪到屋门口，探着头向外张望半天。当她确定真的没有儿媳在跟前时，才又慢慢坐回到床上，长长吁出一口气。

父亲兄弟五人，母亲在众多媳妇中，赢得了爷爷奶奶的夸赞。母亲又在自己的儿媳中，赢得了贤婆婆的美称。我想，母亲正是因为她的谦恭、自检，才会让我们这些儿女们更加地尊重。

　　"拐棍五，拐棍五，想起我当年多受苦。拐棍六，拐棍六，看到馒头想起肉。"是啊，老娘曾经为了养育我们这些儿女，为了这个家，吃了多少苦，遭了多少罪，现在怎一个"苦"字能够概括？又怎一个"孝"字可以报答？那个时候，馒头有吗？肉有吗？糠菜能够填饱肚皮就已经是念阿弥陀佛了。只要一家人平平安安，健健康康的，就很感谢上苍了。多么善良、朴实的人们！

　　如今不但馒头有了，肉也有了，而且是没有见过的山珍海味都能吃得到。老娘之所以念念不忘这首歌谣，是因为她害怕人们再回到那个年代，她时刻提醒着子孙不要忘记过去的苦。

　　但是，也只有经过那个年代的人，才懂得那个岁月的艰辛。现如今的孩子们，你就是再大讲特讲过去的不易，他们也只能当作在听天方夜谭的故事罢了。

　　"拐棍七，拐棍七，满地的庄稼我舍不得；拐棍八，拐棍八，满地的庄稼我舍了吧。"是啊，老娘若不是老年中风，那地里又少不了她的身影。她看着庄稼比什么都亲。她常说："地才是最有良心的，你只要用心侍弄它，它就会好好回报你！"每逢唱到这两句，母亲的眼里就闪动着泪光。虽然，母亲这么多年不曾掉泪，但是一提到庄稼，她会特别地激动。

　　歌谣最后两句，让我们感到特别悲凉。但在老娘的嘴里是乐呵呵地唱出来的。"拐棍九，拐棍九，钉上棺材盖上口；拐棍十（"十"发"席"的音），拐棍十，埋到黄土里不再提。"

　　母亲笑了，那是满足地笑，幸福地笑；我们也陪着笑，心里特别酸痛。

　　母亲一生，简简单单，晚年她觉得知足、幸福！

　　母亲，我的老娘，我好庆幸，还能一遍又一遍地听您唱这些歌谣；母亲，我的老娘，以后我一定陪着您来唱这些歌谣。

　　一直唱下去。

　　"花喜鹊，尾巴长，娶了媳妇不要娘……"

- 2011 年 5 月 -

我的父亲母亲

今夜难眠。

今儿是 2010 年的农历八月二十九，是我父亲的忌日。也就是在 28 年前的今天，我的父亲永远地离开了我们。

一大早，我便买了供品和冥纸，去了娘家。娘家和我住的地方相隔很近，我想早早过去，不只是为去祭奠父亲，而主要的是陪伴患偏瘫已两年有余的母亲。

按往日那样，我为母亲做着女儿应做的事情。吃罢午饭，便和嫂子一起去父亲的坟上祭奠。

父亲去世时，这里的坟茔只有祖父相伴，现如今，伯父、伯母，叔叔、婶婶们都相继安息到了这里，父亲倒也不寂寞，躺在祖父的怀抱，被伯父叔叔相伴，正如他在世时总有那么多的人来聊天一样，好不亲昵，好不热闹！

郁郁葱葱地拉腿蔓覆盖了整片坟茔，狗尾草从拉腿蔓密集的缝隙里坚忍地昂着头。蓝色的火苗吞舔着金银财宝，冥国银行的钞票卷曲着、飞舞着……

一生都很贫困的父亲，不知在天国能不能拥金戴银地阔绰一番呢？每一次，我都在心里不断地这样问自己。

看到那漫天盘旋飞舞的纸灰，我不禁释然起来——父亲是高兴的。因为人们都说，纸灰飞得越高，说明逝者感受到了晚辈的那份孝心……

回到家里，躺在床上的母亲并没有睡着。没想到母亲竟问出这样一句话来："秀君，你爸说什么时候来接我了吗？"

我知道久病的母亲常常厌世，但是老人的心里又是矛盾的。往日，母亲也说过不想活了的话，每一次都是被我们连哄带央求地劝住了。母亲每天都按时吃药，有时候我们忽略了，还会被她抱怨一气，说拿她不当回事。

我不慌不忙地说："娘，我爸说了，他们那里正在盖房子。"

"是盖楼吗？"

"是，不过盖平房的也有，那样的房子叫别墅。我爸让我问问你，你要住什么样的房子。"

母亲笑了。

"娘，你好好想想，要个什么样的房子，明年去祭奠的时候我告诉我爸，好让他做计划，还得等人家批呢。"

"那边也不让随便盖啊？"

"是啊，也得申请，合格才能批。那边还麻烦，光批示就得等个十年八年的。"

母亲不说话了，眼睛望着房顶，好像在想盖房批示的事情吧。

母亲今年76岁了，一向精明能干的母亲，自从患脑血栓后，反应有些迟钝，有时候还会说些不着边际的话。

父亲去世的那年，母亲刚刚48岁。就这样，母亲凭着一双手，为我们这一双儿女拼打下了天下，都有了自己温暖的家。

母亲颤巍巍地坐了起来，嘴里喃喃着："你爸享清福去了！你爸享清福去了！"

关于父亲，我知道的真的很少。在我的印象中，父亲除了不住地咳嗽外，就是大声地骂人。可是伯伯婶婶们都说父亲是个能耐人。但是直到父亲离我而去，我也没觉出父亲到底能在了哪里。

父亲过去到底是在省水利厅，还是在区水利局，这些我都搞不清楚。我的记忆中，儿时除了父亲骑车带我在滏阳河大堤上捡到过一条一尺多长的大红鲤鱼外，就是带我在街上买冰棍吃，就再也没有父亲在外工作的印象了。似乎父亲是在我哥七八岁光景的时候回来的。究竟是什么原因，我至今都不知道，也没问过。

突然，我很想问问母亲。

"娘，我爸原来在哪里工作？"

"石家庄。"

"怎么回来的呢？"

母亲回答得很含糊，也很乱。因为她说父亲是因为不知是生我哥还是生我，才回来的。这显然她的记忆已经模糊了，因为在我小的时候有点印象的。哥哥大我8岁，母亲那个时候曾经说过，因为饿，便带着哥哥到外面去找父亲。还说，五块钱当时买不了多少粮食。总之，父亲回到了乡下，做了地地道道的农民。

母亲突然又冒出一句："他那个人啊，脾气太大，太直。和谁都干，看不顺眼就干。"

这点我很赞同。因为自我记事起，我们家的战火总是不断。而这战火总是父亲引来的。

在我小的时候，父亲染上了肺结核病，每天吃药打针的。就是因为他身体的虚弱，每次生产队派工，都不会派到他。因为这个，他骂队长偏心。把他派到婆娘孩子群里干活吧，他又看不惯人家说闲话，结果招来了婆娘们的围攻。并且，父亲就根本不会干活，每次都会落在最后，总是被罚返工。工分记得最少。外面和人吵了架，他回家来还要和母亲吵，骂母亲不着家，只知道出去。我和哥哥是站在母亲这边的，因为母亲的能干是在全村出了名的，不太识字的母亲竟然在村子里当妇女队长、村支书十几年。母亲肯吃苦、能吃苦。早晨起来第一个挑水回家的总是她，出工最多的总是她，工分最高的也总是她。要不是母亲，我们这个家就真的垮了。

父亲最得意的可能就是在生产队当保管员的那段时光，但也是得罪人最多的。父亲办事认真，性格秉直，脾气又暴躁，经常因为生产队里的事情，在大街上和人吵架。父亲的嗓门极高，在我们的胡同里就能听到他的骂声。每当这时，母亲总要派我们去拉回父亲。母亲是不能去的，母亲去后，父亲骂得会更欢，连母亲一起骂。就是这样，父亲回来后，也要把火气全部撒到母亲身上。

在家里，我既怕我的父亲，也怕我的母亲。我的母亲也是个极严厉的人，小的时候因为一点点事情没少挨母亲的打。就是这样两个脾气都不太好的人，母亲在父亲面前却特别的宽宏、容忍。母亲从来不会大声和父亲吵。往往是父亲躺在床上骂，母亲是该干吗干吗。

父亲做什么事情的确是太认真了，也太秉直了。我记得清清楚楚的是农村正要实行土地承包责任制的时候，村子里领导班子处于瘫痪状态。当时的生产队大队长把父亲仓库的钥匙要了去。父亲还是按往日那样，晚上还是要到仓库巡视一番。结果发现仓库开着门，大队长正搬着一个木橹出来。父亲一看便知道这是大队长在往家偷东西。于是父亲便和大队长吵嚷起来。这件事很快惊动了全村村民。没想到，大队长反咬一口，说是父亲要搬木橹回家，被他碰到了。火暴脾气的父亲哪容得了这样的侮辱？父亲虽然身体虚弱，还是和大队长扭打在了一起。我们赶到时，父亲和大队长都捂着淌血的头呢。后来，公社领导还是澄清了这件事情，给大队长记过处分（大队长是党员）。秋天，土地便承包给个人了，而我们家的庄稼不断被毁，麦草垛也失了火，我们都知道就是那个人报复的，可是没凭没据的，只好吃个哑巴亏。

父亲的脾气也波及我们一家。大伯父去世早，扔下大伯母和7个孩子，身为长子的大堂哥心眼不算太多，还有个堂姐心眼也不多。一个寡妇带着这样的7个孩子肯定会很难混的。作为叔叔的父亲，真的便拿出了当父亲的样子，把这7个孩子当成了自己的孩子。自然，疼也疼的，管也就管的。可是，大伯母心疼孩子，常常因为管孩子的事情和父亲吵闹起来。大伯母和三婶子只有一墙之隔，三叔在天津上班，家里只有三婶带着三个孩子。大伯母和三婶子，因为一些鸡毛蒜皮的事情总是吵架，吵来吵去就会一同挤到我家来找父亲评理。父亲是说了这个说那个，也就得罪了这个得罪那个。一个是嫂子，一个是弟妹，父亲再有脾气也不敢对这两位怎样，最后只能由着嫂子数落、弟妹抱怨。人家走后，父亲就会在家里暴跳如雷，我们也就遭了殃，大气儿都不敢出。每一次，总是父亲自己的咳嗽阻止了他的火气。

父亲的病情一天比一天加重。尽管我们家的大部分积蓄都用在了父亲的吃药打针上，父亲还是一天天衰弱下去。

身体在衰弱，脾气在渐长。从此以后，我家再无宁日。看着邻里们那安宁的小院，再看看自家，每天都充斥着父亲的骂声。我也不知道父亲哪里来的那么大的火气，见什么骂什么，看什么都不顺眼，做什么事都不对心意。

我暗自下决心，一定好好学习，尽快走出这个家去。我如愿以偿地考取了外地的高中，高高兴兴地离开了家。尽管父亲对我是千叮咛万嘱咐的，我却像出笼的鸟儿，一下子展开了自由的翅膀。

就在我读高二的那一年秋天，开学的那一天早上，我的父亲却真的离我而去了。

这年的秋天，父亲的病情突然加重，多年的咳嗽消失了，可身体也越发地佝偻了。

父亲是个帅气的男人。父亲留下的那张穿着西服、打着领带、留着小分头的照片成了永恒的美丽。浓黑的眉毛，一双炯炯有神的大眼睛。父亲在世时，不论什么时候，衣服总是整洁得体的。他的衣服从来不打补丁，母亲有钱时的第一件事就是为父亲添置新衣服。

父亲写一手好字，笔道匀称、遒劲有力。在整理父亲遗物时，偶然看到父亲代母亲写给大姨的信，不知为什么，这封信没有发出去。实际上，父亲在我的作业本上经常写写字的，只是那时太小，并没有注意父亲的笔迹。怪不得到现在母亲一直说我和哥哥的字就是不如父亲的好呢。

父亲的三姨来看望他，给他带来了上面救济的奶粉。父亲很高兴，因为我们村子没有发。不知是父亲的身体不好，还是奶粉的质量问题。自从父亲喝了三姨带来的奶粉后，就破了肚子，一直在拉。去医院看了，也没见效。我们家条件又不好，父亲只好在家里休养。父亲的病情一天一天加重，最后就再也站不起来了。下身衣服也不能穿。母亲只好晒了些沙土为父亲垫在褥子上，这样还干净些。

父亲变得糊涂起来，一会儿高喊着四叔的名字，一会儿又说奶奶来叫他了。因为父亲嗓门很大，以至于住在胡同西边的四叔后来再也不敢来探望他。因为父亲有时候半夜里都在叫四叔的名字，吓得四叔用被子捂了耳朵。

母亲见父亲去日已近，正是收秋的季节，便忙叫了表哥表姐们来帮忙，怕到时候赶乱子。

父亲一上午都在说糊话，最后很明确地大声说："下午三点吧。"

表哥表姐中午匆匆吃过饭便回去了。谁知，到三点的时候，我们家的东厢房便冒起火来。而父亲就在东厢房里住着呢。

人们七手八脚地赶紧把火扑灭。而整个的救火过程中，父亲只是安静地睡着。火扑灭后，父亲又开始大叫了，他说："七点吧。"

大家很惊骇。猜想可能父亲要在那个时辰里走了。于是叔叔伯伯们晚饭后便都聚集到了我家来。

村医为父亲号了脉，对母亲说："准备后事吧，人不行了。"

一盏昏暗的煤油灯陪伴着父亲艰难地走过了那个夜晚。一向都是大喊大叫的父亲，自从说了那句"七点吧"就再也没说过一句话。其间，母亲喂过父亲一次水，父亲大口地喝了好多，始终没说一句话。

我是被一阵纷乱吵醒的。那一晚，听着大人们的说话，我居然缩在墙旮旯里睡着了。等我睁开眼睛时，正看到父亲被人们抬着放到了正屋的床铺上。

哥哥一声声地哭喊着，三姊也在哭。父亲的脸被一张草纸盖住了，身体被一块蓝布严严实实地裹住。

我一下子冲了过去，扑向了父亲，说："爸爸，你干吗去？"

我的手正要抓起那张草纸时，不知是谁紧紧地拦腰抱住了我。我高喊着，挣脱着，随即便软了下去……

吊孝的人一拨连着一拨，我眼泪一直在淌，嗓子哑了，不知在喊叫着什么……

前天，我带着一只大口罩去给父亲喂水（医生说父亲有传染病，嘱咐母亲一定要让孩子戴口罩），父亲喉咙里发出"喝——喝——"的声音。他的嘴张得极大，眼睛也瞪得很大。也许，父亲是想看看女儿的样子吧，可是，父亲看到的只能是白乎乎的一大片……

昨日上午，父亲说过胡话后，突然嚷着要吃肉。我忙去洗手，准备骑车去买，就听父亲骂道："该死的小妮儿，怎么还没买来？"当我满头大汗地把一块熟肉送到父亲面前时，父亲只吃了小小的一口……

就这样想着哭着，哭着想着……

父亲去世那天，我似乎一下长大了。我感受到了世态炎凉、人间冷暖。

父亲去世的这几天里，母亲的脸总是绷着的，一滴泪也没落。我知道母亲的心痛比哭更难受。

等父亲下葬完后，母亲一把把我和哥哥揽在怀里，哭出了我记事以来的她的第一声悲鸣……

此后的岁月，便是母亲带我们兄妹艰难度日的日子。我继续我的学业，哥哥也成了家……

28 年过去了，父亲作古了 28 年。

……

这 28 年里的风风雨雨，父亲您知道吗？

父亲，假如您地下有知的话，就用您全部的爱来保佑母亲吧……

天很高，深邃得让人不敢去猜测什么。星却是朗的，这让一颗躁动不安的心开始平复了下来。

蟋蟀呓语，我却，今夜无眠。

-2010 年 10 月 6 日夜 -

心中那朵白云

每一个天晴的日子，我总会久久地仰望天空。天空中飘浮着朵朵白云，而其中的一朵，便是我最亲爱的母亲。2014年元旦，母亲身披新年的第一缕朝晖，欣然走向了另一个世界。在泪眼婆娑中，我的耳畔清晰地响起了母亲的声音："我高兴太平安乐地到另一个世界去生活，那里的我已经不是我了，成为白云飘在空中……"母亲一生不曾流泪，我抹去泪痕，看着母亲远行。

母亲生于20世纪30年代，3岁那年，外祖母便撒手人寰。从此，母亲与6岁的舅舅，便在外祖父既当爹又当妈的抚养下长大。艰难的岁月，让母亲养成了坚强乐观的品性。

在一座防震棚里，母亲带我来到这个世界。那时，邢台大地震刚过，余震未消。父亲在外地工作，家中除了我这个新出生的婴儿，还有长我8岁的哥哥，我的爷爷当时瘫痪在床。母亲生产第三日，便让我的父亲回到了工作岗位。她告诉父亲，放心吧，这个家有她呢，天塌不下来。

小时候，我记忆中的母亲总是忙碌着的，似乎母亲的脸上，总是一种表情——平静。记不得父亲是在什么时候回到农村的，也不记得父亲是在什么时间患上严重的肺结核病的，只记得父亲整天地咳，只记得那张长条桌上总是摆放着大盒小盒的针剂。

母亲的能干，是三里五乡出了名的。什么活挣工分多，母亲就干什么活。起粪、挖沟、浇地，这些都是男人干的活，而男人群里，就有母亲的身影。每年年终结算，母亲挣得工分最多。工分多，分红就多。虽然当时工值很低，也只不过一两毛钱而已。但是，这对于我们这个家庭来说，无疑是一笔巨大的收入。母亲早出晚归，肩头总离不开筐子。就是在母亲患病之前，每次下田回家，母亲的筐子里总要背些柴草回来。

家里常有病人，就是一个无底洞。这个无底洞，不仅把母亲用汗水换来的钱都流失掉了，还拉下了饥荒。父亲的脾气也变得越来越暴躁，常常因为一件小小的事情，就会大闹一场，母亲也常常挨骂。我觉得母亲很委屈，但是母亲不争不吵，只是忙碌着她的事情。尽管这样，还是没能留住父亲的生命，那年我刚读高二，哥哥也到了该娶媳妇的年龄。

父亲离去，母亲没有落泪。母亲说："别怕，再苦的日子总有熬过去的那一天，只要好好过，日子总会越过越好的！"母亲表情平静，眼神里充满坚毅。

当我走上工作岗位，把第一个月的工资交到母亲手里的时候，母亲只是微微一笑，便又恢复了她以往的神情。一年后，母亲告诉我，我们家的外债都还清了。这时我才发现，母亲的双鬓已染白霜，腰板也不再挺直。

儿子结婚生子，女儿有了一份正式的工作。本来这对于母亲来说，可以说是她最大的安慰。但是厄运又一次降临到了这个家里，降临到母亲头上。母亲领着4岁的孙子在院子里忙碌着，没想到拴在南墙根底的那头小牛，不知被什么惊吓到了，一下子就撞断了缰绳，胡乱冲撞起来。母亲用自己的身体挡在了小孙子的面前，小孙子安然无恙，母亲的身体却折了个180度的弯。母亲的脸着了地，身下是他的孙子，她就那么坚强地用力拱着身子，给孙子留下了一个生存的空间。

母亲满脸是血，断了3条肋骨，膝关节也严重扭伤。医生建议住院治疗，母亲摇着头，她说她不能住下，她家庭条件不允许。母亲惦记着她的田，惦记着她的日子，惦记着她的儿孙。就这样，母亲被拉回了家。母亲吃饭时，额头上会冒出豆大的汗珠；母亲大小便时，衣服会被汗水浸湿。母亲没有哼，也没有抱怨。我从母亲的脸上看到了坚毅。一把竹藤椅，帮她度过了一个大夏天；一根白蜡杆，帮她走过了秋天。冬播的时候，母亲一瘸一拐地，又行走在田间里。

命运总是捉弄人，似乎就是要考验人的意志。幼年丧母，中年丧夫，母亲的命运已经够悲惨的了。就在2007年，一向身体强壮的母亲，突患脑血栓病，造成偏瘫，那年母亲73岁。我和哥哥都哭了。母亲第一次向我们发火："哭什么？我还没有死呢！唐僧取经还要经受九九八十一难呢，我这点难算什么？"母亲的这一比喻，倒真的让我们心里释然了不少。

母亲积极配合治疗。从来不吃药的她，坚持按时遵照医嘱吃药。每天都进行自我锻炼，用能活动的右肢，按摩不能活动的左肢。没想到，在瘫床半年后，母亲竟然能自己拄着拐杖在房间里活动了。一年后，母亲拖动着比较僵硬的身体，能够借助拐杖走到巷口，能够跟大家坐在一起聊天说笑。从母亲的身上，我看到了生命的顽强。

母亲从瘫床到能够自己行走，又从行走到瘫床，前后整整7年的时间。常言说，久病的病人没有好脾气，久病床前也没有了孝子。但是，母亲的脾气反而一天天随和起来，母亲的脸上常常带着微笑。本以为粗心的母亲，却对我们的一言一行观察得极细致，每每看到子女不开心，母亲总是关心地问这问那，还会给我们讲述好多做人处事的道理。有母亲，我们就生活在阳光里；有母亲，我们就感到温馨幸福。

母亲的容貌是普通的，母亲的身材是普通的，母亲是一个没有文化的农村妇女。但是，在我的心中，母亲是最美的。

母亲升上天空，幻化成雪一样的云。

啊，我爱你，我心中的那朵白云！你是那么纯净，那么美丽，那么安详！

- 2015 年 1 月 -

默默的永恒

风真的起来了，且越吹越猛。

我向母亲做了告别，母亲却建议我拿出棉坎肩来穿。我明白她的意思，她不想让我这么快离开。但是面对表情木然，眼神中还略带着祈盼的母亲，我还是选择了离开。嫂子却叫住我，与我扯了一会儿闲话。我面朝东，正与母亲相对。母亲歪着身子，歪着头看我。

心情不可太困于某件事情，正如与母亲的相对。她希望我常相伴她身旁，我也想。但是我的身体不允许，我的工作不允许。只有默默地去调理着，才能延续与母亲相厮守的日子。若我久久不能到她的跟前，那她就真的没有了希望，更没有了依赖，那才是对她莫大的不孝和致命的伤害。

母亲的身体日渐羸弱与消瘦，这也是她在默默走完她的人生路的某一驿站的表态。此时，我的心情是平静的。母亲很善良，她这样顽强地延续着自己的生命路程，让我们这些做儿女的真切体会到生命历程的艰难。一点点地体会，委婉地道别，这是母亲做给我这个女儿的唯一，让我在内心深处，留下母亲完整的一生，也让我心底的那片沧田，有着爱的绿洲。同时，母亲在用她的顽强，诠释活着的重要性。

每每踏进这个门槛，我便见到母亲的艰难，我心里除了酸楚便是痛。当这次迎面碰到了哥哥，他喋喋不休地抱怨起母亲的种种，我哑口无言了。装在我心底的气愤，一刹间变成了空中吼叫的风，风沙过后，我才知天空依然在。而那天空便是我的久病的母亲。她的几乎没有神情的脸上，还是让我感到了她见到我的一丝欣喜。依然默默，也只能默默。母亲却关心起我来，她问我近日身体可好。这让我感动，她心中还是牵挂着她的亲人，哪怕只是一瞬间。这就是世界的微妙。

我告诉她我身体没有事情了，母亲依然是木然的表情，并没有因为我的回答让她有释然的神色。我知道，这种表情也就是一种坚强，我们人人都在走向这种坚强。

我突然明白，感情无所谓强弱。而内心的宽厚与仁爱，才是永恒。

浩瀚宇宙中，母亲与我都在各自的轨道上运行，我们只是多相望了一眼，然后便都把自己那一丝光尽量照到对方身上去，但是相隔甚远，根本就影响不到彼此，只是心中的安慰罢了。

- 2013 年 11 月 -

静夜里的相思

当我重新穿衣起床，久坐在电脑前，痴痴的，才觉得周围的孤冷，尽管我就在一间温暖的卧室里。

我知道今晚的安定药对于我来说已经起不到任何的作用了，心里空空的，眼睛睁得大大的，看南侧大窗透过的微明，也看北边小窗依稀的星光，我觉得那就是星光。脑子一刻也没有停歇过，尽量去平静，去数羊，数什么"一个饺子，两个饺子"，不管数什么，数不到五个数，我就心空了，真的好空。不知这个时候另一个世界里的母亲是否安睡，我却无时无刻不在去想她。也许母亲是想我的，不然的话，为什么在我每次强制睡觉的那一瞬间，总有母亲的音容笑貌呢？

心是空的，手是软的，而脑海里却是迟钝的活跃。我知道我的眼泪不能再流了，它带给我亲人的都是伤害，包括我的母亲。母亲一向坚强，她最见不得我哭泣。我呆呆傻傻地跟自己也跟爱人说："我想娘，娘也想我呢！"爱人有些气恼了，他说："想吧，想吧，过不了几天就随娘去得了。"说完他气愤地扭转了头，偷偷擦拭着泪，我就这样傻傻地看着他。

我虽然爱哭，但是我在外人的眼里也是一个坚强有主见的女性。我经历了太多的磨难，看到了太多的远离这个世界的人的弥留之际，而母亲的离去，就在那分分秒秒中，我就那样眼睁睁地看着她走掉……她的迷离的眼神，她在那一刻的寻找；她含糊不清的说话，只要有一点精神她就在说话，但我除了我的名字再也没有听清楚母亲要说什么；她的手在抓，即使弥留的那一刻，她的手也是有劲的，但她的脸是凉的，她的头没有力气让自己抬着，她的呼吸是粗粗的……母亲在向我说啥？她在抓什么？她有什么心事放不下？我想大声地叫叫母亲，但是，但是我的哥哥，他呵斥我，怒吼我，他要去睡他的觉……母亲平静得很，再也没有"呼呼"的喘气声，我贴在她的脸上，凉凉的；我贴在她的鼻翼，多么想……母亲真的走了，我眼睁睁地看着走掉的。我去叫我的哥哥，哥哥暴跳如雷，他不相信，他说母亲睡觉就是这个样子，他说我是存心不让他休息。哥哥走掉了，回他们的房间睡觉了；母亲也走了，她在与我渐行渐远。我不敢哭叫，我想哥哥也许说的是对的，母亲也许就是这样睡着了呢。看看时间，是 2014 年 1 月 1 日 23 : 53 分。我使劲搂紧母亲，尽量用自己的身体来暖着她，但是，母亲，一点回应也没有，好静，好静，她的手也变得冰凉起来……

母亲走了，真的走了，就在 2014 年元旦。

元旦这天是周三，上周六我给母亲擦洗了身子，换上了新买的棉裤，红色的。要过新年了，母亲 80 了，让她高高兴兴的。母亲的确是高兴的，她笑了，她说穿着很舒服。她还说了好多的话，说她的衣服穿不完呢！这个周二我的二表哥去看望她，母亲很高兴，并且要表哥告诉老舅不要惦记她，她啥事都没有。母亲那天吃得也多，她中午吃了一碗肉菜，还有半个馒头；晚上又喝了一碗玉米粥。谁知道，这是母亲 2013 年的最后一顿饭，那天是 12 月 31 日。跨入新年，母亲早上不吃东西，说不想吃。中午就上吐下泻，说话含糊不清，但是一直在说。我见到母亲时，母亲正昏睡着。我叫过娘后，她慢慢地睁开了眼睛，然后又闭上了眼睛，嘴里的气"噗噗"地向外出，脸是凉的。我感觉不对，赶紧打电话叫医生来，医生给母亲看过后，摇摇头，无奈地说："不行了，准备后事吧，脉摸不到了，血压也没有了，还只有心跳。是胃出血。"哥哥不愿意相信这个事实，他拒绝为母亲预备后事，拒绝叫人，更呵斥我不要大声喊叫母亲。母亲的眼睛睁开了，她看到了我，叫了一声"秀君"，她想说什么，但我听不清。我想她可能是心口难受，我想她也许是意识到自己不行有话要交代。哥哥耐不住了，他又像以往一样两只手从床上抓起了母亲，大声地说着："吐，往外吐，吐出来就好受了。不让你吃那么多。非得吃……"母亲的头耷拉了下来，下巴垂到了胸前，喘息声一点都没有了。我轻轻搬起母亲的头，她的眼睛一眨不眨，手在她前面晃，没有反应。我哭了，大声地叫着"娘"。母亲的一口气上来了，又开始了粗重的喘息声。把母亲轻轻放下，我母亲的眼睛闭着，呼呼地喘着气。我哭着跟哥说："哥，看来咱娘真不行了！"哥哥怒吼道："什么不行？我知道是怎么回事。哼，死的不凶闹的凶。"

母亲再次醒来时，眼睛里有了光彩，她说话，含糊不清。她拉我的腿，见到哥哥，又推开我。我感到母亲的手劲不小。这次她拉住了哥哥的手，嘴里没说话，就是那么呆呆地看着他，然后又使劲地甩开了他。

母亲走了，真的走了，我看着她走的，她的一只眼睛半睁着走的。我给母亲轻轻合上，强忍着悲痛，说："娘，闭上眼睛吧，咱再也不看这个世界了，这里没有什么可以留恋的。安心走吧，咱再也不受这个罪了。"哥哥这次确信了母亲的走掉，他说："娘，你走吧，回到我爸爸那里去吧，你们可以团聚了。"我用心擦拭着母亲的身体，给她换上寿衣。母亲很安静，脸上没有痛苦的表情。我一直擦拭着涌出来的泪水，不让它落在母亲的脸上。

当母亲穿戴整齐，就那么静静地躺着时，我却无论如何也不能相信这躺着的母亲就真的走了。我趴在她身上，用我的身体暖着她，用我的手攥着她的手，我想捂热她，我想她还能回来……我大声地叫着母亲，我声嘶力竭地哭喊着母亲……母亲真的走了，走在了新年的第一天里。

自以为很坚强的我，却被击垮了。自以为经历了好多的灾难，却没有一次丧母的这样痛彻。自以为什么苦难我都能克服，而母亲，却让我束手无策，无论她的生前还是身后，都让我好无奈。

母亲说有我这样的女儿她知足，母亲甚至说她这辈子欠了我的，再也还不清了。娘啊，您知道不知道，没有您哪有我？您的养育之恩，哪里是钱物与孝道还得了的？毕竟，女儿没有陪伴在您的身边；毕竟，女儿替代不了您的身体之痛；毕竟，女儿无法让您得到一个老人应有的幸福。好多的无奈，好多的继续，都随着您的走掉，消失了，终止了。您告诉我："我高兴太平安乐地到另一个世界里去生活，那里的我已经不是我了，成为白云飘在天空，在天上看着这对儿女。"您还说："我走之后不要再度伤心，应该为我高兴。乖女儿，以后不要想我，否则娘在天堂也不会安心投胎。"

　　母亲嘱托我不要想她，她是不是也在想我呢？生时相互惦念，相依为命。我原以为母亲患病这许多年，她依赖的是我；我断断没有意识到，母亲的走，也把我的命要了半条去，我竟如此得走不出来，时时处处总会想到娘，想到每一个细节。对于投胎转世，对于神灵之说，我信我所希望的，我希望母亲真的变成了白云，自由自在地在天空中飞翔，因为母亲劳碌了一生，又受煎熬了这许多年。母亲是好人，她应该得到善报。在另一个世界里，她应当生活得快快乐乐。我信母亲跟我说的话，无论她用何种方式在跟我说，我都信，因为母亲对我一直是无私的爱。我也信真的有那奈何桥，喝了孟婆汤，就忘掉尘世间的一切，不管是美好还是丑恶，重新再来吧，不要再有太多的牵绊。

　　至亲的人，当真的是阴阳相隔的时候，你切切体会到了那种让你无可奈何的痛苦。生命是可贵的，生命也太脆弱了。到如今，我更加体会到，当你的亲人，尤其是你的至亲能够与你共存息的时候，要好好珍惜每一个瞬间，千千万万不要留下半丝的遗憾。

　　致我最爱的母亲，也是这个世上真正最疼我的人，寄去女儿此刻的相思。

-2014 年 1 月 -

雪地里的小脚窝

2012 年的冬季过得非常漫长。

"世界末日"的谎言不攻自破，却没有带给人过多的欣喜，似乎人们心里还有些许的失落，长期生活在和平年代的人们，生活中总想有些波澜，总想寻找刺激。

"雾霾"席卷了整个华北大地，一场又一场的大雪，却没有净化掉空气中的污垢，反而带给人类一场重似一场的呼吸道感染。人类用自己的聪明和智慧，无情地封堵着一百多万年的漫漫人生路。"世界末日"不是洪荒之说，而是人类自己在走向那一天。

绕开"世界末日"，驱散"雾霾"，圆圆的太阳终于悬挂于蔚蓝色的天空。

当我与爱人一路踏雪滑冰地来到孙西营村，见到 82 岁的老舅时，他正斜躺在被褥上，脸像一块黄纸板一样。他在输液，从去年春天到现在，一向身子骨很硬朗的老舅，竟住院 4 次，输液成了家常便饭。

老舅见到我的第一反应竟然哭起来。我向来爱哭，老舅哭，我也哭。母亲患病后也经常哭，老舅也开始哭了。他们在我的心中都一向是特别坚强的，怎么如今都变得这样的脆弱？老舅与母亲说着同样的话："与其这样，还不如死了的好，也给孩子们减轻点负担，但就是咽不了这口气。"

站在屋门口，看着房檐上如下雨般正在消融的雪水，倾泻到地上，砸出大大小小的坑，又形成小溪，向着低洼处的那条排水沟汇集，然后缓缓地从门槛下流出街门去。

我轻轻地叹了一口气，一直站在我旁边的三表弟说："姐，你是不是觉得人生也是如此啊！"表弟有一双很像老舅的大眼睛，他的目光里有着丝丝忧郁，刚刚40出头的他头发过早地花白了。

老舅和母亲只有兄妹二人，他们的母亲，也就是我的外祖母去世的时候，老舅6岁，母亲3岁。这对苦命的孩子从此便跟着耳聋的奶奶过日子，外祖父常年在外给人帮工，寄钱养活这祖孙三人。2007年夏末秋初，母亲突患脑血管病，从此偏瘫，行动不便。这几年下来，母亲连走路的力气都没有了，几乎是半瘫在了床上。母亲常常跟我念叨她小的时候，说跟着大他三岁的哥哥，在一个大冬天里踩着没过脚脖子深的大雪，到十几千米外的三姨家去。他们到了，外祖父也追到了，一向脾气暴躁的外祖父，见到躲在三姨身后浑身吓得发抖的两个孩子，竟一屁股蹲在门槛上，抱着头"呜呜"地哭起来。那个时候的母亲刚刚4岁，还不懂事，她记得哥哥一下子跪在了父亲的面前，哭着说了些什么。

母亲患病后，渐渐小脑开始萎缩，嘴里时常念叨着："你老舅来了，快去接他进来！"母亲得病后，老舅每年都会来看望她几次，母亲总是拉着老舅的手哭，老舅便会像哄孩子似的为母亲擦着眼泪，说："妹子，不要哭，有哥呢！"

如今躺在床上的老舅也变得如此脆弱不堪。二表姐从老舅的手上拔掉输液针，老舅便要坐起来，他说见到我非常高兴，以为再也见不到我了。说着就又开始落泪。老舅患病不轻，哮喘加上心脏病，还胃出血。要说他的病情比我母亲要厉害得多，但是老舅一直以大哥哥自居，努力做着妹妹的依靠。每年我都要来看望老舅，只是去年我心脏病厉害，没能来看望。而老舅也就在这一年里患病不断。老舅每次见到我，总是话没完，讲他的过去，讲孩子们，讲三国，讲评戏。只要我来了，老舅的话匣子就打开了，一直到我走，总是恋恋不舍。也许，老舅从他这个外甥女身上看到了她妹妹当年的影像吧。

老舅依然话多，虽然虚弱，虽然孩子们一直让他少说话，但是老舅的话还是不肯停下来。所以我便借故几次地出去站会儿，让他休息会儿。我从来没有见过老舅落泪，这次老舅却是说着说着就哭，并且也谈起了那次他与母亲去三姨家的事，这我还是第一次从老舅这里听到。原来，老舅跪在外祖父面前说了这样一句话"爹，你把妹妹交给我吧，我能照顾好她！"

临出门时，老舅拉着我的手说："回去了告诉俺妹子，就说过两天我去看她，我会扶着她踩雪窝。"这是母亲小的时候最想玩的。我背转身，眼泪禁不住如泉般涌了出来。

阳光依旧很暖，路上的冰已经融化成了水。轮子碾过，冰水便发出"啪啪"的声音。甬路两边的草丛里，依旧堆积着厚厚的白雪，上面有两行特清晰的脚印，在阳光的照射下闪着熠熠的光。再向前看，只见两个穿着鲜艳羽绒服的孩子，牵着手，身子左右歪斜着，嬉笑着，身后留下了歪歪斜斜的小脚窝，甬路上有两位同样穿着鲜艳羽绒服的年轻母亲，一边走一边嘱咐着孩子们。

我的眼前，好像出现了那一对兄妹，哥哥拉着妹妹的手，深一脚浅一脚的，在没过脚脖子深的大雪里，艰难地向前走着。在他们的身后，留下了一对对歪斜的脚窝。

- 2013 年 2 月 -

生日

农历三月十一，是我的生日。

因为生在 20 世纪 60 年代，也许我们这个年纪以上的人，对于自己的生日并没有太在意。

自去年后半年，我的身体状况一直不佳。终于，在元旦过后的第四天，当我拖着不太舒服的身体骑车去单位时，胸口异常憋闷，以至在停停歇歇赶到学校后，我还是躺倒了——心脏病复发。

出院时已经到了过年的时节，我却无力走出屋子去。女儿在北京工作，医院单位两边跑。总算，随着天气渐暖，我的身体也慢慢好起来，女儿在延迟了上班时间后，不得不在正月十二回北京去。

我还是按时在开学的时间上了班。不曾想，工作月余，病魔再一次地袭扰。这次，我不敢懈怠，再不敢像去年刚开始发病时只用自己常备的药物缓解，为了家人，我也不能再任由病情的发展。

按照上次出院时医生的嘱托，让我在家至少要静养三个月，方可视情况再去工作。要说起我这心脏病，说大不大，说小也不小。不发病时，像没事人似的；一旦发作，胸口憋闷难耐，呼吸困难，头晕，四肢无力。还好，我的心脏病属于功能性的。医生说，要保持乐观的心态，注意休息，饮食方面既要养生，又不要过饱。总之，是个娇贵病。医生还警告我，如果不注意的话，很有可能会发展成器质性的病变，那个时候只能是"搭桥"了，就是这样，中间不注意的话，也很有可能会发生心脏病发作猝死的情况。

死，实际上并不可怕。有时候觉得那也未尝不是件好事，一了百了，再别无牵挂。但是，真的不能一了百了，那是不负责任的。姑且不论公，就私来论，上有卧病在床的老母需要照顾，下有孩子未成家立业。就是对于天天在身边的爱人也不公平。常言说，少来夫妻老来伴，到了做伴的年龄了，怎能狠心弃他而去？

母亲以前身体非常好，从来没有吃过药。有个头疼脑热的，多喝几碗热水，就没事了。母亲病了，患的是脑血栓，结果床头上，大大小小的药品摆满了。现如今，我的床头上也摆满了大大小小的药盒，治心脏的振源胶囊、丹参片、地奥心血康、银盏心脉滴丸；调节神经的百乐眠胶囊、舒乐神胶囊；治胃病的雷尼替丁；还有心脏救急药：速效救心丸和硝酸异山梨酯片……想想母亲，看看自己，心里真的不知是什么滋味。

今年所教班级是毕业班。就在我病倒的周末，我的学生们便纷纷跑来看望我。看着那一双双渴望的眼睛，听着那稚气又懂事的问候，我的心里涌起的是一种欣慰。我没有理由耽搁他们。

母亲看到我，高兴得一直用眼睛看着我，而我的心里异常酸楚。要强的母亲啊，您如果再晚生几年病该多好啊，那个时节我退休了，也就有时间陪在您的身边了。母亲啊，您为这个家付出太多了，从来没有顾惜过自己的身体，您老了，可恨的病魔缠上了您……天下的母亲啊，你们知道不知道，自己曾经的无私，累牍了儿女的多少歉疚啊？——用一生都难以报答啊！

女儿一再打电话说要回来。我告诉她，这次没事的，我已经上班了。女儿还是赶回来了，共倒休了五天班。

说起来也有意思，女儿来看我，我却在上班。于是，女儿便做了我的后勤。只要我一到家，女儿就让我赶紧坐下来休息，水倒好了，饭做好了，家务整理好了。

女儿读初中时就离开了家住校，每两周回来一次。此后便是读大学，上班。尤其是上班后，在家的时间一年加起来也不过一个月。这次女儿服侍在自己的身边，心里总有那么一股暖流涌动。女儿长大了。

周五那天放学回到家里，看到桌子上摆放着一个大红盒子，上面还有花饰。女儿正在厨房里忙着。

"今天做这么多好吃的吗？"我问女儿。

女儿神秘地说："老妈，今天是什么日子？"

"什么日子？星期五啊，周六周日照常上课，周一、周二、周三歇清明节。"

"这是哪儿跟哪儿啊，我的老妈，您去看看日历，看看农历啊！"最后这句女儿特别地强调着。

"今天是 4 月 1 日，农历是三月十一，哦——"我恍然大悟，今天是我的生日。

女儿甜甜地笑着，说："老妈，忘了吧？呵呵，今天还有个洋节日呢，老妈真有福气。"说着，女儿对我做着鬼脸。

"什么洋节日？"我疑惑地问道。

"愚人节！哈哈哈！"爱人大笑着走进门来。

"哎呀，我这么有福气呀！愚人，傻人，傻人有傻福啊！哈哈！"

原来，女儿就是冲着我的生日来的。下火车后，她便在超市里预定了生日蛋糕，今天下午专门去取。

生日蜡烛点起来了，满桌的菜肴，在烛光和霓虹壁灯的映衬下，漾着各种诱人的色调。

我第一次戴上写有"生日快乐"的王冠，第一次在心底许下心愿，第一次吹灭蜡烛，也是第一次吃生日蛋糕。白色的奶油，褐色的巧克力，红色的"祝老妈生日快乐"祝福语，黄色、绿色、粉色的花瓣，把个塔形蛋糕装饰得如此精美，烛光下的那种氛围再没有蛋糕边围的"浓浓亲情"那四个字所表达得恰到好处。

我这是第一次这么"隆重"地过生日。

自记事以来，小时候很盼着自己过生日。因为生日到来，我就可以吃上饺子。那个时节，除了过年过节，平常日子是很难吃上顿饺子的。我的生日是在农历三月，过年以后这是我们家能吃顿饺子的最好的机会。那个时候，不太懂得做父母的艰难，所以就天天盼望着过生日，天天惦记着往下撕日历，还会往后数一数再过多少天。

我的生日，往往就是生产队割第一茬韭菜的时候。不知是什么原因，总之在那天，我准能吃上一顿韭菜馅的饺子。记得当时我总以为管菜园子的那几个老人是记着我生日的，不然的话，为什么总在这一天动刀割韭菜呢？那个时候母亲也不解释，只是说老人们都记得小孩子的生日。因为我的生日是割第一茬韭菜，为此我为这件事情很是自豪。直到结婚以后，一次跟母亲的闲谈中偶然提起这件事情，才知道并不是菜园里的那几位老人记得我的生日，而是我的母亲总是在我生日的前一天去跟老人们说一声。这使我一直引以为豪的心情一下子变得心酸，多么好的母亲啊！她整天那么忙，而把我的生日却记得那么清楚。总之，在我儿时的记忆中，生日每年都是要过的，就是一顿香喷喷的韭菜馅饺子。

从来没有给父亲和母亲过过生日。父亲说他的生日用不着过，是大年初一的。实际上，父亲并不是大年初一，后来整理他的遗物时，我看到了他的一个工作证，出生年月写的是"1926年5月"。母亲现在的身份证标示的出生日期是"1935年10月15日"，实际上，母亲真的不知道自己是什么时间的生日。因为母亲未满3岁时，外祖母就病逝了，丢下了她和6岁的舅舅。母亲的祖母共有四个儿子三个女儿，孙辈的人太多了，自然不会记住母亲和舅舅的生日。外公终究是个男人，哪有心思记孩子们的出生日期，他只能提供给孩子们——儿子是过秋之前生的，女儿是收完秋庄稼以后生的。所以，舅舅的生日就被写成"7月12日"，母亲就被写成"10月15日"。在我的印象中，好像父母就没有生日的概念，起码在我的脑海里就没有父母的生日概念。

如今，我的女儿惦记起我这个当妈的生日来，我真的感到很欣慰。

实际上，女儿的生日，我也并没有给她过多少，起码到现在我还没给女儿买过一个生日蛋糕。

女儿出生时，我那时还是个民办教师，每月只有45元的工资。女儿没人看管，婆婆要照顾残废军人的公公，母亲那边，哥哥家的两个孩子也不大，所以，我们不好意思把孩子托给任何老人，只好自己带。这样一来，爱人就不能出去打工。所以，只好家里承包了几亩地，养了些牲畜。我觉得那时每天就像打仗一样，早晨早早起床，爱人要去田里劳动，我在家做饭、喂猪、照顾孩子。爱人按点回来，我去上班。下午放学后，爱人又去田里，要到天整个黑下来才回家。我们那个时候，上课时间还很紧张，每天 8 节课，每个课时 50 分钟。学生也多，一个班级七八十人。在学校，我就拼命备课、看作业，回到家里，还得利用晚上的时间给孩子做衣服鞋子。总之，忙得团团转。

按照我们当地的风俗，孩子的前三个生日是必须要做的。当时，前两个生日只需 8 个菜碟，外加一小锅面条和一大锅肉菜。当然，这饭也得看亲戚朋友的多少而定。就是这样的饭菜让我们准备，也得需要一年的精打细算。

女儿也是农历三月的生日，按照当地风俗，过第三个生日的时候，要往前抢两个月，于是，女儿的生日便前赶到了正月。

我永远忘不了女儿的第三个生日，这也是我们一家的痛。

因为是在正月，又是第三个，菜碟自然也要加到每桌 12 个了。这是一笔很大的开销。为了节省，那个年我们没有买肉，除了该给双方老人的以外，我们家饭桌上就没见着肉腥。腊月三十的菜是素的，大年初一的饺子是素的，连鸡蛋也没舍得磕进一个。

女儿的生日终于过了。爱人第二天便出去打工，谁知两天后，厄运降临到我们的头上。爱人出车祸了——幸好没有危及生命，他从阎罗殿那里走了一圈。当满脸都被白纱布缠裹的爱人，被人搀扶着一瘸一拐地出现在我的面前的时候，我简直不敢相信这是事实。爱人直到 8 月份，才彻底康复。从此，我也变得很迷信起来，不该省的日子是绝对不能省的。因为爱人在过年的时候，可能是太馋肉了吧，曾经试探着跟我说："要不，咱买一斤肉？"当时的肉价是一块八一斤，我还是没有答应。我曾经多少次地想，假如爱人这次真的有个好歹的话，过年没有吃上一口肉岂不成为他终身的遗憾？我将自责一辈子。

女儿读初中住进了学校，自然生日也就没有办法过了。读初一时，我买了些好吃的给女儿送到了学校，女儿也许是太想家了，竟然哭了，毕竟她刚刚 10 多岁。读初二女儿过生日时我没有去学校看她，怕她伤心，我也不好受。读初三时，恰女儿的生日赶在大休息日（初三时每月回家一次，休息两天），女儿的好多同学都赶来祝贺，带了好多的礼物。为孩子们准备好菜肴后，正好有同事今天也请客，我便抽身离开了。因为有我在，孩子们反而很拘束。

那天我故意晚些回家。到家后，女儿已经把一切都收拾好。看着一大床的礼物，我笑着问道："这回高兴了吧？喜欢的布娃娃啦，玩具啦，什么样的都有了。"

女儿若有所思地说："还有点遗憾，就是没有生日蛋糕。"

可不是，孩子们没有带来，做父母的也没准备。"等下次吧，妈妈一定给你买个大蛋糕。"

女儿乖巧地笑了，撒娇似的把头倚靠在我的肩头，说："我是说着玩的，我又不喜欢吃蛋糕，纯粹是浪费！"

多么懂事的女儿啊！由于家庭的贫困，女儿从小就很懂事，从来没有张口要过什么。

女儿又拿出早已旧了的那个布娃娃说："再好的玩具也比不上妈妈做的这个布娃娃。"

这是一个怎样的布娃娃呢？那还是女儿四周岁的时候，女孩子天生就喜欢布娃娃，经常和女儿在一起玩的婷婷就有个布娃娃，是婷婷的小姨买给她的。婷婷经常抱着玩，女儿看着眼馋，等婷婷放下娃娃玩别的玩具的时候，就赶紧抱起那个娃娃，冲着小脸蛋亲亲，摸摸小辫子，再摸摸花裙子。看在眼里，疼在心里。我跟女儿说："你是不是也想有个布娃娃？"女儿想了会儿，说："妈妈，你给我做个好吗？"

"好，等妈妈有空了，准给你做个漂亮的布娃娃！"女儿高兴地拍起手来。

星期天，又是个下雨天。女儿看我忙着做针线，就悄声说："妈妈，能给我做布娃娃吗？"

"能，马上就做。"我想起对女儿的承诺，赶紧下床找做娃娃的材料。

一个葫芦做了娃娃的头，用棉絮把葫芦包裹起来，再用白布缠好裹紧，外面再用一块浅粉色的布做面部。黑条绒布条做眉毛，两只大大的黑眼睛用黑布做成，红色的樱桃嘴。用黑色的毛线编织出两条大辫子，扎上红绸结，固定在脑后。然后再用花格布缝制成荷叶边的帽子，固定在脑后，正好把两条辫子的上部扣住。做身子更好做了，用棉絮、绳子缠绕，外面再配置上不同颜色形状的内衣、罩衣、裤子、裙子，一个布娃娃就这样抱在了女儿的怀里。

这一抱就是十多年，布娃娃成了女儿形影不离的好朋友。没入学的时候，女儿抱出去向小伙伴们炫耀；上学了，回到家后，女儿第一件事就是安排布娃娃。写作业时，布娃娃坐在她的小课桌上；吃饭时，布娃娃坐在她怀里；睡觉时，布娃娃与女儿钻一个被窝。总之，女儿对这个布娃娃情有独钟。我既感到欣慰，也有些心酸。自己竟连个布娃娃也舍不得给女儿买，而女儿是如此得乖巧懂事。

女儿大些了，也学着给布娃娃做衣服，就是读初中了，回来后还忘不了给布娃娃设计款新潮的衣服穿上。几乎，女儿回来一次，布娃娃就会换一身不同款式的衣服。

女儿 2008 年去北京工作，答应给女儿买的生日蛋糕至今都没有买成。但是，女儿却给我买了生日蛋糕，伴我度过了一个难忘的日子——我的 46 周岁生日。

突然又想起卧床的母亲。女儿的生日，也是母亲的难日。而我觉得母亲的一生有着太多太多的难日。而当老母亲到了应享幸福晚年的时候，儿女们也有条件奉养的时候，她却被病魔击倒了。母亲每天可以说是度日如年，一向刚强的她没有了以往的乐观，完全变了一个人。她常常这样念叨："人非得有老！"

是啊，人老不可怕，人死也不可怕，可怕的是受罪。有病，不能自理，儿女再孝，不能替代半分啊！母亲羡慕那些一下子就没了的人，实际上我们也羡慕。在学校办公室，人到中年的我们，也经常说起这个话题，羡慕人家的不知不觉地离去。

死，对于逝者是个解脱，而对于生者是个折磨。向往解脱而不能解脱，摆脱折磨而不能摆脱。最好的办法就是珍惜和把握当下。无论是自己的父母和孩子，能给予的尽量给予，多一些美好的东西，人生就多一些乐趣，心里就多一些安宁。

突然顿悟，之所以祝福"生日快乐"，恰恰是在祝福人生快乐！

——活着就要快乐！

- 2012 年 4 月 -

我的爱犬

正义、忠实的雄雄

雄雄是一条狗的名字。

在我很小的时候，我们家就养狗。活过几只，死过几条，大多在我的印象中没有留下点滴的痕迹。只记得在我8岁的时候，那时候农村田地还属于集体制。我们村土质适合种植西瓜。西瓜个大、匀称、皮薄、籽少，最重要的是口感沙甜。西瓜运送到城里，很快就会被抢购一空。因此，西瓜也成了我们村的主要经济收入。雄雄就是这个时候走进了我们家，与我结下了一生都令我难忘的情谊。

雄雄来自城市，是被我们村进城卖瓜的人偷偷抱回来的。我睁着好奇的眼睛看着它，它也睁着圆圆的大眼睛，警惕地看着我。很快，我与它就成了好朋友。现在想来，也许那时候我与雄雄都是孩子吧，儿童的世界最容易沟通。我给它起了一个名字，就叫雄雄。哥哥故意说是狗熊的熊，我就拼命追着哥哥打，非得让他承认我的雄雄是英雄的雄。

雄雄不愧于英雄这个名字。一身灰黑色的毛，短而滑。两只眼睛睁得圆圆的，特别有神。四条腿强健有力。尾巴在屁股上高高地昂着，只是在尾尖处有一撮白毛。大人们说狗尾是白色的，不吉利，也不厉害。我当时不知从哪里来的勇气，在与雄雄还没熟悉几日后，就操起了剪刀，趁它不备时，一剪剪下了那个白尾尖。雄雄"嗷嗷"地叫着钻进它的窝里。我手里捏着雄雄的尾巴尖，上面还冒着血珠。"妈呀"我尖利地叫着，把尾巴尖使劲向远处甩去，剪刀也同时被甩了出去。当时似乎是我受了伤似的，拼着命地大声嚎叫。可怜的雄雄，睁着一双惊恐的眼睛看着我，它倒忘记了疼痛。我抱着雄雄哭，雄雄在我怀里颤抖着。

雄雄的尾巴很快就好了。似乎雄雄忘记了我对它的伤害，我们俩又天天厮守在一起。雄雄不挑食，长得很快。刚刚半年，它已经长成了一条大狗。原来它的个子竟有这么大——与肉食铺里的大狼狗差不多，跑起来既轻快又有力。雄雄懂得了好多口令，让它冲它就冲，让它趴下它就趴下，让它叼什么来它就叼什么来。雄雄的乖巧与聪明，最终还是害了它。只是那个时候它不知，我更不知。每天放学后的时间我大部分与雄雄在一起玩，并且还把训练雄雄当成了一件乐此不疲的事情，还不断地邀小伙伴们来向他们炫耀。

雄雄长大了。雄雄养成了爱管闲事的毛病，也正因为这个毛病，以致后来我失去了雄雄。

父亲是有名的种瓜能手。每年从西瓜下种到西瓜拉秧，父亲几乎是长在西瓜地里的。也不知从什么时候开始，雄雄成了父亲身边的一员。西瓜快成熟的时候，每天晚上父亲吃了饭总要带着雄雄一起去。我与雄雄相聚，也只有父亲带雄雄回家吃饭的时候。有时候，父亲还会把雄雄留在瓜园里，他自己回来吃饭。因为有雄雄，父亲他们几个瓜农可以坐在一起边吃着西瓜边谈天说地，然后倒头大睡。雄雄见到我时，依然一副很亲热的样子，会把它的头在我怀里蹭来蹭去。但是，雄雄的眼神变了，变得那么威严。雄雄站起来，它几乎与我一样高。

好不容易熬到瓜田关了门。本想着，雄雄可以在家与我玩耍。但是，雄雄简直成了公家的了。秋收过后，地里种上了麦子。麦苗青青的时候，庄户里的猪啊、羊啊、鸡啊等就会被放出来，偷啃麦苗。队里组织了看青队，见羊就逮，见猪就捉。这里面自然又少不了我们家的雄雄。二叔是大队长，他经常带着雄雄出去遛。雄雄只要一见到猪羊，就会猛扑过去，吓得那些猪羊，拼命逃窜。

记得有一年的冬季，雄雄竟把附近村里的几头大肥猪逮了回来（那是生产队养的），全村人吃上了猪肉。村与村对垒还好，尤其是对于私养的东西，在那个年代，庄户人饲养个牲畜确实不易。而我们的雄雄，养成了这种爱管闲事的习惯，只要一见到跑着的猪羊，过去就扑。雄雄的这种行为，自然给我们家招来不少麻烦。父亲为雄雄专门做了个大铁链，每天拴着它。雄雄很不习惯，常常又叫又跳。

每次它闹得厉害时，我就会偷偷放掉它，自然我也会遭到大人的训斥。

有一天，大人们到公路边伐树。我见人们走了，便偷偷解开了雄雄的铁链，我带着它去公路边找大人玩。一路上，雄雄高兴地闻闻这，嗅嗅那，还不时地撒下一些尿。我想，这回雄雄不要闯祸了。找着哥哥他们，我就跟在大人后面捡树枝。突然，一阵"咩咩"声。循声望去，只见雄雄在扯住一只大绵羊的尾巴，使劲往回拉呢。人们惊呼着。羊主人哥仨挥舞着斧头奔向那里，父母吆喝着也跑向那里。一切都晚了，大绵羊的尾巴流血了。它瘫在那里，只有喘气的份。雄雄立在一边。哥仨红了眼，举着斧头向雄雄砍去。雄雄左躲右闪，最后逃掉了。我吓傻了。我记不清当时的混乱情景了。我只记得回家后我和雄雄一同挨了打。雄雄挨打时趴在那里一声也不吭，任由父亲用鞭子抽。我扑上去护雄雄，鞭子竟毫不留情地抽在我身上。再后来，可能是母亲把仅有的积蓄拿出来，赔了人家。再后来，就是听到他们几次商量把雄雄处理掉。

自从父母有了这个决定后，我就利用一切能利用的时间跟雄雄在一起。吃饭时，我端着饭碗守着它，把好吃的给它吃。放学后，我给它梳理毛，给它讲故事。睡觉时，我总要起来看它几次。大概是我的行动感动了父母吧，他们过了年仍旧没有把雄雄处理掉。

正当我庆幸雄雄会永远和我在一起的时候，又一件不幸的事发生了。

我们家和东邻居因为房基的事争执起来。东邻居的儿子从墙头跳进了我们的院子，雄雄扑了上去，幸亏有铁链，只咬伤了他的腿。事后经村委会调解，因为他们理亏，没有得到赔偿。几天后，我牵着雄雄遛弯，上坡时，正遇到邻居家的儿子。他端着猎枪，瞄准雄雄。雄雄"汪汪"地叫着，我使劲地拽着它。我只觉得眼前的枪口黑洞洞的，来回晃着。当时我并没意识到问题的严重性。这时，他的父亲赶到了，一巴掌把他打倒在地上，揪着他回去了。我回去后把事情的经过向母亲叙说了一遍，父亲火冒三丈，找邻居理论。母亲一把把我揽在怀里，哭了。

事过好几年，我才意识到当时的危险境地。这件事情，又一次坚定了父母处理掉雄雄的决心。

一天放学后，雄雄不见了，拴它的那根铁链也不见了。我知道雄雄被"处理"

了。全家人一天都没笑容。我更是懒得理他们。整整一个星期，我没好好吃一顿饭。后来，从哥哥的口里知道雄雄被卖掉了。不远，和我们村只隔一条河。

于是，我就天天到村口去望，去等。因为雄雄是认路的。在雄雄一岁多的时候，我随母亲去姥姥家，雄雄也跟着。在回来的路上，一只兔子跳了出来，雄雄猛扑过去，兔子钻进了玉米地，雄雄也追了进去。我们回家后也不见雄雄的踪影。我急得跑进跑出。母亲说，狗是认路的，不用担心。果然，在吃晚饭时，雄雄回来了，伸着个大舌头，呼哧呼哧喘着粗气。这次，雄雄会回来吗？

奇迹终于出现了。在雄雄被"处理"的一月后，居然跑回来了。它的眼睛依然很亮，但是瘦了很多，毛也粗糙了。它的腿上沾了好多泥水。回家后，它用鼻子仔细嗅我们每个人，然后扎进水桶里，"呱嗒""呱嗒"喝起水来。雄雄喝完水后，便趴在地上"呼呼"地喘着粗气。我守着它，抱着它。我一遍又一遍地恳求父母不要再"处理"它了。但是，不知当时父母是怎么想的，又把雄雄卖了出去。这回更远，离我们这里一百多里地呢。父亲说买主是个果园主，让雄雄帮他看果园，并且是用车把雄雄拉走的。

自从雄雄走后，我放学后又到村口去望，希望雄雄能再跑回来。过生日时母亲给我烙了糖饼，我舍不得吃，等雄雄回来吃。我想，雄雄跑这么远的路回来，一定会饿。傍晚，我不让父母关门，我担心雄雄回来后进不了家。就这样，盼啊盼啊，一天，两天……一月，两月……

一年多过去了，雄雄始终没有回来。糖饼已经坏了。我幻想拴雄雄的链子不要太紧，雄雄能够像上次一样跑回家来；我也希望那位果园主人可怜雄雄放它回来；我更希望父母能去那里，把雄雄再买回来。但是，我可爱的雄雄再也没回来过。

直到现在，我只能和雄雄在梦中相见。

爱的天使——盼盼

高中毕业后，在家晃荡了两年，自然到了谈婚论嫁的年龄。他——我现在的爱人，闯进了我的世界。那时，他家养了两条狗，他便把当时只有八个月的盼盼带到了我们家。

盼盼个子不算大，灰黑色的毛，亮亮的，滑滑的，小小的耳朵，大大的眼睛，非常温顺、可爱。不过几日，盼盼便和我们家里所有的人熟悉了。因为是他带来的嘛，所以我格外珍爱它。

盼盼不喜欢到外面去玩，只喜欢待在家里。陌生人来时只会"汪汪"地叫，而不真正地下口咬，让我们很放心。每次下班回来，盼盼就会围着我的车子转来转去，兴奋地跳着。每次爱人来，盼盼也会以同样的方式欢迎他。盼盼的叫声是异样的，带着亲切感。一听盼盼的叫声，就会知道是谁来了。他住附近村，离我们很近，又由于我工作太忙，所以每次他来我们家总在星期六晚上。所以，每到星期六晚上，我就盼着盼盼叫。盼盼叫，他就来了。

盼盼从来都是友好的，与家中的小猫呀、小鸡呀、小牛呀，相处得特别好。有时，小鸡啄它的脚，它却不动；小猫拿它的身子当床使，它也不在意；小牛还会向它撒欢，它就会摇着尾巴躲开。没人时，我就会把工作上的事与它唠叨唠叨，它竖着耳朵，瞪着眼睛，认真地听着。有时我还把心事讲给它听，不知是它听懂了还是没听懂，总是一副认真在听的样子。有时左右摆摆头，有时轻轻摇摇尾巴。

盼盼只调皮过那么一次。在我结婚的前一天，友人送来了两朵礼花，一只写着"新郎"，一只写着"新娘"。我把花放到了床上。寒暄过后，送友人到街口。回家后，见盼盼正撕咬着什么。夺下一看，正是结婚礼花，已经坏了，恰是新郎的那一个。我拿着花，心疼地抚摸着。再看盼盼，它用哀怜的目光看着我。我终于没有斥责它。一整天，盼盼不肯离我半步，看着我梳头，穿衣服，整理东西。

第二天，随着鞭炮声，我蒙着大红盖头，被人搀扶着走向婚车。抬脚上车时，谁在拽我的裤脚？原来是盼盼。我掀起了盖头，只见盼盼的眼睛睁得大大的，紧紧地盯着我。它晃着脑袋，不肯松口。我伏下身，用手摸着它，把含在嘴里的糖给了它，上了车。后来听娘说盼盼一直不回家，怎么叫它、打它，都不回家，就趴在胡同口，直到天黑。

回门的那一天，我们的车子刚到胡同口，盼盼就来迎接了。它"嗷嗷"地叫着，扭着身子，摇着尾巴，跑向我们，又跑回去，又跑向我们，又跑回去。就这样，一直到我们进了家门，坐在了屋里。盼盼围着我转呀转呀，最后卧在我的脚下。

此后，我不断回娘家。一方面看母亲，另一方面就是看我的盼盼——我可爱的盼盼。每次我都会给它带好多好吃的东西，我会跟盼盼讲好多好多的事情。母亲曾假装生气地说："你看盼盼比看娘都亲！"

有一日，我回家后，却没有见到盼盼。母亲说，盼盼误食了鼠药，已经死了。我心里阵阵酸痛。我可爱的盼盼，凝结着我和爱人的一段爱情故事的盼盼，就这样离开了我。

我怀念我的盼盼。

白衣天使——丹丹

这是我们婚后养的第一只狗。

丹丹是一条非常漂亮的狗。全身的毛色是黄的，淡淡的，浅浅的，透着那么一种洁净。没有一根杂毛，连肚皮和尾巴都是一样的颜色——浅浅的黄色。两只大大的眼睛，从不见它眼角有过什么脏东西。丹丹非常爱干净，身上从不生寄生虫。到了夏天，每天都要洗一回澡。你只要给它准备一大盆水，它就会趴在上面，任由你搓洗。如果赶上放水，它还会钻在水龙头底下，任由水儿从它身上流过，顺着毛流下来，形成小瀑布。瞧它那样子，非常惬意。

我之所以称丹丹为白衣天使，有两方面的原因：一方面是它本身的洁净，另一方面是它对于弱小者的爱护有加。丹丹与我们孩子同龄，可能还要比我们孩子小一两个月。但是，丹丹却承担起了看护孩子的工作。刚学会走路的孩子，玩耍东西，常拿不稳，丹丹就不厌其烦地叼起来放到孩子手里。小球跑远了，丹丹就会扑过去，把球重新放到孩子面前；小球滚到角落里了，丹丹就会趴下身子用爪子勾，想方设法把球弄出来，送到孩子跟前。丹丹还会逗孩子开心，它叼起毛绒玩具，蹦呀跳呀，使劲儿甩着头，惹得孩子嘻嘻哈哈笑个不停。当孩子去抓时，丹丹就会立即停止，把玩具放到孩子的手里。孩子走路不稳，有时就把丹丹当成拐杖。孩子用小手抓着丹丹的任何一个部位起来，可丹丹从来不躲也不叫。所以，我们常常把丹丹当作一个大孩子看待，有啥好吃的也总给丹丹留一份。丹丹从来不和孩子抢东西吃，不经允许它绝对不擅自叼东西吃。孩子有时把食物随意放在一个地方，丹丹不但不吃，还看护着，不让鸡呀什么的来啄食。

丹丹不但懂事，还能看家，对陌生人特别厉害。因此，我们也给丹丹准备了一条铁链。生人来家时，就把丹丹拴起来。丹丹也很自觉，只要一动铁链，它就主动跑过去，它知道家里又要来人了。丹丹白天和大家一起玩，晚上就自己在院子里巡逻、休息。

就这样一条人见人爱的狗儿，却发生了一件惊心动魄的事情，迄今想起来，还真有些胆战心惊。

这事发生在丹丹3岁多的时候，是在这年的冬天。

一天夜里，突然听到丹丹在院中急躁地叫着，并不断地扒门。我们不知发生了什么事情，丈夫忙起床打开了屋门。丹丹冲了进来，一下子就窜到了床上。毫无目的地转了一圈，又跳下床去。丹丹跑向了另一间屋，很快又跑了回来，钻进了我们靠墙放碗碟的橱子里。一阵稀里哗啦，丹丹又窜了出来。我忙喊道："丹丹，别跑！丹丹，别跑！"丹丹愣了一会儿，看了我一眼，那眼神满是迷茫和痛苦，随即又跑了出去。丹丹可能疯了。我们都紧张起来。我忙让孩子钻进被窝里，蒙住头。丈夫还没来得及关门，丹丹又冲了进来。它想钻进床底下，但床缝太小，钻不进去。丈夫趁势想用脚踩住它，丹丹一下叼住了丈夫的鞋子。丈夫顺手操起椅子抡它，丹丹"噌"地窜上了床。当时我也不知哪里来的勇气，一下子扑了过去，一手抓住了丹丹的头皮，一手抓住了它背上的皮。两手死死掐着，不敢有半丝地松懈，赤着脚跳下床，把它扔出门去。丈夫忙把门关上，上了栓，还用桌子顶住了门。丹丹"嗷嗷"地叫着，一次又一次地扑门、挠门……我们的心一直在提着。大概半个多钟头吧，听不到丹丹的声音了。

第二天早晨，我们小心翼翼地打开了门。在大门洞里发现了丹丹，它已经死了。平时那么干净的皮毛又湿又脏。它的嘴角有那么多的白沫，两眼瞪着，四肢伸着，足见它临死时是多么的痛苦，而我们帮不了它。丈夫在地里挖了一个深深的坑，把丹丹埋了进去。

此后，我们家就进行了大扫除——喷药、清洗、打扫。可怜的丹丹，这个白衣天使带给我们的是无尽的心悸。

憨厚的斗斗和灵怪的沙沙

斗斗和沙沙是母女俩。

自从丹丹得病死去后，我们一家很惧怕狗。好端端的一条狗，那么温顺可爱，居然自己会发疯而亡，真让人难以接受。更可怕的是与人的过于亲密，那种信任感，当它向你袭来时防不胜防。尽管丹丹没有伤害到我们，但看它那蹿进蹿出的疯狂，让人胆战，更觉害怕；同时，丹丹也在向人求助，而我们表现得无奈和无情，也会不寒而栗。所以十多年来我们不再养狗。

斗斗的到来是一件偶然的事情。

"五一"节期间，我正在友人家打麻将。已近傍晚，突然女儿跑来，神色慌张地告诉我，她不敢回家。因为爸爸从外面牵来了一条狗，个儿很大，样子很可怕。

回到家中，果然有一条狗被拴在院中的椿树下。这只狗很威武，黑色的身子，黄色的四条腿。腿那么粗，像小孩子的胳膊。尾巴也粗粗的，简直就像一个大扫帚，拖在屁股后面。它的头微垂着，但也看得清它整个脸的轮廓。耸立的两只耳朵，外面的毛是黑色的，里面的毛是黄色的。一双大而亮的眼睛，眼睛上面分别有一撮黄毛，就像四只眼睛一样。嘴巴宽大，两边脸颊长有黄色的毛。

这条狗长得非常漂亮。

丈夫是从一个朋友那里牵来的。据说，这条狗属于牧羊犬类。他的朋友原来办了一个养狗场，后来不知什么原因不愿再办下去了，就把剩余的几只送了人。

这条狗只有七个月大。它的名字叫"斗斗"。我唤它"斗斗"，它就微微摇着尾巴。

我端来一碗面条给它吃。斗斗试探着，闻闻，看看左右，再闻闻，终于吃了。一会儿的工夫，这碗面条被吃光了。丈夫说它已经饿了两天了。

邻人都来看斗斗，斗斗微微摇着尾巴。我见它见人就摇尾巴谦恭的样子，以为它不会咬人。终于有一天，侄儿来家里玩，斗斗"汪汪"地叫起来，声音浑厚，样子很吓人。此后，除我们家里人外，斗斗一概又蹿又咬，拽得拴住它的铁链子生响。它还蛮厉害得呢！

斗斗除馒头不吃外，什么都吃，尤其偏爱水果、蔬菜。什么豆角、黄瓜、西红柿啦，什么苹果、香蕉、梨啦，来者不拒，吃得津津乐道。大白菜更是它的美味佳肴——偌大一颗大白菜，被斗斗叼起来，三下五除二就打发了，连点菜叶都不剩。

我们不敢牵斗斗出门遛弯。因为，凡是它的异类——只要被它瞄到就猛追，拽都拽不住它。所以，我们以后也就不放它出去。

斗斗在家中很懂事。尽管不拴它，但它从不乱跑，常常在一个地方卧着。只是偶尔看到天上有飞鸟时，就连蹿带跳地追着咬。它从来不进屋，大小便有固定的场所。更有趣的是，你给它放一些土，它小便时就会用爪子挠开一个坑，在上面小便完再用鼻子拱土覆盖在上面，直到埋严实为止。

斗斗是温顺的。一次外出学习，我把凉鞋放在了阳台上。回家后，女儿告诉我，斗斗叼走了一只，咬坏了。起初我不信，奔向那里一看，果然如此，被叼的那一只只剩下了鞋底。我心痛万分，要知道那是我花了100多买的鞋子呀，相当于我半月的工资，平常雨天我都舍不得穿，现在却成了这样。我拿起那只鞋底投向斗斗。斗斗闻了闻，又开始下嘴咬。我气坏了，顺手操起棍子向斗斗打去。斗斗挨了棍子，"嗷嗷"地叫着，跑回窝里。我又冲向窝里打。斗斗跑出来，趴在台阶上。我狠狠地打着。斗斗蜷缩着一动不动，只是"嗷嗷"叫着，眼睛惊恐地望着我，充满了乞怜。我心软了，住了手。我又拿起那只好的凉鞋给它。它一见，吓得跑了。在打它的过程中，我还真担心它会翻脸。毕竟斗斗不是从小养大的，还不知它的品性。原来，它是那么温顺。

斗斗也是善良的。丈夫从外面弄来一只鸡，被车轧死的，想给斗斗吃。斗斗见了那只鸡，左闻闻，右闻闻，把它叼起来，又放下。一会儿放在这个地方，一会儿放在那个地方，始终不肯下口咬。也许是当着人的缘故吧。于是我们都出了门。到晚上回来时，那只鸡全身已爬满了苍蝇。斗斗卧在一边，却再也不看这只鸡了。原来斗斗并不是要吃鸡，而是觉得它们好玩，才去追。后来，我们又用鱼试探它。那么大的鱼放在盆里，斗斗只是好奇地闻闻，就再也不去理会了。原来，斗斗并不伤害它的异类——只是觉得好玩罢了。

斗斗来我们家后，又长了不少。身长足有一米多，身高也有七八十厘米，毛也顺滑起来，仍旧是长长的。

斗斗在当年的冬天，生下了它的小宝宝们，共三个，都是女儿。沙沙是它的第二个女儿。

小宝宝们生下来特别可爱。因为是冬天，外面又下着雪，所以我们便把斗斗带到了屋里。我们给这些小宝宝们生上暖暖的火炉，在地上铺上厚厚的秸草，并且把我女儿小时用过的小褥子再铺在秸草上。三个小宝宝都是黑色的，软软的，毛茸茸的。它们闭着眼睛在斗斗身上爬呀爬的。它们的小脚垫红红的，软软的。小鼻子头也是红的，张嘴打呵欠露出红红的小舌头。

沙沙事最多。一生下来就叫个不停。别的宝宝吃饱了就睡，而它不睡，还在爬，还在叫，害得斗斗几次睁眼看它。后来习惯了，斗斗也就不理会它了。

三只宝宝睁眼了，满地乱爬。斗斗俨然一位慈母，看着这只，望着那只，生怕走丢一个。有时就用大嘴巴把它们赶到窝里去。

沙沙最调皮。为了避免它们爬到里屋来，我们在门口挡上了一块尺把高的木板。另外两只小狗爬到这个地方就知难而退了。而沙沙不管，它总是爬呀，爬呀，最后翻身滚到里面。扛着小尾巴，闻闻这儿，嗅嗅那儿，尿上一泡。玩够了，再翻滚出去。以后还照样爬进来再翻滚出去，不厌其烦。

三只宝宝越长越壮，个个浑圆的身子，扛着小尾巴，互相追逐着。斗斗总是远远地望着它们，眼中充满慈爱。小狗会叫了，那声音稚嫩调皮。有时你用小棍逗它，它们就会向前扑、咬，还时不时冲着你"汪汪"几声呢。宝宝的样子也不一样了。

老大和老三样子像斗斗，长长的黑毛，两只眼睛上面各有一个黄毛点。沙沙除身上的毛色像妈妈外，其他都不一样。它的毛是短的，脸上的毛是黄的，夹杂着些黑毛。它的鼻子也不像妈妈的宽大敦厚，而是细长。可是，我们全家都很喜欢它。尤其是女儿，更是把它当作宝贝。

虽是年底了，天气极冷，可三只小狗已经快两个月了，该送人了。况且斗斗也瘦了许多。于是，另外两只被送了出去。

斗斗领着沙沙，屋内屋外地转，时不时发出闷闷的声音。第二天，斗斗便不再吃东西。随后，斗斗的身体状况急剧下降。浑身发抖，走路摇摇晃晃。后来，干脆不再起来。沙沙在斗斗的身上爬过来，爬过去。一会儿闻闻斗斗的眼睛，一会儿拱拱斗斗的鼻子。斗斗很疲倦，眼神是忧郁的。斗斗三天都没吃东西了，唯一的进食是院落中的冰块。

兽医来了。斗斗输了三天液。

斗斗精神好起来，肯吃东西了。沙沙高兴了，在斗斗身边跑来跑去，还咬住斗斗的尾巴摇来摇去呢!

新年的钟声敲响了。斗斗和沙沙在我们家迎来了她们的第一个年。

新年过后，斗斗自然要搬回自己的窝里去了。斗斗非常乐意，而沙沙却不肯。它赖在原来的地方不走。把它抱到斗斗的窝里，它又跑了回来。几次三番，沙沙终久不肯去斗斗的窝里。最后想出了这么个主意，把沙沙身子下面铺的小褥子垫到了大狗窝里，再用毛巾包好一个热水瓶放进里面，然后抱起沙沙，拍呀哄呀，就像哄孩子一样。沙沙还真的闭上眼睛睡了。然后再把沙沙放到斗斗窝里，用热水瓶偎好。

此后，每天这样，不厌其烦地哄沙沙入睡。

沙沙很可爱，也很调皮。抱着它，哄着它，放它进窝。沙沙"听话"地把头枕在热水瓶上，再"咕咚"一下屁股着地，眼睛闭着，一副睡着的样子。没等你走进屋里，它就会调皮得跟在你的身后。又哄它去睡，然后拍呀，拍呀!三番两次地，直到你不耐烦，声音严厉起来，并做出要举手打它的样子，它才无奈地去睡。

沙沙真的睡着了！真是个调皮的小家伙！沙沙每晚前半夜在自己的小褥子上偎着瓶子睡，后半夜就挨着妈妈睡，斗斗用嘴捂着它。

沙沙恋屋。白天大部分在屋里玩，困了就爬沙发。它个子矮，爬不上去。就两只前腿趴在沙发上，歪着头冲着人摇尾巴。若是没人理它，它就一直摇下去，眼中带着乞怜的神情。看它那求助的样子，不得不抱它上去。沙沙很乖，在沙发上铺一小垫子，沙沙就卧在上面，从不乱抓乱走动。

沙沙饮食方面有个不好的习惯。因为过年时有好多吃剩的蛋糕，就喂了沙沙。结果沙沙无论吃什么东西，总要在上面撒下一些蛋糕渣，这样吃起来，它才会津津有味。要不然，就是在那儿守着，无论多饿都不会吃。这个习惯一直延续到现在。

沙沙的两条腿却越来越粗，原来是缺钙。我们赶紧给沙沙补钙。可是，不久后发生的一件事情，沙沙由于缺钙造成了腿的不健康。

这件事发生的特别突然。由于公公年纪比较大了，又得了阿尔茨海默症。一天上午出去遛弯后，到晚上都没回来。我们从中午就开始寻找，第二天的中午我们才找到他——他已经躺在深县中医院的太平间里了。他出了车祸。

家中一阵忙乱。沙沙被送到了孩子的姥姥家。事过几天后，我去娘家。沙沙已瘦得不成样子，走路摇摇晃晃的了。我把它抱了起来。沙沙倒在我的臂弯里睡着了。母亲埋怨沙沙难喂，不睡觉，不停地叫。看来沙沙是真累了，我坐在床上，它就依偎在我旁边，睡得那么香。我走时，沙沙紧跟在后面。我忙关上门，后面是沙沙"嗷嗷"的叫声。

自从沙沙走后，再加上院中的人特别多，斗斗起初是猛扑猛咬，后来不再叫了，眼睛瞪得大大的，迷惘地看着这一切。再后来，斗斗不再吃东西，连窝都懒得出来了。

大约十多天后，事情终于处理完了。女儿从姥姥家把沙沙抱了回来。沙沙走在地上，怯怯的，摇摇摆摆的。斗斗冲出了窝，冲着沙沙大声地叫着。沙沙不敢凑近斗斗，斗斗却拽着铁链要接近沙沙。沙沙在院子里走了一圈，又跑进屋里，又跑出来。与其说跑，不如说晃。因为沙沙的两条前腿都成"O"形了，那么瘦，真可怜。沙沙来到了斗斗面前。斗斗一直"呜呜"地叫着。斗斗伸出前爪，几次想搂沙沙，沙沙吓得躲开了。

斗斗和沙沙对视着。

突然，沙沙冲着斗斗"汪汪汪汪"地叫起来，声音娇嗔而哀怨。

奇迹出现了。这是养狗以来的我的第一次发现——狗也会落泪。要不是我亲眼所见，我真难以相信狗会哭，和人一样。

就在沙沙"汪汪"叫的时候，斗斗怔住了，眼圈红了，眼泪流了下来，泪水淌湿了脸颊上的毛。那"呜呜"的声音恰如人的呜咽。斗斗躺下了，露出肚皮，四条腿蹬着。沙沙冲了上去，扑进了斗斗的怀里。它们缠绕在一起。"呜呜""汪汪""嗷嗷"……它们用种种难以形容的方式来表达着离别思念之情。我看着这一对亲热的母女，眼泪不由涌了出来。

两只瘦弱的狗渐渐强壮起来。

沙沙长大了。

沙沙的个子没有斗斗高，也没有斗斗长。但是沙沙的精灵古怪愈发显现出来。

平时，我们总是用铁链拴着斗斗，放着沙沙。来客人时，才会把沙沙拴起来。因为沙沙专门咬客人的胳膊和脸。沙沙不像她的母亲那样习惯被锁链拴着，她极力反抗着，够着什么咬什么。我们家的门、枣树、门帘、墙基都没逃脱厄运。直到放开它，才终止它的"犯罪"。而斗斗就比较听话。拴它时，你只要抖抖铁链，斗斗就会乖乖地跑过来。

沙沙不爱自己出门，出门时总要有人带着。如果给它打开门，让它自己在外面，它准会后腿门里前腿门外地站着，东望望，西瞧瞧，就像观街景，绝不会跑出去玩。并且很有定力，就那姿势，一待就是一两个钟头。

沙沙会说话。时间长了，你就会知道它叫的不同意思。如果有人敲门，它会叫得又急又浑厚；如果自己人回来了，它的声音脆且带拐弯，还会跑到屋里再跑向门口，反反复复；如果家里的人到晚上还有没回来的，它就会像狼一样地拉长声音嗥叫；如果我们吃过饭后不喂它，它会冲你叫，声音低低地，让你感觉它是个很可爱、很可怜的孩子，眼睛委屈地看着你；如果你答应它的要求，它也会叫，会长长的"噢"一声，同时会在你前面撒欢。

沙沙还懂得很多事情。斗斗在外面大便了，它会跑进屋冲你叫，领你出去；当脏水满桶时，沙沙也会叫，并且一直跑向脏水桶，往返几次，直到你提走为止；当你扫地时，沙沙会很高兴地跳来跳去，因为你一会儿要收土出去，它可以跟在后面出去放风了；当你推车子出门时，它会坐下来，歪着头，无奈地看着你。每到傍晚，沙沙就会一趟趟地跑进屋里，冲着人"噢噢"着，意思是该放斗斗了。放开斗斗后，沙沙就追着斗斗咬、闹。当斗斗去闻院中的花草时，沙沙就把斗斗赶向一边，怕斗斗伤害到它们。

不知你发现没有，狗的舌头只会舔上嘴唇，它没有舔下嘴唇的意思。当狗吃过东西后，下巴上会沾到很多食物。如果再碰到人，岂不弄脏了衣服？于是，吃过饭后我便会给它擦嘴。沙沙也养成了习惯，吃过食后就会低着头过来，给它擦过嘴后它会很高兴地跑开。有时候故意逗它："沙沙，擦嘴了吗？"沙沙就会摇着尾巴过来，抬起头，舌头羞涩地出出进进，还只是舔上嘴唇。你说："可以了。"它就会走开。

斗斗和沙沙既是母女，又是好伙伴，彼此少了谁都不行。平时沙沙出去一会儿，斗斗还安静；可是时间一长，斗斗就焦躁起来，就会"呜呜"地叫个不停。沙沙每天都会跟斗斗咬耳朵。有时沙沙还会叼来一些东西给斗斗玩，比如玉米啦、小棍子啦、小砖头啦等。斗斗非常憨厚，尤其在沙沙面前更显出做母亲的样子来；而沙沙就特别的调皮，尤其跟斗斗更是撒娇。沙沙常故意踩着斗斗，斗斗不动；沙沙常常从斗斗嘴里抢东西吃，斗斗从不计较。沙沙有时候叼着一张纸，故意在斗斗面前摆弄，惹得斗斗一直望着它。沙沙玩倦了，才把纸给斗斗叼过去。斗斗会很高兴地叼起来，津津有味地撕咬着。

我们家门前是一条大道，人来人往的特别多，在门前站立的也特别多。斗斗习惯了，不管外面多乱，它从来不叫；只有有人进门时，它才会拼命扑咬。但是它不高兴房上有什么东西，如猫、野鸽子、麻雀，只要被它发现，它就会又蹿又叫。沙沙不同，对于高空中的事情，除人外它绝对不理会。但是对于外界的乱哄哄，它不容忍，对着大门咬个不停，直到外面没有动静为止。

我们一家和沙沙、斗斗相处着，乐趣无穷。

尾声

雄雄、盼盼、丹丹、斗斗、沙沙，它们都是极普通的狗，却给我留下了难以磨灭的印象。我喜欢狗，所以对它们如至宝一样爱护。

狗儿们是有灵性的，狗儿们是不计较得失的。狗儿不计较主人的态度，不计较自己的待遇，始终如一的热爱着它的主人，始终如一的护卫主人的家。狗儿没有企图，不会虚伪，不会使诈，不会勾心斗角，有的只是率真、坦诚、朴实，这种难能可贵的东西，人又怎能媲美的了呢？狗儿以自己的特色感动人类，彰显着人类所追求的那种真、善、美。

大家爱狗吧！

爱狗儿的同时也在升华着自己！

- 2008 年 2 月 -

又是一年七夕节

再有几日，中国的传统节日七夕节便到了，那些个俊男靓女们，不知要在这个美好的节日里，用自己最真切的情怀，演绎出多少感人故事，书写出自己一生中怎样美丽的篇章！

美丽的故事，美好的爱情，牛郎织女鹊桥相会，延续了千百年人们对美好姻缘的向往和祝福。乞求平安，乞求幸福，已经成为我中华民族的一种精神向往和追求，已经成为民族团结奋发向上的一种合力。

去年的七夕节，有幸在山东莒县渡过，一直想写篇文章来纪念一下，却一直没有空闲。没想到，时间过得好快，一眨眼，七夕将至，不可再荒费了时间，更不要倦怠了心情。

年轻人喜欢过"情人节"，而中国的"情人节"便是七夕节。市文联组织作家到山东的日照采风，晚上下榻山东莒县。按照惯例，每到一处，晚上都要到大街上走走，看一下街景市容，了解一下当地的民俗风情。尽管一天下来很累，用过晚餐，我们还是饶有兴致地走出了宾馆大门。

当阵阵花香扑面而来，当各种各样的花束花篮盈满我们的眼球的时候，我们一下子惊愕了，如梦方醒，今天竟是七夕节。

没想到，莒县这个不大的县城，在这个并不算宽敞的街道上，无论是两边的甬路上，还是大道的中心，被一个个鲜花摊位挤满了，还有好多流动的摊位，或电动三轮，或手推花车，还有怀抱鲜花的卖花人，脸上漾满喜悦，也有几分期盼，迎面向你走来，真诚而恳切地说着："要束花吧，多好看的花啊，在这个时节，送给谁都是祝福呢！"尤其是一位 40 来岁的妇女，怀里抱着鲜花，手里还拿着几束，从宾馆门口就一直跟着我们，不厌其烦地向我们推销她手里的花，一直追随我们拐过了好几条街。大姐的热情和执着，让我们感动，无奈我们只好向她亮出了自己的身份，她不好意思地笑笑，才恋恋不舍地抱着花又去兜售。

花的种类很多，除了占主导的红玫瑰外，还有各种颜色的菊花，还有些花我们根本就不认识，每束花都那么娇艳，每一朵都绽放喜庆。黄色和白色的花朵也颇多，黄色代表爱情的长长久久，白色代表爱情的纯贞。还有一种植物，我只能这么称呼，是绿色的，并不是花朵。卖花的人告诉我说这是一种常青花，预示爱情之树常青。

有人戏谑道："这些花都代表着爱情吗？"

"呵呵，不一定哟！"卖花的大哥说，"花本身就是一种生活的意境，谁不希望自己的未来，自己的生活像花一样啊？"听听，也很有道理。

卖花的人很多，男女老少都有，个个脸上带着喜庆，似乎在他们的心里，花卖出多少并不重要，重要的是给予你一份花的心情。他们灿烂的笑容，真的比花要美！

一个五六岁的小女孩，怀里紧紧抱着一大束红玫瑰，就站在街道上，一双大大的眼睛忽闪忽闪地看着过往的行人。一道好美的风景！我提议给她拍张照片，小女孩矜持地答应了，小女孩的妈妈也非常高兴。同行的刘老师便跟一个卖花的小伙子亲切攀谈起来，那一瞬的美好让我抓拍了下来。

买花的人并不是很多，看花的人倒是不少。大概人们的心情就是想徜徉于花的海洋里，尽情享受花儿带给人的那份喜悦。

突然，一对青年男女的打闹，吸引了我们的目光。不知道是为什么，这对年轻人却选择了在这个日子里争吵起来。声音很大，语速很快，我们没有听清楚他们在吵些什么。大概男青年注意到路人的目光，便抬起胳膊狠狠地拨打了一下指向自己鼻尖的女孩子的手，气哼哼地飞快离开了那里。女孩子尖利地叫喊着拼命追去，两个人的身影先后消失在建筑物的阴影里。我想，两位年轻人一生的记忆里，都不可能会抹拭掉今晚的不愉快啊！

仰望苍穹，深邃的蓝宇，似乎有着若隐若现的星儿。终于寻到那两颗朗星——牛郎星与织女星，一条天河隐约横亘在两颗星中间。也许，牛郎织女的忠贞爱情打动了王母，她在悄悄拆除障碍？

再吟咏秦观的《鹊桥仙》——"纤云弄巧，飞星传恨，银汉迢迢暗度。金风玉露一相逢，便胜却人间无数。柔情似水，佳期如梦，忍顾鹊桥归路！两情若是长久时，又岂在朝朝暮暮！"不免要感谢王母了。如果没有王母的横隔，哪能彰显牛郎织女对爱情的忠贞？这条看似无情的银河，不正是检验彼此对爱是否忠贞的界河吗？

相亲相爱的人们啊，你们能够经受得住爱情的考验吗？

一座小小的县城，几条小小的街道，满街的花，满街的喜庆，满街的祝福。

莒县，七夕节，难忘的回味！

- 2012 年 8 月 -

和你一起慢慢变老

岁月沙盘不经意中，已为你的人生碾过了整整 47 个春秋，九月初九，中国的传统节日重阳，而你却也奇迹般地诞生在这个特殊的日子里。

父母创造了你的生命，也给予了你的独一无二。当二老相约牵手天堂之时，也把独自享受你的独一无二的权利交给了我，从此，我便有了与你一起慢慢变老的责任。

人生过客匆匆，时光的隧道里，总有离别和相遇。茫茫人海中，你的脚步震颤了我的心扉，两颗心儿跳在了一起。我选择了你，你就像我生命中的一个传奇，你让我的人生更加绚丽多彩；你遇到了我，就像大海中漂泊的小船，寻到了避风的港湾。

曾记得，也是这个特殊的日子里，我为你采撷了一朵淡雅的野百合。你笑着问我："重阳节日，应该赏菊最好啊！"我没作答，只是执拗地将野百合插进写字台上那个漂亮的空酒瓶里。你一下抱起我，在屋子里转啊转啊，一边转一边大声地喊着："我好笨啊！我好笨啊！"

烛光透映，朦胧着朱唇皓齿，如火般悄悄燃烧着羞涩，……一句"祝你生日快乐"，两双手儿紧紧相握，四目相对，便约定了"永远！永远！"

"生死契阔，与子成说。执子之手，与子偕老。"这是一种古老而坚定的承诺，是浪漫而美丽的传说。我们的相遇相知，就是前生今世的约定；我们牵手在一起，就是人生的浪漫。平淡琐碎的生活，默默无语的相伴，让我们彼此感到了对方的温暖。

岁月匆匆。不经意间，却发现自己嫩滑的手背已经青筋暴起，眼角也平添了几道鱼尾纹。而你，我的爱人，岁月的痕迹也悄悄爬上了你的额头，鬓角出现了些许的白发。我还是笑了，我惊喜地发现，你原本浓黑的眉毛虽然淡了些，却有几根长长了。你笑了，还是很习惯地叫我"傻丫头"，说你的生日选在重阳，就是要做个长寿老人呢。

流年经年，每当在这个时刻，不自觉便会想到《红楼梦》中的这段开篇词："原来是无才补天，幻形入世。被那茫茫大士渺渺真人携入红尘，引登彼岸的一块顽石。"

我总是毫无缘由地把他看作是那块通灵宝玉，只不过这次渺渺真人翻掌覆云，给那块通灵宝玉重新安排了一种命运。贾宝玉享尽荣华富贵，却是一腔儿女情，最终虚幻而去，做了六根清净的癫痫和尚。而他，一段仙缘，那潇湘妃子魂归六塔，也一同摄了他的魄去，却留下一个躯壳在这滚滚红尘中饱受熬煎。终于，幻化仙子的眼泪感动了天地，他的灵魂再次注入了爱的源泉，我有缘和他牵手。

"好好活着，就是对你所爱的人最大的爱！"这是多年来他对人生最好的诠释。他的文辞造句都很优美，但是他用这样一句再朴实不过的语言，总结了人生。也正是因为这句简单的话，却像真理一样，让我们生活的帆船闯过了一个又一个激流险滩，驶向幸福的彼岸。也许，每个家庭都是这样的。但是，我更能深切体会到与他在一起的真正涵义——没有风雨同舟，就没有爱的刻骨铭心；没有相濡以沫，就没有生活历程的精彩绚丽。

葱郁的爬山虎爬满了西院墙，我常常把我的爱人喻作这爬山虎。没有任何的攀缘，也决不踏同类的肩膀，柔软的腰身，却有着刚毅的性格，坚强的意志。任风吹雨打，任霜欺雪压，冷峻孤傲的筋脉里，执着地流淌着一股向上的血液。叶叶脉片向下低垂，正说明了他谦逊而又脚踏实地的本质。

红红的葡萄酒汩汩流出，到了40岁以后，我们才破例开启了洋荤。

"我的爬山虎，祝你年年葱郁！"我的眼中满含欣赏。

"傻丫头，没有你这道山墙，我爬山虎何处落脚？"他深情地望着我，"来，我们一起道贺！"

......

我的爱人，已是 47 岁的他，带着几分醉意，孩子般躺在床上安静地睡着了。

望着他，我笑了。一向淡漠节日的你呀，后天才是你的生日呢，那天你会更加惊喜。

掩好门，悄悄走出房间。外面的月儿只露一个弯弯在南天上，好亮，大地却也一片清明。风儿拂过发烧的脸颊，顿觉一阵凉爽。我的爱人啊，你选择了这个日子坠于人世，怪不得风清月明，世界如此美好多姿呢！

走进我的书房，打开电脑，一曲《和你一起慢慢变老》柔绕耳边：

想和你一起慢慢变老

什么山盟海誓都不要

不管岁月多寂寥

世事变换了多少

只要我们真心拥抱

想和你一起慢慢变老

......

沉醉着美好的心情，按动键盘，写一篇《和你一起慢慢变老》的文章。亲爱的，这是我对你生日的祝福——尽管我写了那么多的文章，而关于你的一篇都没有涉及过，就算我给你生日的惊喜吧。

-2011 年 10 月-

那月，好静好美

　　无意间，抬头，却见那月儿高悬于东南的上空。周围的天好蓝！寻觅是否有点点星辰，还好，在那西南的方向，果真有一颗星在闪烁。也许有更多的星吧，只是我的肉眼看不到而已。于是便觉得这天好静谧。均匀地吸气，舒舒地呼气。啊，好美的享受！

　　那月，好静！好美！让人痴了！醉了！

　　这不是赏月的好季节，立冬已过。北方的夜晚温度极低，已经接近零度了。但是望那月，我却没觉得丝毫的冷飒，也没有清冷得拒人于千里之外的感觉。虽然街道满是五彩的华灯，我却感到这月更亲切，离她好近。这也不是月圆的时候，今天才是农历十三，月亮还没有圆起来，没有那满的感觉，似乎很有那么一些缺憾，但我却不知怎么的就觉得这月好美，好舒服。爱人催我回屋，说外面寒冷，我全然没有反应。不知什么时候我的身上披上了御寒的衣服。

　　那月，好静！好美！我痴了！醉了！

　　这个时候，似乎没有什么可以撼动那月的静。飘忽的云吗？还是地面上的喧嚣？没有的，什么也不会撼动她。她出神入化了，就是一个静美神。在这个时候，你的心是静的，是一种从心底无须修饰的静。在这个时候，你啥也不用去想，啥也不用去理会，只需融化在这静美里，就是一种超然，一种享受了。

　　那月，好静！好美！怎不让人痴了？醉了？

　　古人常借明月感怀抒情，更有那文豪仙客邀明月举杯，我却很愿意在明月的静揽里独自享受。月圆月缺，悲欢离合，全是人们的一种感受。事实上，月圆不就那么几天吗？不圆的日子还是多的。即使是月圆了，或许又笼罩些许的云儿，或被什么遮蔽起来，这是件难过的事情吗？何必在意那么多呢？真真切切的日子就在月升的过程中。不管是圆，还是缺，只要你觉得她的真实和安闲，感知到她的美，就足够了。

　　生命的过程就是享受的过程，苦辣酸甜，人生百味，都是享受。试想一下，一直都是一碗白开水，还有什么味道？享受生活的最高境界就是静美。一生本分做人，一生认真做事。不管这一生有多长，有多短，只要认认真真去做了，去践行了自己的良知和智慧，便是真正享受到了人生。那种静美的境界，不需要计较得失，不必去在意成败，只有个月升的过程。不管是月圆了还是缺了，都一样的美，一样的有意义。以一种健康的心态去享受生活赋予我们的一切吧！

　　那月，好静！好美！我痴了！醉了！

- 2008 年 11 月 -

秋韵情

一夜大风，天气突然变得如此寒凉。再看满目的果木庄蔬，原来已是深秋。随着这春的风，夏的雨，秋不知什么时候已经走了来。在你的不经意中，他已经为你积蓄了厚实的情感，含不住了，深深地，脉脉地，浸润了你的唇，不由得你不去接纳他。

执子之手时，除了秋凉，更多的是那种难以描述的心颤。

看那额头，写着春的朝气，夏的含蓄，秋的沉淀。

那双眸里，充满了成熟、凝重、深沉，你能读懂的是生活的阅历，来不得半点的虚假，好厚重！

宽宽的胸膛，流淌着岁月，流淌着坚实，流淌着细腻，流淌着稳重，流淌着从春到夏的精气神。

这秋韵写在特色里，犹如一坛久酿的老酒，那样甘醇；这秋韵写在深情里，犹如一杯精心调制的茶，那样耐人寻味；这秋韵写在浪漫的舞曲里，犹如一位娇美的女子，那样令人神往。

这样的秋韵，怎还会有欧老夫子的"别后不知君远近，触目凄凉多少闷！渐行渐远渐无书，水阔鱼沉何处问？夜深风竹敲秋韵，万叶千声皆是恨。故倚单枕梦中寻，梦又不成灯又烬"感慨呢？

秋来了，不可抗拒地来了，心已随你荡漾起来。秋走，也是从容的，心里却永远烙下了你的印记。

秋韵不仅仅是果实，更多的是承载着希望。

爱秋，更爱这秋韵。

- 2009 年 10 月 -

缘定三生

我听到了，你的声音，还有我的心跳。

我一眼就看到了你，而你的眼睛也正盯着我。对眸一笑，心里不由在说："见到你，真好！"

今天的天气，格外怡人！

朗朗的天空，清新的空气，洁白的大团云朵。和煦的风儿脉脉地吻着小伙子发亮的额头，含情地梳理着姑娘美丽的秀发。潮湿的土地上留下了一对对，或深或浅，大大小小的足痕。

冲锋舟像一道白线划过，碧浪便欢笑着，一波，一波，向岸边涌来……刚披新绿的嫩苇，娇柔地轻甩纶巾，颔首弄姿，羞涩而又不失礼貌地送出一个个祝福。

何须再去浪遏行舟呢？只需要闭了眼睛，静静地，静静地，你便感觉到满身的舒爽。

翩飞的雁儿带来了古刹的神韵。

逡巡古道，立刻在槐花的馥香中沐浴。雕梁、画栋、曲径、浮桥、走过每一个心动；庄严神圣的殿堂，聆听古风的银铃，让你无数次地回眸。

一曲《红豆红》，停歇了所有人的脚步。

汩汩的酒儿，醇香，泛着诱人的泡沫。

一杯青岛，一杯杏花村。于是，便这样来说："今天，我们喝了一年的酒，吃了一年的饭，珍藏了一辈子的快乐。"

微醉的红润，在老板娘递过来的账单上签下了三生。

几滴冰凉，释去了脸颊的滚烫。谁说老天无情？这不是祝福的甘霖吗？

- 2011 年 5 月 -

童情唯真

西方的节日，纷至沓来。"母亲节""父亲节""感恩节"以及今日的"圣诞节"，诸多西方的节日，悄无声息地走进了中国，驻扎在了中国人的心里。其实，节日是不分西方东方的，只要这些节日是在宣扬真善美，宣扬感恩，过过又何妨？这根本谈不上什么崇洋媚外，不尊重中国传统节日之说。怀一颗感恩之心，过什么样的节日，其意义是一样的。

上午第二节上课铃声响过，我照往日一样，拿了课本走出办公室。我们班的两个男生不知什么时候已经等候在办公室门口，他们伸出胳膊对我做了很拘束的拦挡状。还没等我问原因，两个男生就争先但又吞吞吐吐地说，先让我等会儿到教室去，他们还没有布置完。望一眼就在办公室前排的教室，从窗子里看到学生穿梭的身影，好像在讲台上忙碌着什么。看着学生满脸的为难，眼神中的祈盼，我只好重新回到办公室。

几分钟后，两名男生打报告进来，说是请我进教室。他们就在我的前面慌慌张张地走着，脸上带着神秘与窃喜。我说："你们搞什么名堂呢？"他俩笑笑不答。到了教室门口，两位学生小声说："老师，您把眼睛闭上吧！"我按照做了。

门开了，全体学生起立！当我走上讲台，学生们异口同声地说："祝老师圣诞节快乐！祝老师永远青春美丽，文采越来越好！"特别的问候语，让我心里惊颤。看着那一张张挚诚的面孔，看着他们有些烁烁的眼光，我心头热热的。我深深地弯腰向同学们鞠躬，真诚地道了声"谢谢！"

"老师，请向后看！"有同学提醒我看身后的黑板。其实，当我睁开眼的那一刹那，我就发觉黑板被装饰了，只是没有仔细看上面的内容。我侧转身，故意做了个惊喜的动作，我知道，我的学生们很需要这样的效应。他们果真开心地笑了，笑得满足而幸福。

黑板上的布置，的确让人惊喜与感动。红色的"圣诞节快乐"五个大字有致地书写在黑板最上方，中间位置，左侧写着"Merry Christmas！"，右侧一棵绿色圣诞树。黑板正下方很有创意地写着"一日为师，终生为母。"更让人感动的是，下面还有一行字"妈妈，圣诞节快乐！"黑板左侧下角画着一位慈祥的圣诞老人，左手托着圣诞礼物，右手托着"Ho Ho Ho"。黑板右侧下角画着一座小房子，上面的烟囱冒着缕缕青烟，房子前面的墙上贴着一幅圣诞老人的画，意欲圣诞老人就住在这座房子里，或从烟囱里爬出去，或从烟囱里爬进来。房子上面中文书写"老师，圣诞节快乐！"

学生们不但把黑板布置得别致而又有喜气，同时，在讲台桌上还堆放着他们送给老师的礼物。礼物大多手工制作，有精美的五彩雪花，每一个花瓣上都写着字，连在一起是"圣诞节快乐"，加上带着笑脸的"心"字。精巧的纸戒指，彩色的卡片。我拿起一个个卡片仔细看着，一句句祝福语温暖着我的心。——"祝老师身体健康，永远幸福！""祝老师每天都会拥有阳光般的心情！""祝老师心情像太阳一样美好！""祝老师圣诞节快乐！""一日为师，终生为母"。

1984年9月，我走上了三尺讲台。从此，几十载风风雨雨，在教书育人的这个天地里，辛勤地耕耘播种着。如今我所教授的这个毕业班，他们的父母大多数是我的学生。我热爱教师这个行业，我知道，我传授给学生的不仅仅是知识，还有做人的道理。我用自己的所学，用自己不断丰富的知识，用自己的人生阅历，心对心地与我的每一批学生对碰、输入与接纳。我与我的学生们是融为一体的，是相互的。知识的积累不单单是课本上的，而心灵的升华往往来自师生的共鸣。我视学生为孩子，当学生们这样亲切地称呼我为"妈妈"时，我的心里感到无比欣慰。

孩子的世界是广大的，孩子的心灵是圣洁的。当他们懂得了感恩，懂得了做人时，作为老师，付出再多也是开心快乐的。

2015年的这个圣诞节，将成为我人生中一段美好的回忆。

童真唯美！童情唯真！

祝福我的孩子们！

- 2015 年 12 月 25 日 -

拥抱绿洲

Vol. 3

YONGBAO LVZHOU

这个世界很美

这世界真的好精彩，展现给你五彩斑斓，让你尽情地去享受，去品味。我不禁惊讶于造物主的出色，她把那么好的东西呈现给了人类，只那色彩就难以描述，再加上那形态、那神色、那韵律、那无法描述的物质的或精神的各种状态，让你顿觉这个世界的微妙。

突然觉得自己好渺小，渺小到无法在阳光下找得到自己的影子。

真善美固然可爱，固然珍贵，固然令人向往。但是，在那真的后面，潜藏着多少假的东西；在那善的后面，潜藏着多少恶的东西；在那美的后面，潜藏着多少丑的东西。

每人都很向善，但是一经挫折，一经遭遇那想不到的事情，心底的天平就会自然而然的偏颇。便去怀疑，怀疑自己的信仰，怀疑那本该就是很合理的事情，怀疑自己的亲人，更是怀疑自己为什么来到这个世界上。然后，就会用一些偏差的东西，去认识去分析自己所质疑的事情，渐渐地，一个近乎觉得合理正确的观念便趋明朗起来。紧接着便用自己的这种观念去看世界，觉得这个世界好黑，好丑。那些真实存在的美似乎缥缈起来，似乎是伪装出来的，似乎是人为地制造。心里的扭曲必定会有行动的扭曲，前面的路在延伸，脱离开实际的东西，去追求自己营造出来的那种创造，实现价值的路，并且已经到了魔的程度，不能警醒，更不用说自拔。

一个思想不健全的人，或者是阅历尚浅的人，一旦遇到那些蛊惑，更关键的是遇到那些专门为他预备的蛊惑时，他就会很自然地去相信，相信到不可置疑的程度。

在心里应该永远开启着这道窗——阳光是有的，亲情是有的。那些丑陋终究会在阳光下遁形，那种真挚的爱不会在亲情里湮没，永远不能被践踏。

自古云：天上不会掉馅饼。又云：掉下馅饼就是陷阱。

是啊，再好的生活，也是靠双手劳动来的。只有劳动才能创造一切。想不劳而获，贪得无厌，到头来不但毁掉自己的前程，还会给家人和社会造成危害。

阳光总有照不到的角落。只要自己不在这个角落里待，就能够寻找到阳光。

大千世界，变化纷纭。只要保持那颗纯真善良的心，站稳做人的脚跟，你就不会走偏。

每个人脚下都有路可走，但是没有一条是平坦的大道。不管这条路如何坎坷，如何崎岖，只要树立好正确的人生观，坚定自己的步伐，这条路会越走越宽，会走出一条金光道来。

爱这个美丽的世界吧！不管她的鸟语花香，还是她的风霜雪雨，她都在坦诚地奉献给你。就看你如何接收了。

- 2009 年 6 月 -

拥抱绿洲

　　小学课本中有这样一个典故：一个人跋涉在漫无边际的大沙漠中，所带的食物没有了，更主要的是水囊中一滴水也没有了。好不容易前面出现了一座小屋，屋里有一罐水。罐子旁边写一纸条："请您把罐中的水倒入自吸管中，就会有足够的水供您喝了。请您记住，千万要把罐子注满水，为后人的到来准备条件。"真的假的？旅行者陷入矛盾之中。如果是真的，万事大吉；如果是假的，自己小命休矣。旅行者并没有多沉思，毅然按照纸条的意思把那罐水倒入了自吸管。一罐水恰恰倒尽，突然，一股清冽冽的甘泉从管中喷涌而出。旅行者好惊喜，尽情地喝了个够。装满水囊后，又把水罐灌满，把纸条重新扶正。旅行者很顺利地走出了沙漠。

　　既然说到沙漠，我又想起另一个故事：两个人同样在沙漠里跋涉。带的食物和水是一样的。两人同时吃东西，喝水。一个人说："我又能走好长一段路了，我还有好多呢。能走出去的，呵呵！"另一个人说："前面不知还要走多长的路，我的东西越来越少了，能走出去吗？呜呜！"走啊，走啊……两个人拉的距离越来越远。第一个人的步伐坚实有力，脸上挂着微笑。第二个人的脚步沉重无力，一脸的沮丧。到终点的时候，第一个人张开双臂拥抱着绿洲。再看第二个人，哪里有他的踪影？

　　人在绝境中，自救的唯一办法就是要有信心。只有自信，才会相信，才会出现奇迹。如果在失望和痛苦中，每天都去寻根，都去自责或抱怨，只能把自己湮没在痛苦之中。分析第一个故事的主人公，如果他不自信自己能够走出去，他就不会相信别人的留言。第二个故事的成功者，如果他不自信，他就不会保持乐观的态度，从而走出死神之地。所以，无论事事，都要相信自己，相信自己的能力。当然，这和固执、自认自大是两码事，是截然不同的两个概念。在感情的冲击波中，总怀疑自己是否能驾驭这只小船。怀疑自己的能力的同时，也就怀疑对方的情感了。由于自己的不自信，把本来就属于自己的情感却任意地推了出去。自己痛苦，对方更痛苦无奈。

再就是一定要有豁达的胸怀。旅行者，如果没有"我不下地狱谁下地狱"的胸怀和气魄，就不会依纸条去做。而这样做的结果是获得了自救。那个拥抱绿洲的人，就凭自己的豁达的胸怀，给自己增添了无穷的力量。在困难、绝望面前，他没有退缩。他笑着面对了，胜利属于了他。失败永远属于悲观失望之人。

都说"不经风雨怎能见彩虹？"是啊，历经磨难，才能见到真经。在忍中去体会，在爱中去琢磨，在平凡中去寻觅，在大浪中去历练。陈酿的是好酒。殊不知好酒不是等来的，它要经过多少道工序？要融入多少心血？尘封于地下，久久的，需要的是耐力。最怕的是你酿的不是一坛好酒啊！苦了吗？涩了吗？还是根本就改变了原味？用得着去想去猜测吗？自己酿的，就相信自己。什么样的酒都是自己的，用心去品，别有一番滋味。这就是多姿的生活本色。

- 2008 年 7 月 -

要感谢曾经伤害过你的人

记得在游北京的百仙洞时，曾看到这样一句劝勉语："要感谢曾经伤害过你的人。"很是困惑，觉得这是常人无法做到的事情，只有佛家得道之人才具备的心胸吧。大师看出我的疑惑，便合掌口诵阿弥陀佛后说道："施主，困顿么？请随贫僧来。"随大师到一桌前，大师手拈笔，写了几字送与我，说："施主，收好。是有缘人。"当时我没敢打开，回到住处后，方才打开，上面只有四个字："开胸施度"。这就是对"要感谢曾经伤害过你的人"这句话的解释。我还是百思不得其解。这句话实际上我也听说过，只是不敢苟同，只不过是劝自己坚强些罢了。

数年下来，随着生活阅历的加深，我对这句话有了更深的感悟。的确，要感谢曾经伤害过你的人啊。不是勉强的，而是由衷地感谢，他教会了你许多人生哲理。

所谓的伤害，其含义绝不包括误会的伤害。这种伤害是来自对方的倾心作对，在他明明知道事情的原委，明明知道你所想所思所主张而故意地与你作对。这种伤害来自对方蓄谋已久而处心积虑了多年对你慢慢侵入的软刀子。这种伤害是刻骨铭心的，是体无完肤的，是那种稍触即痛彻心扉的感受；这种伤害如雷贯耳让你找不到东南西北；这种伤害是叫你暴跳如雷恨之入骨；这种伤害让你觉得暗无天日；这种伤害让你迷失了自我。这才叫真正的伤害。

当你没被一棍打死，凭着自己的那点"坚强"还苟延残喘的时候，实际上你已经胜利了。不管你的信念是"好死不如赖活着"，还是"君子报仇十年不晚"，终归你没被打倒。这就是我当初也是大多数人理解的坚强吧。

感谢曾经伤害过你的人，他使你坚强起来，是不容置疑的。但是"要感谢曾经伤害你的人"的真正含义绝非如此。

感谢曾经伤害过你的人，他使你明目明心。

为什么你会受到伤害？为什么他会伤你如此之深？为什么在伤害来临的时候你毫无防备？为什么你受到伤害时却没有半丝还击之力？认真想来，还不是自己的眼睛出了问题？没有洞悉对方，一味地处在自己为对方编织的梦里，以你的心去度别人的心，以你的愿去强别人的愿，事事觉得是在自己的规划中走，事事都认为是可行的。殊不知人人都有自己的主张，都想有自己的一片天地。与你友好，无论是情欲，还是物欲，无论是公，还是私，都想在交往之中达到自己的理想目的。一旦情理不和，天地相差，就会有裂痕，而你眼不明，心也弊，伤害就已经预约上了，来迟来早只是时间的问题。孔子曰："己所不欲，勿施于人。"就是对眼迷心弊而还一味去做的最好的警示语。这样想来，曾经伤害自己的人，给自己上了一堂生动的人生教育课，一生会受用不尽。这样的老师，我们怎不怀感激之心呢？

感谢曾经伤害过你的人，他使你睿智。

你之所以受到伤害，是因为你的愚昧，你的无知。你没有明察秋毫，你没有防患于未然。不但你的心被蒙蔽了，你的脑被灌了水。一叶障目，你辨不清大千世界了。古人还知用"三省吾身"来约束自己，正身正行。而你却只喜欢听好话，看乐事，听天平歌。殊不知大厦将摧，蝼蚁已做好庆贺的准备。你肥脑流肠的，哪还肯动半丝脑筋？直到自己被伤害的要一命呜呼了，才开始思想，这是为什么？不晚，知道思索了，就是进步，就是崛起的起点。所以，要感谢曾经伤害过你的人。

感谢曾经伤害过你的人，他是你不请自到的老师。

受到伤害后，你会很冷静地思考。你会想事情的来龙去脉，你会分析问题的关键所在。你会在他的身上看到你没有的那一方面，好的方面你会去借鉴，劣的方面你会引以为戒。他的言谈举止为人处事做了你的活教材。你会看得更清，看得更明。你会从中认识到哪些是荣，哪些是耻，哪些需要发扬光大，哪些必须深恶痛绝。这样的免费老师，你怎能不去感谢呢？

感谢曾经伤害过你的人，他是你战胜一切的力量源泉。

你之所以受到伤害，会被伤得体无完肤，是因为你的弱势。对方欺弱，小觑你。

在他的眼里你的气魄荡然无存，你没有反击的能力。客气点说是你没有震慑住他的能力。受到伤害，就会不断地深思，不断地反省；不断地认识自我，更新自我，完善自我；不断地鞭策自己，鼓励自己。走出维谷，百折不挠，创新进取，以一个崭新的姿态屹立在世人面前。警钟长鸣，战鼓常击，怎不感谢曾经伤害过自己的人呢？

感谢曾经伤害过你的人，他使你变得乐观向上，虚怀若谷。

当你受到伤害曾一度一蹶不振时，你会感到世界末日的来临。但当你终于重新站起时，你突然感到了风雨之后的彩虹是如此绚丽，豁然开朗。原来世界处处充满情和爱，处处是灿烂的阳光。只是自己封闭自己，把眼睛闭了起来，瑟瑟地躲在角落里不肯出来罢了。敞开心扉，面对自己，面对世界，顿觉眼前是金光大道。再回首，方觉自己原来的心胸是如此狭窄和委顿。伤害算什么？伤害又算得了什么？我的心胸可容纳百川大海，那些伤害只不过是大海中溅起的小小浪花，只能给我的生活带来精彩。我揽世界，一切尽收眼底，五彩斑斓才是生活的真谛。此后，"伤害"这个词语在我的心里便幻化掉了，我的心里只有阳光。怎不感谢曾经伤害过我的人呢？

感谢曾经伤害过你的人，他提醒了你如何更好地做人，处事。也就是古人所说的修身养性，只有修身养性才能齐家，治天下。他教会了你冷静、坚强、大度、明心、睿智。他让你更拥有了阳光，拥有了无穷的力量。这些一生都受用不尽的财富，怎能不去衷心地谢谢曾经伤害过你的人呢？

我也领悟到了大师的"开胸施度"这句话的涵义。

谢谢你——曾经伤害过我的人！

- 2008 年 10 月 -

宽容他人，就是善待自己

谁都想看到他人微笑的面容，谁都想听到他人真诚善意的话语，谁都想得到他人热诚的关爱，谁都想每天在欢乐开心中度过。

大千世界，世态炎凉。不同的人，不同的事，组成了多彩的人生舞台。

世界万物都是在矛盾变化中发展着。人也不例外。从你的"呱呱"坠地，便融入了这个纷呈的世界。你想要的，你不想要的，不管是人，还是事，都会悄然而至。于你欣喜，于你忧患。甚至有些人和事，让你赶之不走，挥之不去。留下的只是无奈，无奈！

那么，如何才能使自己的生活变得轻松、愉快呢？那就是要学会宽容。只有宽容他人，才能善待自己。

宽容是什么？所谓的宽容，就是处理自己不如意的一种心态，是对他人不满意的一种胸怀，是人际关系纷扰中的一种睿智，是修身养性的一剂良药。宽容更是一种品位。

人生再简单不过的过程便是"得失"。努力争取得到，转而又在不断失去。当一个人的生命过程完结的时候，不外乎就是赤裸裸地来，赤裸裸地去。

我们都是普普通通的人，谁也摆脱不掉七情六欲，谁也都得食人间烟火，有人的地方就有事。不如意的事情会很多。我们只是充满情感，带有偏见，自制不足，贪心有余的普通公民，在现实生活中不符合我们美好愿望的事情真是太多了。工作上的不如意，与同事的不协调，评优晋级中的不公平，掏钱却买回了伪劣商品，邻里的小摩擦，和家人的利益矛盾冲突，亲情的淡漠，孩子的管教，被朋友欺骗等，生活中不如意之事十有八九。

怎么办？都去计较吗？如果这些事情耿耿于怀的话，那生活中就根本没有任何情趣了。你会觉得按下葫芦起来瓢，一切不顺心不如意都会向你袭来，会压得你喘不过气来。即使你窒息了，别人又怎能知道你心里是怎样的呢？只不过说你是心眼小罢了。

面对一些我们无法改变的现状和不可补救的事情，与其斤斤计较，尖酸刻薄，痛苦悲伤，怨天尤人，不如一笑了之，来点宽容和幽默。宽容自己的局限，宽容别人的偏见，宽容父母的唠叨，宽容丈夫的懒散，宽容孩子的顽皮，宽容朋友的欺骗，将生活过得轻松惬意，让胸襟自然豁达。总之一句话，就是"看淡一些"。

宽容不是胆怯，更不是唯唯诺诺，而是一种洒脱，一种技巧。

要想使自己真正开心起来，就要从内心里做到真正宽容。表面上的宽容，暗地里的记恨，这种心态更可怕。不但害人，更会害己。一旦到了不可容忍的地步，到了你的底线，这种积蓄已久的情感会爆发出来，会伤害到他人，更使自己的心灵留下更大的创伤。

所以，宽容，就要真正地不去计较他人。

首先要尊重对方，当对方的言辞过于激烈或有些偏激时，要让自己冷静下来，你可以把对方当作一个表演大师，你就做默默的观众，尽情去欣赏他的表演。当对方得不到相应的回应时，他便不知自己这次演出的效果，所以自己就先泄了一半的气。你可以自管做自己想做的事。

其次，翻过来为他想想，哦，他也够累的了，他之所以这么歇斯底里地大嚷大叫，无非是想让更多的人认同他，或者说是想得到更多的利益。实际上呢，他却不知道自己是在错误中，这种做法也是在向人们更大限度地暴露自己的缺点。这样一来，你觉得他好可怜，觉得他真的该休息一下了。

哈哈，我自己还是不错的，不会心浮气躁，不会被他的情绪所感染，我还是我啊。一个平静自然的你，从根本上你就在气质上压倒了对方，震慑了对方，心里坦坦荡荡地，精神愉悦得很，这不正是善待了自己吗？

莎士比亚大师曾经说过——"宽容就像天上的细雨滋润着大地。它赐福于宽容的人，也赐福于被宽容的人。"这句话很有道理，值得我们好好反思。

得放手时须放手，得饶人处且饶人。人们应该彼此容忍：每一个人都有弱点，在他最薄弱的方面，每一个人都能被切割捣碎。为了能同所有的男男女女和睦相处，我们必须允许每一个人保持其个性。

量大好做事，树大好遮阴。

能忍能让真君子，能屈能伸大丈夫。

人生不可能经历所有的繁华和热闹，也不可能遭遇所有的凋敝和落寞，每个人的经历不一样，但是每天都有相似的故事在发生。在人生的旅途中，就要不断学习和借鉴他人的人生经验，不断用知识来充实完善自己的心灵。

拿别人的过错来惩罚自己是生气的表现。而这个道理似乎人人都懂。但就是没法做到不生气。实际上，别人的过错就是给自己酿制的一杯慢性毒酒，你饮下去，毒性就会在你的身体里发作，就会侵蚀你的肌体，扭曲你的灵魂。这样的毒酒你还喝吗？那就扔掉吧。何况这杯酒并不是为你酿制，而是你抢过来的呢。

宽容他人，就是善待自己！

- 2009 年 10 月 -

读书，让我放飞梦想

与书结缘，是在我很小的时候，大概五六岁的光景。那时候还没有入学，哥哥带回家来的一本画册，深深吸引了我。在我还不认识字的时候，我便明白了图画的意思。那本画册，是说一个人如何异想天开，他做了个天梯，想爬到天上去，结果中途便被摔了下来。虽然，当时我不明白这本画册的真正含义，但是我却一遍又一遍地看着，幻想将来也能有个天梯，登上天去。现在想来，觉得好笑。但那个时候，这个小册子却对我产生了巨大的魔力。

随着年岁的增长，我读书的欲望越来越强烈。不但自己的课本看了又看，对于已读高中的哥哥的课本也不会放过。常常会把哥哥的书藏到自己的书包里去，害得哥哥在上学时挨老师批评。

对于画册，更是情有独钟。那时候家境很困难，父亲又常年有病，家里的收入就是依靠母亲起早贪黑在生产队里劳动挣的工分。另外，母亲养了几只鸡，还喂养了一头小猪，这就是家里的全部经济收入。父母知道我喜欢读书，倒也不怎么为难我，总是在我百般请求下，会拿出一毛两毛的钱来，让我自己选购喜爱的画册。父母也有脾气不好的时候，那次也怪自己，擅作主张买了一本画册。当时母亲给了我两角钱，让我买一斤酱油和一斤醋。每次到供销社，我都会先跑到画册柜台前去看，里面躺着好多的画册，单看画册封面就够满足的了。我看到了一本很薄的画册《西门豹》，问过售货员，这本画册才 6 分钱。我考虑了好久，终于打定了主意，打了半斤酱油与半斤醋，买了这本画册。还剩下 4 分钱，我自以为非常聪明，买了 4 块糖，打算把这 4 块糖贿赂给爸妈与哥哥，来求得他们的默许。一进院门，便看到了站在院中的父亲，我急忙向他伸出手去，手中的糖块随着父亲在手上"啪"的一声重击，都落入了猪圈的臭坑里，还没等我回过神来，我的《西门豹》画册也被扔到了猪棚上。我的耳边响起父亲炸雷般地吼叫："就知道买画册，饭都吃不上呢，不懂事的东西！"我被罚不能吃晚饭。第二天，我背着书包到学校去，在向外拿东西时，我惊奇地看到了那本《西门豹》画册，它就躺在我的书包里。我把画册抱在怀里，"嘤嘤"地哭了。后来才知道是母亲趁父亲不注意，偷偷从猪棚顶上拿下来放到我书包里的。

看书，也让我做了好多的梦，总想着自己有一天也能写出书中那些有趣的故事来。在我读小学五年级的时候，我写了一篇很长的日记，就是写我们家的狗狗。老师看过后，好高兴在班里夸奖了我，并且说我的日记就像一篇小说。那个时候，我还不知道什么叫小说。但是能够得到老师这样的夸奖，我心里是非常高兴的。同时，我也在想，将来我一定要写小说。

我的中学生活是幸福的，也可以说是幸运的。学校里很重视学生的课外阅读，学校的图书馆有条件地向外开放了。所谓的条件，就是只有三好学生，或者是板报员，才可以拿到学校图书借阅证，凭此证可以借阅任何图书。当时，我是班级板报员，并负责班级学生作文的草批，所以有这个资格借阅图书。也就在那个时候，我读到了《青春之歌》《钢铁是怎样炼成的》《家》《春》《秋》《童年》等中外作家的作品。也就在那个时候，长大后当个作家的梦想在我心中悄然生根。高中两年，与课外读物的接触几乎没有了，只有课本上的东西。但是，选入高中课本的文章，可以说是精品中之精品，这更是我学习语言文学更好的时机。通过学习，我的分析阅读能力得到了质的提高。读书，不单单是看故事情节，而是看当时的背景，作者的写作目的，以及这部书对社会的影响。对于读书，让我有了更多的认识。

毕业后，我又寻到了两个借书的好去处。一个是我同学的母亲所在的学校，不知道他们学校怎么藏了那么多的书。像《红楼梦》《儒林外史》《虾球传》《官场现形记》《聊斋志异》这些书都是在这一阶段读到的，还读到了线装的《论语》《资治通鉴》。如果说，我那个时候读书纯属猎奇，是一点也不假。因为我还是着重了细节，并没有好好去研究，甚至一些东西是一知半解。借书的另一个好去处就是精工机械厂，我的一个表嫂在这个厂子里的图书阅览室工作。从她那里，我读了好多的书，古今中外的都有，还有一些报纸杂志。而在那个时节，我的文字也渐渐变成了铅字。乡文化站站长，把我当成了她完成交稿任务的后盾。说实话，那时候我乐此不疲，怎么也是喜欢写，谁喜欢谁就拿去。

婚后，随着家务繁忙，生活的担子越来越重，读书的时间没有了。但是我养成了一个好习惯，就是每天都写日记。写日记是练笔最好的方法，这几十年下来，写日记从来没有间断过。闲暇的时候，还可以把日记拿出来读读，整理一下，也是乐趣无穷的。尽管与书有些绝缘，但是，我的文字还是离不开我以前读过的书的。一旦看到没有读过的书，我还是赶紧借来，用晚上的时间来读。这些年，我也没有放弃自己的学习。我报读了儿童文学创作班，也函授了新闻创作班。偶有文字上报登刊，欣喜之余还是感觉欣慰，慨叹这书还是没有白读。

真正走上文学道路，是在 2008 年。那年，我在新浪开了博客。当我把以前写在草本上的东西放在网上去后，立刻有文友前来观看，并且写下诚恳的文字。这对于我来说，已经是莫大的鼓励。我涉猎的东西很多，写的方面也很多，小说、散文、书评、故事以及诗歌等什么体裁都有。那个时候，各大网站特别重视博客圈的作用。我在新浪网，担任着好几个知名圈子的管理员。管理员，不单单是加精文章那么简单，需要认真读，认真点评。人们对网络文章或多或少存在着偏见，认为网络文章水准低。实际不然，网络上的草根作者不乏精品；知名作家也把网络当作了平台。所以，每天我在网络上阅读的文章很多。我个人认为，读书并不局限于读纸质的书，电子书也是书。

电子书也是书，这种概念在我脑海中越来越深刻。因为，我们不可能花钱去买那么多的纸质书去读，在网络上读名家名作也是一种最简洁最直观的方式。况且，网络读书还有一个最大的好处，就是在读书的过程中，遇到不解的问题，可以直接搜寻网络，查找出处。还有，关于此书的书评很快会被找到，通过大家的认识，更能丰富提高自己对这本书的认识。钱钟书、贾平凹、三毛、张爱玲、萧红、麦加、莫言等等，这些作家的书，我全部是从网络上读到的，并且有的书不止读过一遍。一些外国名著，在网络上阅读更是适宜，注解很多。

2009 年，我加入衡水市作家协会；2010 年，加入河北省散文学会；2011 年，加入中国散文学会；2012 年，加入河北省作家协会。每走一步，都离不开读书。读书，让我懂得做人的道理；读书，让我明晰这个世界；读书，让我树立远大志向；读书，让我放飞七色梦想。

书，我的缘，我爱你！

- 2015 年 4 月 -

在时光的沉淀中怀想

很久，没有在意文字了，没有敲击碰撞的意念；或许有些，忘记了这些方块的意义？有些，忘记了这些文字的含义；更或许，应该悄悄地转身离去，轻轻地不再打扰那份静默的安逸，淡淡的不去触及那些潮湿的回忆……

夏之夜，悄无声息。许久的未曾叠加文字，手，生疏得很。安然，也生出些闲适的味道。净手，素面，让心虔诚地寡坐。不任性，不矫情，细密放牧所有的心思，让美好和娴静根植。透明的玻璃杯中，漂浮着西湖的绿，袅袅婷婷，透着清凉的香气，低眉间，淡淡的弥散开来……

时光就像一条河，我们端坐在两岸，看它无情地流过，没有任何声响，一些经历的人或事，即使当时轰轰烈烈，也会随着这时间流渐行渐远，渐渐模糊。

那些哭过的，笑过的，都在一瞬间放逐成了云烟；那些梦过的，痛过的，亦在低眉间风干成了恬淡。喜欢这样的自己，端坐于岁月的一隅，任思绪飞花；左手记忆，右手年华，任心事于片片阕阕中次第盛开。

在文字中行走，任深情做帆，心海泛舟，将万般牵念摇曳，所有的山水清音，都在默默中演绎成了岁月静好。那些懵懵懂懂的过往，都随时光跌落在岁月之水岸。从此，只旖旎心事的芬芳，掩卷莞尔间，萦绕于心头的是一种叫作"欣慰和幸福"的味道。

一个人的灵魂，只有在独处中，才能洞照见自身的澄澈和明亮，才能盛享到生命中的葳蕤与蓬勃。生活，为每一个生命都安排了丰盛的精神筵席。在独处时，那个迷失在喧嚣尘世中的自己，赫然回归。只有心灵快乐的人，才能回到它的原乡。

一个人一辈子，遭遇过许许多多的失败和痛苦。若能始终快乐，心境平和，便是收获。我深信，每一个从苦难中走出来的人，一定是能够独欢的人。用这种独特的方式，喂养着自己的精神，强大着自己的灵魂。这是生命的寂静独舞，妖娆清欢。

这样的人，未必能战胜苦难，但是一定能消化苦难。用微笑与坚强，安然以对，抚摸着灵魂，搀扶着自己，走出人生的困境，人间的苦难。独欢，是生命的佛性，这样的人，是打不败的！

尘世中一路走来，虽是云淡风轻，柴米油盐，可那颗过敏的心却倍感惬意，安适。就让这份温如茶纯如雪的亲情相伴一生。畅谈大漠孤烟直，长河落日圆；细品孤鹜飞落霞，秋水共长天；笑看人生几沧桑，世态多变迁；共寻凡俗旖旎境，清心悟明禅。淡定，悠然！

"如果你生命中的云层遮蔽了阳光，不要试图去消灭云层，正确的做法是发现使你上升到云层之上的途径，那里的天空永远是碧蓝的。"让自己的心灵飞得高些，再高些！让自己的心凌驾于乌云之上，顺境不骄奢，不凌弱；逆境不颓靡，不嫉恨，让唇角永远留有一个暖暖的浅笑。

若，你能读懂我的清澈，我的世界也在回眸间，绽开一缕别样的馨香。若，你能读懂我的宁静，我的港湾也起微澜，演奏一曲海之梦。低眉浅笑的时光，月白风清的遐思，便浅笔静开，绕指成香。

喜欢码字，能随意地将这份天赋信手拈起，是上苍给的一份宠爱。从不在意自己码起的是怎样的文字，37度的随心落笔，或许是舞者最完美的姿态，是舞者淡然的一份心境。最终，无论怎样的一种状况，只想让此生研墨砌香，煮字怡情，捻花诠释，直至离去。

一个心灵的独舞者，在如水岁月中，巧笑嫣然；在皓月安然照中，轻寄心帆；在子夜静谧中，翩然起舞；在一纸素笺中，心曲悠长……

- 2013 年 7 月 -

相爱规则

　　"规则"，我反复看这两个字。看得我眼睛发痛，心也难受。"规则"是什么？怎么解释？查词典，这样解释："规则：规定出来供大家共同遵守的制度和章程。"我不想赘述规则到底是个什么玩意，似乎有生命以来，宇宙中就存在了规则。这种规则无处不有，无处不在。但你真正地摸清规则，却是个很不易的事情，也可以说是个永远无法完成的事情，你永远是个犯规的人。

　　朋友跟我说："婚姻有婚姻的规则，情人有情人的规则，恋人有恋人的规则，朋友有朋友的规则，就连小孩子过家家都要有规则。婚姻的规则是不许红杏出墙，出了，游戏就要结束；情人的规则是不许过问彼此家庭，过问了，游戏就要结束；恋人的规则是要彼此相爱，不爱了，游戏就要结束；朋友的规则是要对彼此真诚，不真诚了，游戏就要结束；小孩子过家家要各自扮演好各自的角色，演不好，游戏就要结束。"是啊，我虽然不置可否，但这也是规矩吧。感情真的如一场游戏啊。既然是游戏，就要有游戏的规则，守好规则，玩得起继续，玩不起，出局。不管谁没遵守，不管谁犯规，总之，这场游戏要结束。把感情比作游戏虽然是在亵渎真正的情感，但却是不变的真理。不是吗？对方需要你的理解，需要你去按照他心里所想去做；你呢，也需要对方的理解，也需要对方做你心里想做之事。这样难免会破绽百出，会出现好多的误解，也会给对方造成意想不到的伤害。实际上，这本身的要求就是一个错误。

　　什么叫理解？理解的程度到底有多深？单单凭一个理解是不够的，可以说是错误的。理解只能占三分，而去呵护这个理解要占七分。不去容忍，不去关爱，不去沟通，就是你肚里的蛔虫也无法理解你心里真正想的是什么，想要的是什么，更何况是生活在两个空间的大活人呢？每个人都有自己的生活态度、生活方式、处事原则和生存环境，不可能去要求对方以我独尊。写到此，突然想起了"距离产生美"这句话。距离确实更能够体现两个人的真实的情感。如果感觉那么牵肠挂肚，感觉到就在自己的身边，同望一轮明月，便知相思相爱之心，那才是真正的感情。如果只感到了孤独无奈，只想让对方取悦自己，关爱自己，那这份感情会随时间的推移而淡漠，没有它生存的条件了。

规则是固有的，守护是人为的。不去尊重别人的人不会遵守这个规则的。一味地指责，一意孤行，都是规则之大忌。不懂得什么规则，只想用自己的一颗心去爱，却不自觉地犯了大忌。因为你给予的不一定是人家所要的，你付出的虽然你不图回报，但爱人却不这么认为。当爱情迷失了自我，也就迷失了方向。不要以为自我就是以自己为中心，为我是从。自我的含义更深，最起码要自尊自爱，要有自己做人的准则，也就是也要有自己做人的规则。迷乱本性，总以爱人的喜怒哀乐为轴线，这样的生活会越来越没情趣，爱人还会埋怨你速度的快慢。你永远是失败者，你永远不会使爱人快乐。

不懂规则出局，玩出规则出局，玩不起更要出局。摆在世人面前的就是这三条路。实际上每条路的最终结果就是出局。只不过早晚而已。人不是机器，不可能纹丝不差地按规则走。所以注定要出局。即使是机器，也会有老化的一天，还得出次品，还得出局。玩得精彩不精彩，不在规则，全在局中人。两个人配合默契，相辅相成，就会有彩，就会升级。所以说，无论是谁，离开了规则，无法生存；拘泥于规则，生命会枯萎。

但愿人们玩出人生之精彩，博出人生之绚丽。

- 2008 年 7 月 -

让杆

桌球游戏斯诺克中，有这样一种规则，名曰"让杆"。明则是当一方击球出现犯规行为，而另一方则给予再一次的击球机会。实际上，是谦让方的故意为难行为。要知道，这里出现的所谓"犯规"，却是实实在在地无法击中球，才会出现的跑偏现象。要想着再次把球击中，必须有高超的技术，或者是放弃的勇气。

"让杆"很能考验一个人的心理素质。

先拿"让杆"方来说，所谓的"让杆"，无非是给对方出难题。因为只有高超的技术才能再次击中球。不然的话，就会出现一次又一次的失误。而"让杆"方一味地抓住"让杆"机会不放，迫使对方出现失误而丢掉分数。有时，局势就会在这无休止的"让杆"中而逆转。

"得饶人处且饶人"。还是应该宽宏大量为好。俗话说，与人方便于己方便。通过这种"耍赖"的方式，虽然赢得了战局，但是在人品和技术上还是输了。

被"让杆"者，遇到这种情况时，也着实是一种心理的考量。一旦被"让杆"，摆在面前的只有两种选择：一是调整心态，打好这一杆；一是放弃，自己击球钻洞。

选择是艰难的。继续击球，显然，技术是个关键问题。本来这就是一个刁钻的球，怎么做到不再失误？角度、力度都要掌握得恰到好处。稍有偏差，就会又一次的失误。这时的心态要平稳，定心凝气，做出准确的判断。补杆最忌是心浮气躁。在可能失误的情况下，还能不能再坚持？这就需要勇气、耐力。

现实生活中，前进的道路不是一帆风顺的，总会有这样或那样的挫折和失败。跌倒了并不可怕，可怕的是不要在同一个地方以同样的方式再次跌倒。应该认真总结失败的原因，找出差距，做好再次冲刺的充分准备。每一次的选择都要有新的突破。只有这样，才能在不断的挫折和失败中，脱颖而出，取得胜利。而所经历的这个过程则是走向成功的坚实基础，是一笔人生经验不可多得的财富。

"放弃"，也是一种心智的考验。选择"放弃"，并不是彻底放弃。当发现这条路真的行不通时，就要明智尽快地选择放弃，另辟蹊径。这需要勇气，更需要心胸。一旦发现自己所做的是一种错误时，就要大胆地改正，彻底地回头。自己所谓的"钻洞"，并不是一种怯懦，更不是一种羞辱。这是一种战略，也是自己战胜了自己的那种虚伪。常言说，真正的敌人是自己。如果自己能够战胜自己，那么就没有什么不可以战胜的了。

所以说，跌倒了不要紧，关键时候的自己跌倒，更是大丈夫能屈能伸的表现。弓弦拉回来射程才会远，拳头缩回来出击才会狠。学会失败，才会不败。

对于"让杆"这个规则，我们应该正确认识。"不让杆"，可能会纵容培养一种惰性，会产生得过且过的侥幸心理，会平抑击球技术。"让杆"，可以让人明白这是一场比赛，可以让人明白自己的差距，还可以让人明白怎样做才能提高自己的胜率。如果不能正确地认识和对待"让杆"，就会出现"不忍""赖分""报复""颓丧"等不良的心理。也许，球局没有结束，而人品已经在对方的心里打了分，甚至是折扣。

小小的桌球，一场随心所欲的比赛，"让杆"也罢，"不让杆"也罢，每一杆，每一球，分分秒秒中，都在考量磨炼着我们的心智。

人生如戏。让我们以坦诚的胸怀、大度的气量、坚忍的态度、不屈不挠的精神、聪慧的才智，认真走完这一局吧。

- 2011 年 3 月 -

夜的遐思

钟声已经"滴答""滴答"地走近了午夜，这静谧的空间此刻唯我独拥了。突然，觉得自己好似一个夜游魂，专喜欢了在这样的似乎已经沉寂得毫无生气的夜里独自呼吸。感觉是如此得自由，如此得惬意。

外面的寒星还在一直闪烁吧，我却不想走出这道门去，然后抬了头，看那一片深邃的天空，或明灭的孤星，或昏黄的没有一点朝气的冷月。还是缩了头，缩了背，缩了脚，蜷卧在软软的沙发里，想白天不能想的问题，想夜里做梦都无法做到的事情，独自笑，独自落泪。泪珠儿可以成双地落，也可以就含在那眼眶子里，打几个转儿——谁又管得着呢？

此时，我是自己的了。

龙舌兰喜欢阴阴的，我却在白日里，把它放在了暖暖的太阳下，以为这样它便可以尽情地享受阳光了，还浇了充足的水。结果，它的叶子一天渐趋一天的黄了。

是啊，当你认为自己是满心地去做好一件事情的时候，未必结果如你所料。这就是为什么一切要顺其自然的缘故吧。

小鸟喜欢在什么天气里飞，就让它飞好了；小草喜欢在什么季节绿，就让它绿好了。老人有老人的世界，孩子有孩子的天空。

白天的喧嚣在此时，都消失得无影无踪了。我一颗悬浮的心，此刻也变得异常安静起来。电视屏幕里，只有我的头像在晃动，像一个失心疯子。哈，只有此时，你才可以把那些浮华统统地埋葬进了黑暗的坟墓里。悬空里，那个披散了头发，树叶护身，正在追赶一只羚羊的野人，是我么？也许是吧。

伤感也在这个时候袭上心头，还是不要落泪的好。虽然这个时候的眼泪是自由的，但是还是不要落泪的好。精神是自己的，情感也是自己的。情感的洪流会冲垮精神的堤坝。

当我再看自己的时候，一遍又一遍审视自己的时候，我剩下的是什么呢？我只有自己的生命。一个普通的躯壳里，跳动着一颗还算顽强的心。

我知道自己在走着一条怎样的路，这是自己认定的，好像是冥冥中已经定好了的，不容置疑，不容改变。这条路走起来好艰辛，也好寂寞。是什么在驱动着我的双腿？是谁在用鞭子毫不留情地鞭挞着我？我不知道，我真的不知道，即使在这静谧的夜里，这样自由的我，也找不出答案来。但我还是走着，一直走着，义无反顾。

我把自己交给了黑夜。

- 2011 年 3 月 -

人只能活一次

人们常说："人的一生，只能面对死亡一次。"实际上，"活"也是一次。这个问题往往被人们忽略。试问，有哪一个人，说自己活了一次又一次呢？

人生苦短。短短的岁月，从出生到谙人事，小学、中学、大学等这些必须走的路程，然后便是选择了自己想做或不想做的工作，成家、生子、奉养老人、养育孩子。到垂暮之年，望着那西下的红日，才回过头来看这一生，其中的酸甜苦辣，就会百感交集，一起涌上了心头。是对自己一生的欣慰还是遗憾？是满足还是失落？这一步步地走来，汗水伴着欢愉，艰辛伴着甜蜜，那个中的滋味只有自己才能体会得到。

人生不易。不由得便想到了"幸福"这个词。什么样的生活才是幸福的呢？要我说，幸福其实就是一种感觉。当你觉得幸福时，你就是幸福的；当你觉得痛苦时，你就是不幸的。困扰自己的就是自己的心。何为幸福？何为痛苦？其实就是你的人生观点，人生体会。人们在食不果腹、衣不蔽体时，就想象有一天能够衣食无忧该多好，那样的生活一定是幸福的。当人们丰衣足食时，就会想在精神上更愉悦一些，于是就去唱歌啊、跳舞啊、旅游啊，还想拥有自己的汽车啊、别墅啊，觉得那样的生活会一定很幸福的。当这些真正地伴随左右的时候，大把地挥霍着钱财，昏天黑地地浪费着时间，你却越来越觉得这样的生活是那样的索然无味，那样得无聊。当疾病袭来的时候，尤其是久病在床，或医生一下子宣判了你的日子时，你会喟然泪下，恨起苍天对你的不公来。你会这样祈求上苍："如果给我健康，我会舍弃一切。"

人就是这样矛盾着的。一旦生命垂危，就会看破了红尘，就会舍弃一切。觉得利欲熏心、尔虞我诈，在拿自己的生命做赌注，在浪费自己的宝贵时光，在残忍地剥蚀自己的生存权利。一旦能够苟延残喘，就又会有了那欲望，就要去争去夺，为自己垒砌起一座又一座的高山。总想攀越过去，总想得到什么，永无止境地追逐下去。就是不去想想——人只能活一次。

当你为一些鸡毛蒜皮之事纠缠不休时，当你为了领导的一个脸色而心神不安时，当你为了同事的一点摩擦耿耿于怀时，当你为了你的利益而千方百计维护和争取时，当你不安于现状这山望着那山高时，当你为了心里的满足而处心积虑时，当你慑于周围的流言蜚语而唯唯诺诺时，当你的小心眼没有得到满足而痛心疾首时……你是否想到，人只能活一次？

既然人只能活一次，那何必活得这么累呢？

开心是一辈子，不开心也是一辈子。

都说钱是好东西，其实未必。钱多了未必是件好事。看那些有钱人，心里不一定很踏实。他会怕钱财离他而去，他还会怕因财而丢掉身家性命。钱够花就行。和珅钱多，富可敌国，但是却落了个被鞭尸的下场。这还不是贪财惹的祸？良田万顷，吃在嘴里的不过是那几两米；广厦千间，安歇的只是那三尺暖铺。

这一生之中，只要认真做事，尽力而为，不愧于天地良心，以一颗恬淡之心去面对利欲，便觉得这生活其实是有很多的乐趣的。温暖的阳光，清新的空气，嫩绿的小草，美丽的花朵，欢快的鸟儿，都是为你而来、与你为伴的。别人的笑声在和你交心，那关注的目光便是对你的博爱，相逢的路人与你有缘而来，这一切的一切，不就是幸福生活的真实体现吗？

人只能活一次，不要活得太累。

"得鱼固可喜，无鱼亦欣然。"人生太短暂，不要承载太多的烦恼和忧愁。承载不起，也承载不动。

"宠辱不惊，看庭前花开花落；去留无意，望天空云卷云舒"。认清自己所走的路，得之不喜，失之不忧。

珍爱生命！珍惜生活！做你自己！

- 2009 年 9 月 -

心语录

时间是迁流的，世事是无常的，人生也是短暂的，这都说明了世间一切事物的有限性。而另一方面，我们人的妄想、人的欲望却是没有止境的。

一切事物都是有限的，而人的欲望却无穷无尽，这中间就产生了极其尖锐的矛盾。人生就是在这样的矛盾当中，苦苦地挣扎一辈子，始终觉悟不了。一直到大限临头，总还觉得自己有很多心愿没有实现，有很多欲望没有满足。即使病入膏肓了，也还要与疾病、与死亡对抗挣扎。人生的痛苦，其根源就是我们的欲望。有无穷无尽的欲望，就有无穷无尽的烦恼，就有无穷无尽的痛苦。这些痛苦是从哪里产生的？就是认识不到一切事物的有限性，认识不到生命有生老病死，一切事物都是有限的，一切事物都在发展变化中。

我们人类一生中，或在生命流转的过程中，一直伴随我们的朋友，大致上有两个：一个就是良知，一个就是生死。

只要我们有生命，同时就有死亡。我们的生命在成长、发育、衰老的过程中，死亡、无常，一时一刻没有离开过我们。因为人的生命，一方面具有局限性，另一方面又具有脆弱性。

那么，我们应该如何面对死亡呢？

首先是不要抗拒。我们在有疾病的时候，在面临死亡的时候，往往总会有人在旁边鼓励，要与疾病做斗争，要从死神的手上逃出来……这都是梦想，怎么可能呢？你越斗，自己就越痛苦，你永远得不到胜利，永远都会以失败告终。与其徒然地增加许多痛苦，还不如一切顺其自然。爱护生命、珍惜生命是必要的，抗拒死亡则没有必要，对抗死亡更没有必要。你想把死亡拒之门外是做不到的。只有换一个方法，善待死亡，善待这个同我们生命一起走过来的好朋友，学会正确面对它。

其次，愉快地面对死亡，接受死亡。中国人的古话，说"视死如归"，把死看作是回家一样的快乐、兴奋，有一种期待，那该有多好。人人都想回家，都把死亡看成是回家了，我们心里的包袱就会一下子放下，对死亡毫不惧怕，而是非常愉快地去接受它，面对它。死神已经给我们发来了请柬，邀请我们回家。我们要欢喜地接受，要视死如归，就如同回老家了一样。

生，随因缘而来；死，随因缘而去。有什么值得恐怖的呢？人世间又有什么值得留恋的呢？只要你心中没有了太多的欲望，只是为了这个世界奉献，以付出为快乐，那么你就不再有什么遗憾了。而所谓的遗憾与不舍，正是你心中的欲望。试想一想，有谁不是在为自己心中的那个希望活着呢？生前枉费心千万，死后空持手一双。

为了能正确面对死亡，对于一些上了年纪的人来说，还有一条非常重要——不要老打妄想：我还要活多久？无常无常，是没有定律的，说来就来，说走就走。那么我们在对待自己的生命终结，也要有这样豁达的想法：说去就去，说留就留。去留之间，毫不纠结。活那么大岁数干什么呢？给社会增加负担，给家庭带来麻烦，给子女带来了沉重的包袱。但是，我们要珍惜生命，不要厌弃生命，顺其自然。我们活着的时候，健健康康地活着；要走的时候，高高兴兴地回去，视死如归。

一切事物都是从无到有，再从有到无，生生灭灭，灭灭生生。死亡是一件好事情。世间的事物有生才有灭，有灭才有生。这一辈子的生命素质适应了这个时代，改造了这个时代，但已经无力再创造新的时代。那么新的生命替代了这个有缺陷的生命，这就是自然发展规律。也只有遵循这个自然规律，世界才会变得美好，人类才会进步。那么，自己的生命，只不过是这大千世界的一片过眼烟云，这是不容置疑的事实。把自己的问题真正看破了，看透了，也就彻底放下了。

人生苦短，来日不多。虽然我们不要恐惧死亡，但是也要知道生命的有限性。中国古代有这样一则故事：老者给正在耕田的儿子送饭，而儿子却不幸身亡。老者便埋葬掉儿子，继续犁田。傍晚老者回家来告诉儿媳儿子的死讯，儿媳听后静然，依旧做着自己手中的活。这则故事，对于我们当今人来说，会觉得老者与儿媳均没有人性，丧子之痛，丧夫之痛，哪一个不是痛彻心扉，怎么竟然还会如此镇定地继续"犁田""做活"？更有那多事之人，会想到难道他们不去追究亡者的死因吗？还有没有法律意识？其实，这只是一个故事而已，重点不在于故事的逻辑性，而在于劝勉人应该如何正确面对死亡。耕种者说："人之生老病死及世间万物成败，皆为自然规律，忧愁啼哭能有什么用呢？如果伤心得饭也不吃，觉也不睡，什么也不干，那不跟死人一样？活着的意义就不大了。"妇人说："人生即如住店，随缘而来，随缘而去，我这夫君也是一样啊！生是赤条条来，死亦赤条条去，任何人都不能违反这一规律。"这些人真正明白了人生事理，他们知道人生无常，伤心悲哀无济于事，所以能够正视世间及人生的自然规律，也就没有了哀伤与忧愁。

也许，我们无法接受他们的处事方式，也做不来。但是，我们不得不承认他们的处事心态是正确的。当我们渐渐从失去亲人的伤痛中一步步走出来后，便更加觉得坦然面对死亡带给我们的灾难的正确性和有益性。过早地认识到这一点，便能尽快地让自己振作起来，便能让周围的环境尽快地改变，便能尽快地给予自己爱着的所有亲人最大的安慰。

生活中的无常之事，都会影响一个人的情绪。人们常说"生亦何欢？死亦何惧？"却很少有人能做得到。不是不明了，而是看不透。

"虚空为玉盏，云水是生涯。"唯有随缘对待，逢茶喝茶，遇饭吃饭，困了睡觉，冷了穿衣，这样才是真正云水自在的生活。

- 2014 年 5 月 -

生死叹

死

　　震天的追魂炮一声连着一声，一声响过一声。鸟雀早不知躲藏到了哪里，灰蒙蒙的空中，只有炸开的纸屑漫天飞舞着，火药味冲得人鼻子直发痒。

　　街道两旁瞧热闹的人们，手捂了鼻，捂了耳朵，更多的是强按住了胸口，因为那心，随着追魂炮的震响，也已经要炸裂开来，只剩下冲出喉咙了。说不定，炮响过后，还没等纷飞的纸屑落下来，人便"噗通"一声倒地了，便也追随了那亡者而去。

　　孝子贤孙高举着招魂幡，哭天喊地的，好一个"痛"。人群里不知谁说了句："活着没有人，死了一大群。"可不，满大街都是哭天抹泪之人啊，不管是哭着什么，都在装模作样地悲痛着，叨念着。

　　据说，老人的子女真的不少，可惜在身边的没有一个。老人也不会享福，这么多儿女，就是一个也不跟。有的说是他不跟，有的说儿女都嫌弃老人，总之，老人到老也是孤苦伶仃一个人死在了床下。要不是邻居媳妇按常例过去照看一下，老人不知要挺尸到何年何月呢？恐怕到时候去向这些儿女报丧的只有那些绿色的苍蝇了。

生

鞭炮齐鸣，宝宝降生了。奶奶喜，姥姥笑，爷爷、外公放鞭炮，全家上下好不热闹啊。一个小丑人，五官还没长开，就被一片赞誉包围，好白，好胖，好俊，脑门也好，大了肯定当大官。

小有文化的年轻父母们看资料，查网讯，变着法地拣着样地给宝宝增加营养，补充维生素。恨不能把英文 26 个字母都给补全了。走路怕磕着，吃饭怕噎着；捧在手里怕飞了，含在嘴里怕化了。

"小皇帝""小公主"一个个长得跟豌豆公主似的，稚嫩的肩上却被迫挑上了几辈人的重担。这都是爱，这就是爱。爱得不容置疑，爱得不可推卸。

"哭虫"

生与死，一样的状态不一样的结果。生，不情愿地生；死，不情愿地死。生死都不由自主。

生，落地的那一刹那，便是"哇哇"地大哭。据说，人是不愿到这个世上来的，来了就得"受苦"，因此，很不情愿地来，因此便"哇哇"大哭。又说"人本来就是一哭虫，哭着来哭着去的。"这话很对——人在离去时也会落下那一滴"辞世泪"的，不知是他慨叹自己这一生活得好苦，还是有那么多的无奈和没有做完的事情而百感交集，还是留恋这个让他"苦"了一生的世界，总之，他走时是哭着走的。死，留下辞世泪而去。

实际上，这人的一生真的跟眼泪分不开。哀会落泪，喜也会落泪；惆怅会落泪，开心也会落泪；说会落泪，做也会落泪；走会落泪，卧也会落泪。对生活充满了希望，会兴奋地眼含着幸福的泪；对生活失去信心，会颓废地暗自垂泪。悲痛欲绝也好，喜极而泣也好，都是情感的真实发泄，而人就真的是个"泪（累）人"，也就是那所谓的"哭虫"了。

奈何桥

相传有一条路叫黄泉路，有一条河叫忘川河，上有一座桥叫奈何桥。此桥为界，开始新的一个轮回。

走过奈何桥有一个土台叫望乡台，望乡台边有个孟婆，她手里端着一碗汤，名曰"孟婆汤"。登上望乡台，再望一望自己一生走过的路，再看一看自己一生所遇到的人。忘川河边有一块石头叫三生石，孟婆汤让你忘了一切，三生石记载着你的前世今生。

奈何桥下几千丈，云雾缠绕，等待来生的是什么，谁也不知。来生的约定，只是此生的一种后续，喝过了孟婆汤，已经把所有忘却，来生的相见，只是一种重新的开始。

奈何桥，奈何前世的离别，奈何今生的相见，无奈来世的重逢。

黄泉路

黄泉路上，结伴而行的不分男女老少，不论辈分家庭，不分地位尊卑，不论财富多少。一样的赤裸裸地来，一样的赤裸裸地去。

梦一样的时光，梦一样的生命。人小的时候，天天盼望着长大；年轻的时候，梦想着自己有一天成熟；有了本事，期盼着主宰世界……。多少人的美梦，都在顷刻之间消失，原因就是生命的短暂和呼吸的停止……。

小的时候，只是觉得人老了才会死去，那是自然而然的事情。经历了这么多的事情后，尤其是看到那些活鲜鲜的生命，猝然死去，或天灾，或人祸，后脊背就会有一股凉气直冒了上来。这人，每时每刻都会走向黄泉这条路啊！

生活就是这样残酷，生命就是这样不完美，老天就是这样无情。

突然想起火葬场那直直的大烟囱，那冒起的白烟，有多少人从这里走了呢？

这就是黄泉路吧?

风雨兼程

我常常想,何谓生?何谓死?

生死只不过就是一息之差。生死兼程,很值得每一个人好好走一走。

脚下的路是自己的,走什么样的路,都要好好思量一番。一脚踏出去,也许目的地就会相差十万八千里。每走一步,都要认真审视;每走一步,都要回头看看。步子走慢了不要紧,要紧的是得走对。莫要到了"奈何桥"上,就再也没有回头的路了。

行尸走肉地来,行尸走肉地去,白费了天殃,多耗了时光,莫不如就不要来到这个世上。

生与死

俗语说:"生死由命,富贵在天。"这句话果真如此么?处在天与地之间的人该做些什么呢?

佛家又提倡"四大皆空",通过化解生命的欲与求来消弭生与死的界限,重塑生与死的统一,以使人摆脱死亡的恐惧。

我说,当生开始的时候,死亡之门也就开启了。

人在逐渐长大,实际上在一步步迈向死亡,走向坟墓。人生的过程只短短的几十年而已。而在这有限的时间里,怎样把生命变得有意义、有价值,这就要取决于个人的价值取向问题。

有些人以奋斗为理想,有些人以享乐为目的;有些人贪欲成性而得意,有些人不昧良心而心安；有些人一生都在为自己劳心积虑，有些人为大家心甘情愿服务了一辈子……

人生如舞台，生是启幕，死是落幕。在这个多彩的大舞台上，你不必在意自己是何种角色，也不必在意你舞台上的台词的多少，你只要用心去演，用心去做了，舞台就是你的，喝彩就是你的。

生死乃自然规律。

只要有一颗坦诚之心，生又何欢？死又何惧？

我们要学会欣赏、享受生活中瞬间的美丽。

抓住时间，超脱生死。

叹

生乃死也，死乃生也。

因为有死，才凸显生的珍贵；因为有生，才衬托出死的悲凉。有生必有死，有死方得生。这是客观存在的自然规律。

生勿喜，死勿悲。

心安理得过好每一天，就是对生与死的最好诠释。

- 2010 年 9 月 -

常青藤与小小草

路边有一棵不知名的树，枝繁叶茂，赢得了众人地青睐。

不知什么时候，飘来了两粒种子，悄悄地在树下找到了自己的位置，悄无声息地发了芽，生了根，长出了嫩绿的叶子。

两棵小苗越长越高，渐渐地，模样不一样了。一个叫藤，一个叫草。从此，大树便有了这两个小小的伙伴。

藤，爱说爱笑，爱唱爱跳，藤有好多稀奇古怪的理想，藤最大的理想就是要长成像树那样的高大，能够看到更远更大的世界，也能让人们对他青睐赞美。

草，始终默默无语。问起它的理想，它总是笑而不答。

树和藤很快就成了好朋友，每天有说不完的开心话。他们两个似乎忘记了还有草这么个伙伴。

树和藤相爱了。树拥着藤，藤抱着树。藤依附着树，越长越高，越长越妩媚。藤亮开喉咙陶醉地唱歌，伸展开腰身尽情地跳舞。

草，却遭受了一次又一次的厄运。一个孩子曾把它拦腰折断；一个大人曾把它无情踩倒；一只麻雀曾在它身上拉下粪便；一只蚂蚱曾把它当作佳肴。奇怪的是，草的根越生越多，竟有了无数的兄弟姐妹，无数的子子孙孙。

藤的欲望开始膨胀，它不甘心只做树的依附物，它要踩在树的头上，它要让世人知道，它才是天之骄子，独一无二的。它努力地向上生长，它不断地向大树索取，它尽可能地施展着自己所有的本事……

藤，终于如愿以偿了。它不但爬到了树的顶端，它还把自己的头长长地探了出去。它摇摆着，舞动着。它鄙视地下的小草，厌恶和自己相缠的大树，它蔑视所有的一切。啊，我太高大了！大树不知什么时候停止了呼吸，藤根本没有察觉，它也无须知道。藤在自我陶醉。

有一天，走来了一位农夫，径直走到了树下。农夫看了树好半天，还围着树转了转。藤太高兴了——"连人类都对我这么崇拜，哈哈，我是世界上最最了不起的了！"

"哎呀，好疼！"突然，藤感到身上一阵阵的疼，还没等它明白是怎么回事，农夫已经无情地斩断了它的腰肢。藤使劲抱住树，想再让树安慰一下自己，谁知树连个温度都没有，冷冷的。还没等到藤再弄明白这到底是怎么回事，"扑通"一声，它随着树重重地摔到了地上。

藤终于从昏死中苏醒过来，它已经奄奄一息了。望着遍体鳞伤的自己，藤落下了最后一滴泪。小草听懂了，小草说："藤后悔了。"

几年后，这里长满了小草，郁郁葱葱的，成了一片自然的草场。飞禽、走兽、游人，都把这里当作了一座乐园。

- 2009 年 3 月 -

文学艺术与生命的临界

其实，对于这个问题我有种莫名的恐惧，而且这种恐惧感折磨了我不只一年两年，而是数年。我不是文学家，更谈不上作家（尽管已取得证书），我只不过是一个喜欢在电脑上爬行的文字虫而已。

当一个写作者用他的生命，或者更准确地说用他的毕生精力而为这个世界留下了绝笔，也可以说是一份不可用金钱来衡量的财富时，他含笑九泉也好，他满怀悲愤怨恨而深眠于黄土中也好，他活着的时候的艰辛，他为区区活着而付出的无奈与屈辱，这些谁又能真正体会得到？身体是表象的，而精神上心灵上的摧残与折磨又是哪个后来者所能体会得到的？

曹雪芹 10 年著《红楼梦》，这本《石头记》就像口袋书一样，被偷偷传阅，登不得高雅大堂，并且还会引来杀身之祸，祸及到家人与族人。曹公用了比较隐晦的写法，正如鲁迅先生的《狂人日记》一样，神话鬼话连篇，你无法用正常思维去品味，你只能当作是痴人呓语，或者说是疯子用自己的方式来看待这个世界。

文学的艺术与生命的临界就像一对分割不开的奇缘，用生命撰写文学，不如说是用生命来诠释文学。文学是什么？文学的含义就是用人们容易接受的载体来引领人们的人生观，来正确地认知世界，用历史来验证文学所倡导的正确性与真理性。文学是艺术的，其实文学的真正艺术就是精神与心灵的升华。

孙膑因为膑刑，研究并发展了《孙子兵法》，成了为后世所传授并且不断更新的根本。《史记》，中国第一部纪传体通史，被公认为是中国史书的典范，该书记载了从上古传说中的黄帝时期，到汉武帝元狩元年，长达 3000 多年的历史，是"二十五史"之首，被鲁迅誉为"史家之绝唱，无韵之离骚。"当初作为史官的司马迁因为说实话而得罪君王，遭遇宫刑。这种刑罚对于一个刚烈的七尺男儿来说，生不如死。这种有辱门风的刑罚，对于司马迁来说，怎不是一种精神上的致命摧残？但是，司马迁在这生命的临界，用文学的艺术给了他生存下去的希望。他的责任，他的使命，他的良知，与自己区区的身心受辱，又何尝不是小巫见大巫？司马迁毅然选择了生存，他用生命谱写下了伟大的篇章。

死易，生难。死可以果敢而轰轰烈烈，生却是夹缝里忍辱负重。这就是文学的艺术，文学的艺术是用生命来延续它经久不衰的魅力的。周文王拘于囚室而推演《周易》，仲尼困厄之时著作《春秋》，屈原放逐才赋有《离骚》，左丘失明乃有《国语》，前面提到的孙膑遭膑脚之刑后修兵法，吕不韦被贬属地才有《吕氏春秋》传世，韩非被囚秦国，作《说难》与《孤愤》《诗》三百篇，这些贤士圣贤貌似发泄愤恨而作，试想一想，古今中外，世界之大，非这些人就蒙受了冤屈？其实，他们的共同之处是有自己的文采，有自己的理想，有天大的责任。他们不是为自己而生，也不是为自己而活。想一想，死去，一死百了，身后之事任人评价。他们正因为没有去虑身后之事，你能说司马迁会想到几千年后后人还在以他的著作作为历史经典与考究吗？再说那个多半生都穷困潦倒的曹雪芹，他会想到百年后他的著作会不朽到无人能及吗？孔子游离一生，被驱逐一生，他会想到自己的思想学问会成为当今的国学吗？

用生命换取文学艺术的辉煌，并不是每一位作家或著说立传者所要想到的后世的影响与结果。他们之所以去做，是因为他们的心里有一颗不被磨灭的良知，他们的责任促使他们必须这样做下去，不管意义何在，只要不愧于自己的心。说白了，这也是个人的追求与信仰。人有了信仰，就有了追求，就有了至死不渝的奋斗目标。不管出自何种原因，不管处在何种境遇，心里就是要写自己的所见所闻，就是要表述自己的观点。这种契机，这种欲望，就像赌徒上了瘾，没有利益的引诱，只有一颗不安分的心。写出来，心就安宁。写出来，前方的天空才能明朗。

路遥的长篇巨著《平凡的世界》，百万字耗尽了毕生的心血。这个世界是平凡的吗？在路遥的心里永远是让他淌血淌泪。他用自己的生命，点燃了大众眼中的世界的平凡。我们都是平凡人，我们的生活大部分都是平平凡凡的。谁知道这平凡里，我们为之呐喊，为之愤怒，为之欣喜，为之付出一生的努力，而我们的世界还是平凡的，平凡的就像大海里的一滴水，你用再大的放大镜都难以寻见。而这平凡，在路遥的世界里是巨大而苛刻的，每一个小小的细节，每一颗小小的微尘，他都需要用眼睛去认真地看，去比较，去分析，去写出芸芸众生中都觉得无二而又没有一个是一样的人生。这就是不平凡的路遥，用他自己的年轻的生命为他的世界画上了句号，他也是这个世界里一名再平凡不过的人，是人生中匆匆的过客。他的文学艺术就是在与生命的临界线相向而行。

《白鹿原》，陈忠实的枕棺之作，一生只此一部。但就是这一部著作，声誉之高，文学艺术水平之高，后世影响之巨，迄今当代作家无人能及。陈忠实在写这部作品时，他没有去想这部作品将来会不会得奖，将来会不会有可观的效益。说白了，陈老在做这部作品时，他连究竟有没有读者去读，去认可，都没有考虑。他考虑的是什么？他就想用自己的笔记录白鹿原，真实地反映白鹿原近百年的变迁。他就想通过白鹿原本来真实再现历经年代与风雨的几代白鹿原人的生活及精神风貌。他要求的是真实的，他带给后人的是一部真实的历史。因为有这种信念，才让他义无反顾地去白鹿原体验生活，与那里的百姓生活在一起，做一名地道的塬上人。陈忠实走了，真的带着他这部枕棺之作。试问，又有谁有这样的胸怀与气魄？这不仅给那些冠以名衔的作家一个警示，也可以说是一个无情棒喝。作家，做到了真正的作家了吗？你的作品所反映的艺术是否是用生命的临界来浸染的呢？

艺术是属于人民的。

文学的魅力就在历史的严峻考验中。

- 2017 年 7 月 -

爱的期诺

多少人在说，我会等你，等你回心转意的那一天；我会等你，等你愿意和我在一起的那一天；我会等你，等你离开那个人来到我身边的那一天；我会等你，等你……然而人们可曾知道，世上的爱情，没有几份真的经得起等待。

这个世界上最残忍的一句话，不是对不起，也不是我恨你，而是，我们再也回不去。就是这样再简单不过的一句话，生生地将两个原本亲密的人隔为疏离。没有经历过的人，永远都不会明白，那是怎样的一种切肤之痛。

不要因为寂寞爱错人，更不要因为爱错人而寂寞一生，尝试信任才能得到幸福。缘分是本书，翻得不经意会错过，读得太认真会泪流。女人会记得让她笑的男人，男人会记得让他哭的女人，可是女人总是留在让她哭的男人身边，男人却留在让他笑的女人身边。

每一个不敢再爱的女人，一定很深地爱过。看起来好像百毒不侵，其实早已百毒侵身。

女人好比梨，外甜内酸。吃梨的人不知道梨的心是酸的，因为吃到最后就把心扔了，所以很多男人从来不懂女人的心。如果当你尝一口发现梨心是酸的，你把它加上些冰糖放在水中煮一下，你就会感觉到不仅酸甜可口，而且还能止咳化痰。所以要了解女人心并不难，只需几句甜言蜜语就够了。很多男人就好比洋葱，想要看到他的心就需要一层一层去剥，但在剥的过程中你会不断流泪，剥到最后你才知道洋葱是没心的。

爱总是会使我们有太多期待：希望长久，希望不会分别，希望占有和实现。

而最终只是觉得有些厌倦，不知道该往哪里去。爱情就是这样，有些人会慢慢遗落在岁月的风尘里，哭过，笑过，吵过，闹过，再恋恋不舍也都只是曾经。

最宝贵的东西不是你拥有的物质，而是陪伴在你身边的人。不能强迫别人来爱自己，只能努力让自己成为值得爱的人，其余的事情则靠缘分。

世界上最动人的情话，不是"我爱你"，而是在需要的时候，说"我会永远和你在一起"。

- 2011 年 6 月 -

男人·女人

　　"俗说开天辟地,未有人民,女娲抟黄土做人。剧务,力不暇供,乃引绳于泥中,举以为人。故富贵者,黄土人;贫贱者,引絙人也。"这是《风俗通》里有关女娲娘娘造人的传说。因为女娲娘娘的不甘寂寞,便顺手造成这具有灵性的东西——人;因为女娲娘娘的善良慈爱,便信手捻成男人、女人。从此,大千世界,星光灿烂;芸芸众生,精彩纷呈。

　　有了人,也就有了纷争。单就男女的角色,随着社会的不断发展,而不断地变化着。盘古开今之初,便是母系氏族社会,以血缘作为纽带的部落,女人起主导作用,男人只是附属品。随着物资生产的发展,男人以他本身特有的能力逐渐取代了女人在生产过程和分配过程中的地位,这就是父系社会,而女人则成了附属品。

　　也不知到底是怎么回事,也许是因为哪位先人写了本《三纲》《五常》之书吧,便把女人禁锢在男人的"铁蹄"之下。可怜的女人们在水深火热中苦苦挣扎了几千年。庆幸啊,"女权主义""妇女能顶半边天",总算帮女人砸碎了锁链,甚至有的女人已经能顶多半个天了。

　　男人、女人都说自己不容易。

　　男人说,男人责任重大。第一要有事业,要在战场上拼搏,事业不成功的男人绝不是好男人。要挣大钱,因为钱是经济基础。第二要孝敬父母,给父母物质和精神上的享受,让含辛茹苦的父母以己为荣。第三要做个合格的父亲,用自己的品性和才能来树立在孩子中的威信,还要时刻关注孩子的健康成长。常说的父爱如山,做到这一点是很不容易的。第四要做妻子的好丈夫,既要满足妻子的物质需要，更要对妻子体贴照顾，疼爱有加。第五要搞好人际关系。第六要为国尽忠，好男儿更应报效祖国。

男人说，男人也苦，也累，也想找个没人的地方痛痛快快地大哭一场。但是，男人不能叫苦，不能喊累，更不能落泪。男人的名字就叫坚强。男人的脊梁不能弯。

女人说，做人难，做女人更难。女人要相夫教子，女人不但要出去工作，还要回家做家务。尤其是孩子的抚养，似乎成了女人的专利。更让人难以承受的是，女人要生孩子，那真是一道鬼门关。

女人说，女人要有牺牲精神。都说："每一个成功男人背后，都有一位女性。"实际上，应该是"每一个成功男人背后，都有一个伟大的女人。"这才是正确的。无论是政界还是商界，叱咤风云的往往是男人。而女人，往往以男人的事业为事业，为男人承担起了所有的家务，为男人尽着应尽的义务，这样，才使男人取得辉煌的成就。所以，正因为女人的无私奉献和牺牲精神，才会有立于潮头之上的男人。

虽然，男人的金库由女人管辖，而女人只不过是个掌管钥匙的管家，做决策的往往是男人。也不知是女人天生的头发长见识短，还是社会根本就不买女人的账，总之，抛头露面，大显大赫的事情，还是男人去做，而女人只好把自己打扮得漂漂亮亮的，挎个包包逛商场，享清福了。可是，总有那不会享福的女人，眼睛只瞅着自己的老公和孩子，舍不得在自己身上花一文钱，即使老公出轨了，还抱着那"贤妻良母"的死教条不放，晓之以理，动之以情，最后也许会落个守着老人孩子一块过的结果。当然，男人更痛恶女人的"红杏出墙"，也会为了那所谓的面子，或选择退让，或选择暴力，到头来害人又害己。

男人和女人相处在同一屋檐下，既是夫妻，又是同林鸟。恩恩爱爱、相敬如宾固然令人羡慕称颂，但更多的则是"左手抓右手"的感觉。这就是男女应尽的一种责任了。那种爱情已经演变成了一种亲情，一种责任。男人可以在外面呼风唤雨，可以当着众人的面而对女人大呼小叫，当然，这是没有风度的男人做的。即使有风度的男人，偶尔这样做一次，也是不见怪的事情。而女人就得做"好女人"。何为好女人？就是在外面给足男人面子了，哪怕回家来再让男人跪搓板，那也是关起门来的事情，无伤大雅。

　　大家相聚在一个办公室，今天心情大释放，突然就提到了男人女人这个话题。男人大呼男人难，女人大叫女人屈。各执己见，真有些剑拔弩张的架势。最后，有人提议，搞个民意测验——假如下辈子还可以转世的话，你是做男人还是做女人？或是什么也不做？嘈杂声骤止。结果，说自己下辈子仍然继续自己的角色的占66%，换个角色的占18%，不想再做人的占16%。可见，尽管做男人做女人如此难，大部分还是选择了自己的角色。

　　这也许是个无聊的话题，但是却讨论得如此热烈，又是如此沉重。亲爱的朋友们，如果让您选择下辈子做什么的话，您如何书写答案？

- 2010 年 6 月 -

为爱惜缘

爱情里最忌讳的是：两人都幻想着彼此的未来，却也总惦记着对方的过去。

明明说着看开了，放下了，每次却总是不自觉地想起那个给予温暖的人。每每又总是在微笑沉醉时看到了现实，想到了伤痛，然后，冷的感觉再也暖和不起来了。如此反复，心终于累了。现实就是这样，曾经醉过，却又最终醒来；正在行走，却找不到方向。

也许我们都曾遇到过：我想给你幸福，却走不进你的世界。我想用我的全世界来换取一张通往你的世界的入场券，不过，那只不过是我的一厢情愿而已。我的世界，你不在乎；你的世界，我被驱逐。我真的喜欢你，闭上眼，以为我能忘记；但流下的眼泪，却没有骗到自己。

道歉并不总意味着你是错的，而对方是正确的。有时它只是意味着相对自我而言，你更珍惜你们之间的关系。

有些伤痕，划在手上，愈合后就成了往事；有些伤痕，划在心上，哪怕划得很轻，也会留驻于心；有些人，近在咫尺，却是一生无缘。生命中，似乎总有一种承受不住的痛。有些遗憾，注定了要背负一辈子；生命中，总有一些精美的情感瓷器在我们身边跌碎，然而那裂痕却留在了岁暮回首时的刹那。

一个人炫耀什么，说明内心缺少什么。一个人越在意的地方，就是最令他自卑的地方。有些人越想得到的，就越是装作无所谓；越怕失去的，就越是装作不在乎。人越是得意的事情，越爱隐藏；越是痛苦的事情，越爱夸大。憎恨某人，优点被看成伪装；喜欢某人，缺点也变得美好。

有时候，同样的一件事情，我们可以去安慰别人，却说服不了自己。

热恋时爱情，可以什么都不在乎。只要你要，只要我有，因为我爱你，所以我愿意。一旦感情平复了下来，心中就会出现接连不断的计较，为什么我付出的比你多？为什么我什么都可以给你，你却要有所隐瞒？然后冷战，争吵，分手，和好，冷战…走得过的就是执子之手，走不过的就只能缅怀当初。

在爱情没开始以前，你永远想象不出会那样地爱一个人；在爱情没结束以前，你永远想象不出那样的爱也会消失；在爱情被忘却以前，你永远想象不出那样刻骨铭心的爱也会只留淡淡痕迹；在爱情重新开始以前，你永远想象不出还能再一次找到那样的爱情。

有些人一直没机会见，等有机会见了，却又犹豫了。有些事一直没机会做，等有机会了，却不想再做了。有些话埋藏在心中好久，没机会说，等有机会说的时候，却说不出口了。有些爱一直没机会爱，等有机会了，已经不爱了。有些话有很多机会说的，却想着以后再说，要说的时候，却已经没机会了。

抓住当下，珍惜情缘。

- 2011 年 11 月 -

面朝大海

当情绪处于低谷时，整个人就像得了一场说不清、道不明的重病一样，浑身无力，没精打采，对任何事情都毫无兴趣，烦躁·焦虑·委屈·气愤，各种不良的情绪充斥着身心，好像进入了黑暗世界一样，看不到一丝光明，更不用说是希望与力量了。

人来到这个世界，面临的首要问题就是生存。要生存，就必然遇到竞争；有竞争，就必然有压力。所以，只要你选择活着，就注定要承受生存所带来的各种各样的压力。

人生，快乐是需要理由的，不快乐也是需要理由的。什么都有好的一面和不好的一面。每个人都有自己快乐的理由，也有自己不快乐的理由。关键是，你是否主动去寻找那些快乐的理由。

心灵的房间，不打扫就会落满灰尘。蒙尘的心，会变得灰色和迷茫。我们每天都要经历很多事情，开心的，不开心的，都在心里安家落户。心里的事情一多，就会变得杂乱无序，然后心也跟着乱起来。有些痛苦的情绪和不愉快的记忆，如果充斥在心里，就会使人萎靡不振。所以，扫地除尘，能够使黯然的心变得亮堂；把事情理清楚，才能告别烦乱；把一些无谓的痛苦扔掉，快乐就有了更多更大的空间。

不管昨天发生了什么，不管昨天的自己有多难堪，有多无奈，有多苦涩，都过去了，不会再来，也无法更改。就让昨天把所有的苦、所有的累、所有的痛远远地带走吧，而今天，我要收拾心情，重新上路。

保持良好的心态。心里向往什么，就去做，不要顾忌太多本来就不存在的事，或者说不要庸人自扰。你的本来的善良的心地，肯定会换来原本就是不错的回报。如果心态出现了问题，所处的人，所处的事，也会出现问题。而这种问题首先是感知上的，由于人为因素，影响到了事情的好与坏，进而就计较到了个人的得与失。当你真的心胸宽阔了，就像面对大海一样的胸怀，那么，在你面前的，无论是惊涛骇浪，还是水波粼粼，那都是不同的一道道风景。那种特色，只有让你从不同的角度去欣赏，去接受，而不是以自己的好恶而决定事情的优劣。

让自己有一颗阳光般的心。阳光普照大地，她是无私的。当我们的内心世界里充满了阳光时，那么你呈现给人们的是光明，带给人们的是温暖。在你的周围，会让人感到舒心，舒畅，舒服。有了阳光，自然界的万物才会生机盎然。人也是一样，你只有具备阳光般的品质，包括你周围的环境，就都会呈现一片祥和积极的气氛。在这种气氛里生活工作，那将是一件多么惬意的事情啊！

好心情是做好一切事情的必不可少的前提条件，是必要铸造的根基。每天保持一份乐观的心态，如果遇到烦心事，要学会哄自己开心，让自己坚强自信。怀着感恩的心去看世界，不计较得失，学会发现身边所有令人感动的事情。学会克制自己，学会理智地看问题。学会珍惜，学会爱惜自己所爱的人，学会珍惜爱自己的人。

无论什么境况，都要让自己脱俗，做优雅的女人。让感动的融融暖意，永远留在心中，即使有一天你不得不背负巨大的苦难，也不会放弃对生活的热爱。

面朝大海，春暖花开！

- 2017 年 5 月 -

那一方纯净的天空

下课铃响起，我抱着教案匆匆走在校园里。忽然，一个小姑娘挡住了我的去路，她用手指点着天空，甜甜地说："老师，你看，那是什么？"顺着孩子手指的方向，哦，我看到了两架喷雾式飞机，毫无声息地向东北方向飘去，只留下了两条长长的白线，那远处的白线已经扩散开去，宽宽的，只有线条的痕迹了。

我并没感到惊奇，只是很随便地说了声："哦，那是飞机喷的雾。"

小女孩反驳道："不，是飞机拉线。噢！我看到飞机拉线了！噢！我看到飞机拉线了！"小姑娘拍着手，双脚蹦得好高！那种兴奋，脸上的那种纯真，不由得你也被感染着，也去随着她高兴，也会顺着她指的方向饶有兴致地看飞机拉线。那颗心也会瞬间愉悦起来，仿佛重温着童年真趣。

孩子们的眼睛里容下的是美好，是新奇；孩子们心里想得是如此简单；孩子们的天空是纯净的。

都说童年是美好的，这是千真万确的真理。不管童年的生活境况如何，但是在孩提时的那份纯真无邪，那种心地的善良无私，那份看问题的简单与美好，是宝贵的，是任何东西都无法替代的。

随着年龄的长大，也许是变得成熟了。但是成熟的代价而是消磨掉了童真童趣。一些本来就很美好的事情，却变得熟视无睹了。反而去追求那些虚无缥缈的东西，物欲贪欲充斥着心灵，找不回那一方本该纯净的天空。

快节奏的生活，重压在匆匆的人群肩上。多么想放松一下自己，但是却很难找到放松的方式。醉酒只能迷醉心灵，清醒后更是无尽的烦恼；香烟缭绕，锁紧的是眉头；歇斯底里后，却是百无聊赖，没有再行走下去的气力。开怀大笑，笑出了眼泪，品一下滋味，涩涩的，心里仍然是苦的，会慨叹生活的艰辛。悄悄流泪，还要找个背人的地方，有多少苦都要往肚子里硬咽，还要对人说没什么，以示自己的坚强。

人活得好累！实际上是人活得好虚伪！简单的东西非要复杂化。说句话，察言观色，瞻前顾后，唯唯诺诺，结果附和了张三却得罪了李四，反过来又向李四作解释，李四不领情，张三也不买账；办个事，三思了还三思，唯恐做不到位，又怕做过了头，想左右逢源，结果错过了时机，鸡飞蛋打，还落得个办事不力。

天是蓝的，天就是蓝的。这就是我的感受，我就感到愉悦了。为什么还要去认真仔细分辨蓝天是灰蓝？是瓦蓝？还是湛蓝？徒增那些不必要的烦恼？太阳出来，地上的东西就容易干。这是个很浅显的道理，很容易懂的事情。为什么非要去分析太阳出来，为什么地上的东西就容易干呢？这样子分析来分析去，便本末倒置起来，很简单的事情，却复杂得解释不清楚了。甚至怀疑起蓝天不是蓝天，太阳出来，地上的东西不一定会干。那么，这世界上的万物都要质疑了，都要多论证一下了，都要研究研究了。好不容易参悟出来的东西，又要大家认可，到处去宣讲，到处去阐述。观点总会不一样的，还要为了让别人认同你的观点而费尽了心思，大费周章。美丽的东西就在身边，却无心去体味。大好的时光就这样白白浪费掉了，美好的东西也没有了它存在的价值。

社会赋予我们的责任确实很大，来自各方面的压力也很大。我们必须给自己减压，必须保持一份良好的心态。童心让我们感到世界的美好，让我们体会到无穷的乐趣；童真让我们更多了一份真诚，拉近了人与人之间的距离；童趣让我们返璞归真，与大自然融为一体，会精神焕发，会让我们的生活更加丰富多彩。

保持一颗童心，唤起那已经淡忘麻木了好久的童真童趣，还给自己一方纯净的天空吧！

- 2010 年 1 月 -

有感于《皮斯阿司与达蒙的故事》

记得看过这样一个故事：公元前 4 世纪，在意大利有一个叫皮斯阿司的年轻人触犯了暴君犹奥尼索司。皮斯阿司被判绞刑。皮斯阿司是个孝子，他希望能与远在百里之外的母亲见最后一面，以表达他对母亲的歉意。因为，他不能为母亲送终了。

他的这一要求被告知了国王。国王感其诚孝，决定让皮斯阿司回家与母亲见面，但条件是皮斯阿司必须找到一个人来替他坐牢，否则这一愿望只能是镜中花水中月。这是一个看似简单实际不可能实现的条件，有谁肯冒着被杀头的危险替别人坐牢？这岂不是自寻死路？但，茫茫人海就有不怕死的，而且真的愿意替别人坐牢——他就是皮斯阿司的朋友达蒙。

日子如水，皮斯阿司一去不回头。眼看刑期在即，皮斯阿司却没有回来的迹象。人们议论纷纷，都说达蒙上了皮斯阿司的当。行刑日是个雨天，当达蒙被押赴刑场的时候，围观的人都在笑他的愚蠢，幸灾乐祸的人大有人在。但刑场上的达蒙不但面无惧色，反而有一种慷慨赴死的豪情。追魂炮被点燃了，绞索也已经套在达蒙的脖子上了。有的胆小的人吓得闭上了眼睛，他们在内心深处为达蒙深深地惋惜，并痛恨那个出卖朋友的小人皮斯阿司。就在这千钧一发之际，在淋漓的风雨中，皮斯阿司飞奔而来，他高喊：我回来了，我回来了！

这真是人世间最感人的一幕，大多数人都以为自己在梦中，但事实不容怀疑。这个消息宛如长了翅膀，很快传到国王耳中。国王闻此言，也以为痴人说梦，亲自来到刑场，他要亲眼看一看自己优秀的子民。最终，国王万分喜悦地为皮斯阿司松了绑，并亲口赦免了他。

生命彩盘的中心是亲情的深蓝，四周则是友情的金黄。

真正的朋友既可以是男的，也可以是女的。他们接受你本人的样子，使你自我感觉更好而不是更差。他们不会威胁你或者逼迫你去做让你不开心的事。朋友之间，哪怕相隔千里万里，哪怕天上地上，也能在寂寞的夜里遥相呼应。你有伤心事，他也哭泣；你睡不着，他也难安眠。不管你遇到什么困难，他都会心甘情愿地与你分担。

我想，好友不会让我在迷宫中失去方向。当我艰难地行走在孤寂惆怅的沙漠上时，好友便是脚底下的滚滚黄沙，默默承载我粗鲁的脚步和心灵的悲叹；当我在痛苦失败的峡谷中悲观叹止时，好友便是我掌心紧抓的岩石，无声忍受我野蛮的抓钩和无休止地抱怨；当我满眼都是漆黑的夜再也不见光明时，好友便是那一盏不灭的指路灯，执着地照射着我前进的方向。

我爱我的朋友！我会用生命来维护我的朋友！

- 2008 年 6 月 -

后 记

我经我事，皆是缘分。当被母亲带到这个世界，我便与这个世界有了千丝万缕的情缘。

向来情深。缘深缘浅，都让我报以最深沉的爱。那些过往的，曾经的，都让我刻骨铭心。一句话，一个行动，一个细节，一个瞬间，都会触动我的心弦，令我感动与难以忘怀。

清风朗月，最易相思。父母亲人、师长同学、朋友爱人，因缘相遇，因缘相识，因缘相知。结下一段难忘的情缘，留下一生美好的回忆。

敬重生命，珍惜情缘。

这个世界很美！我感恩！

面朝大海，春暖花开！

- 2019 年 1 月 1 日 -